旅する少年

黒川創

春陽堂書店

D51 165

石北本線・白滝駅付近。D51蒸気機関車が牽引する混合列車（1975年3月）

試運転の電気機機関車にも春闘のスローガン。日豊本線・日向住吉駅（1974年3月24日）

通過しながら通票《タブレット》交換を行なう特急「にちりん1号」。日豊本線・北俣駅（1974年3月28日）

←
（上）会津若松駅から日中線・熱塩駅に向かう、さよなら列車
（左下）さよなら列車から身を乗り出す乗務員
（右中）さよなら列車に向けられたカメラの砲列
（右下）さよなら列車に向かって手を振る沿線の人たち（すべて1974年11月4日）

（右）C61形蒸気機関車18号機が牽引する朝方の旅客列車
日豊本線・美々津駅付近（1974年3月24日）

（左上）室蘭本線・虎杖浜駅の下り線ホームに、D51の旅客列車が入ってくる（1975年8月）
（左下）室蘭本線・白老駅―社台駅間を行くC57牽引の旅客列車（1975年8月）

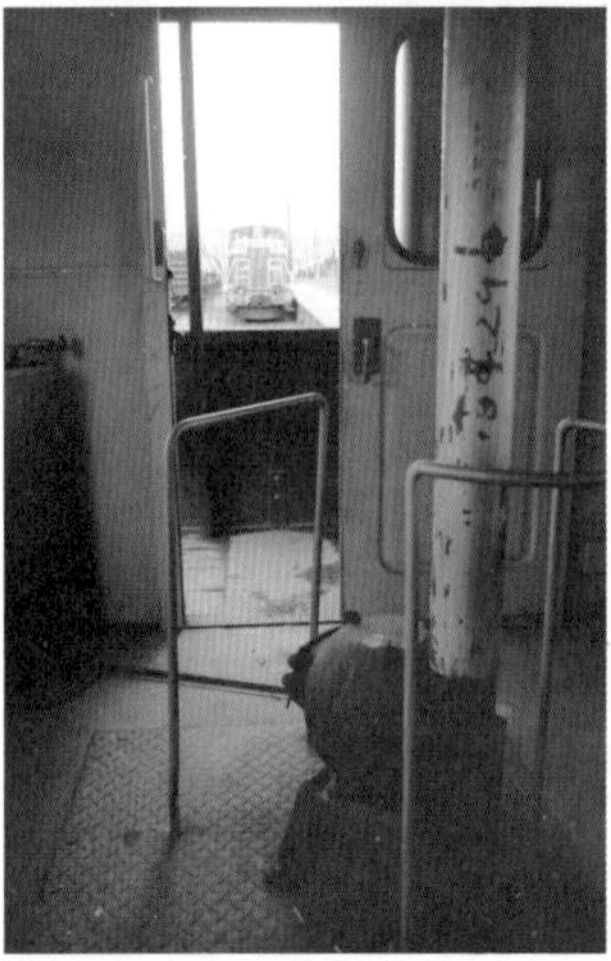

花輪線で便乗させてもらった車掌車
こんなストーブを備えていた（1976年4月）

←
国鉄苗穂工場に置かれた
蒸気機関車などの廃車（1975年8月）

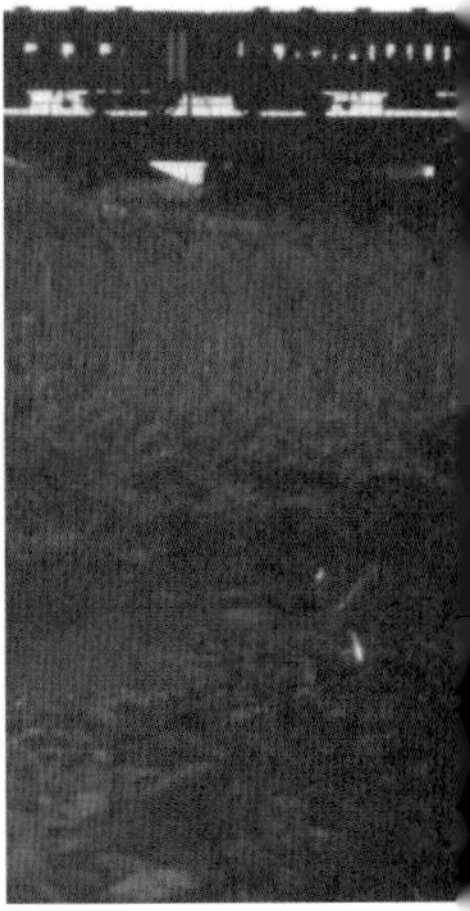

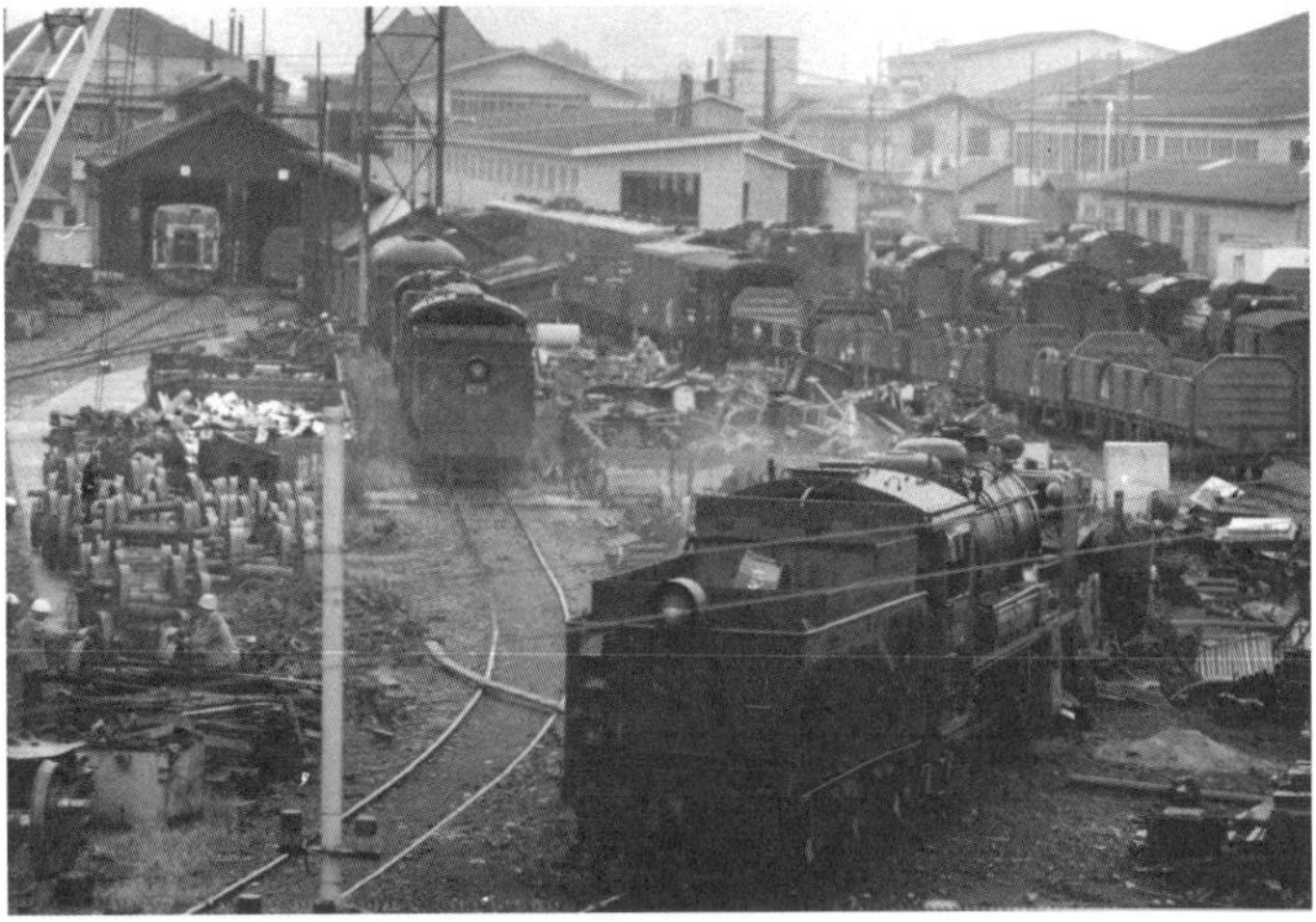

冬のオホーツク海を背に
常呂川橋梁を渡る
9600形蒸気機関車の貨物列車
湧網線・常呂駅付近
（1974年12月29日）

ボタ山を背に歌志内駅を発車する
D51が牽引する歌志内線の石炭列車
（1975年8月）

C58が牽引する旅客列車
石北本線・緋牛内駅—美幌間
（1975年3月）

夕方の大根畑を行くC57の旅客列車。
日豊本線・日向沓掛駅付近
（1974年3月）

日中線の終点、熱塩駅にて
（1974年11月4日）

春闘の3・27統一ストの回避が決まり
駅舎に貼り出していたビラを剝がす組
合員の乗務員。
釧網本線・標茶駅（1975年3月）

蓋井島の子どもたち
（1976年7月）

沖縄・普天間にて（1976年8月）

守礼門前で記念写真の撮影に待機しているモデルさんたち

小学生当時、自作アルバムに貼っていた沖縄切手

（上）壺屋の焼物商。那覇市（1976年8月）
（下）守礼門。向こうに琉球大学の校舎が見える。沖縄・首里（1976年8月13日）

「守礼門復元記念」の沖縄切手。1958年発行

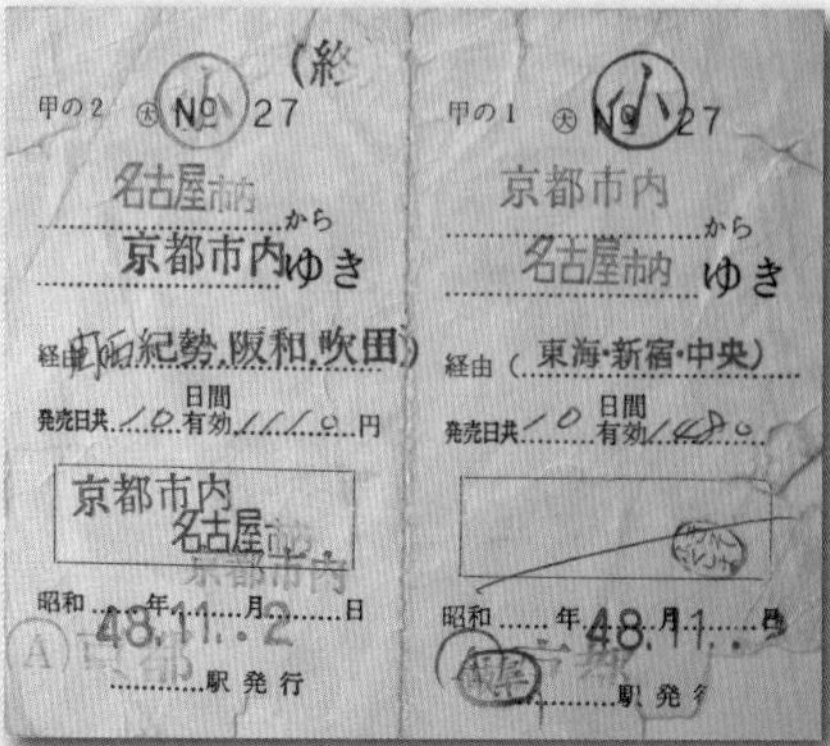

1973年11月、初めての一人旅で使用した乗車券。子ども料金。2枚綴りで、右側の1枚目には、岐阜駅、木曾福島駅の途中下車印がある

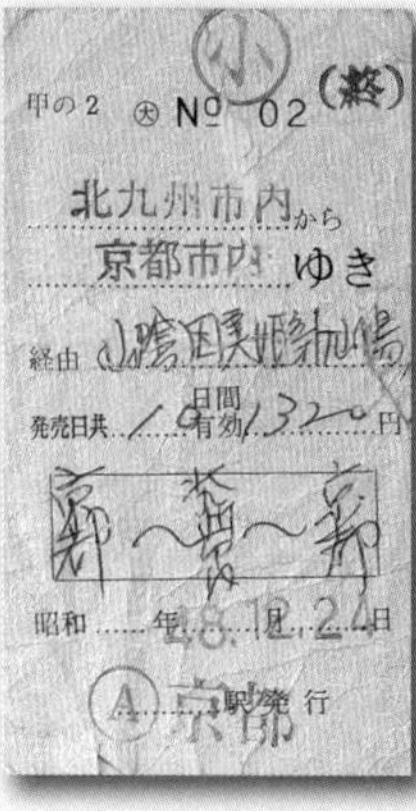

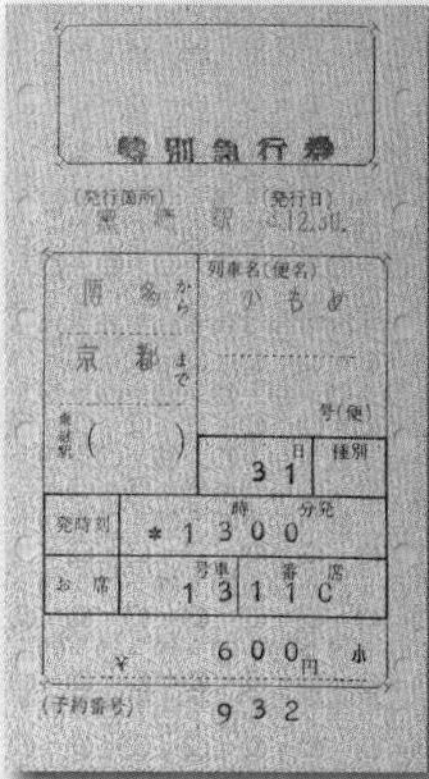

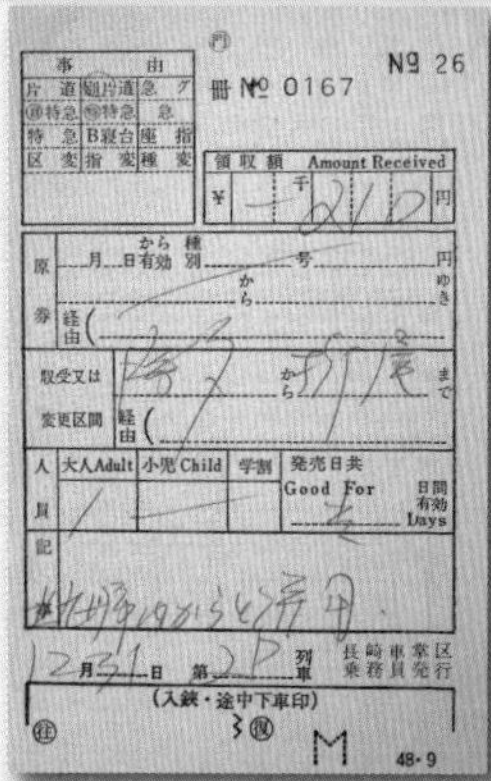

（左）「北九州市内」から「京都市内」ゆき、乗車券。2枚綴り（京都—北九州市内—京都）の2枚目。1973年12月24日、京都駅発行。子ども料金、1320 円。経由地は「山陰・因美・姫新・山陽」とある

（中）特急券、1973年12月31日運行の「かもめ」、博多駅から京都駅まで。子ども料金、600円。黒崎駅、前日の発行

（右）車内発行の「博多」から「折尾」ゆき、乗車券。「北九州市内からと併用」とある。大人料金、210円で発券されている。1973年12月31日発行

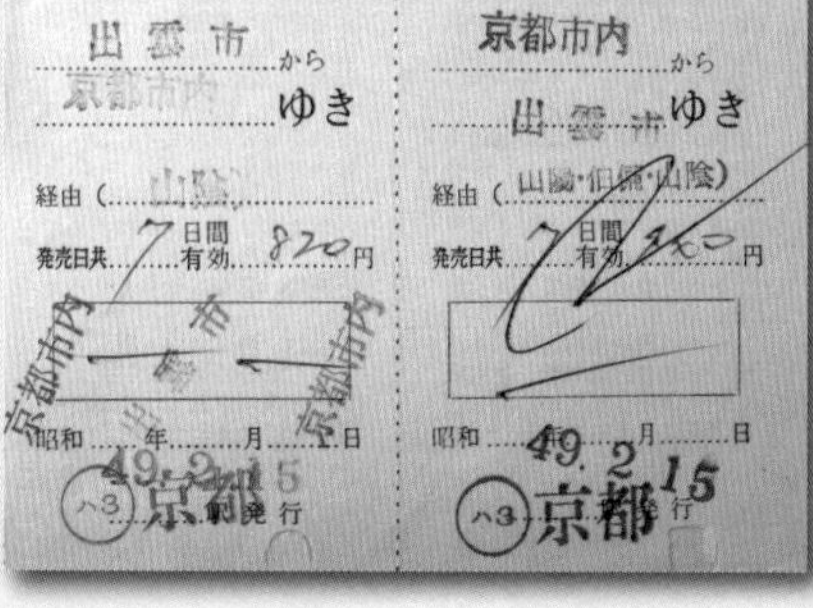

京都市内から出雲市を往還する2枚綴りの乗車券。1974年2月15日、京都駅発行。子ども料金

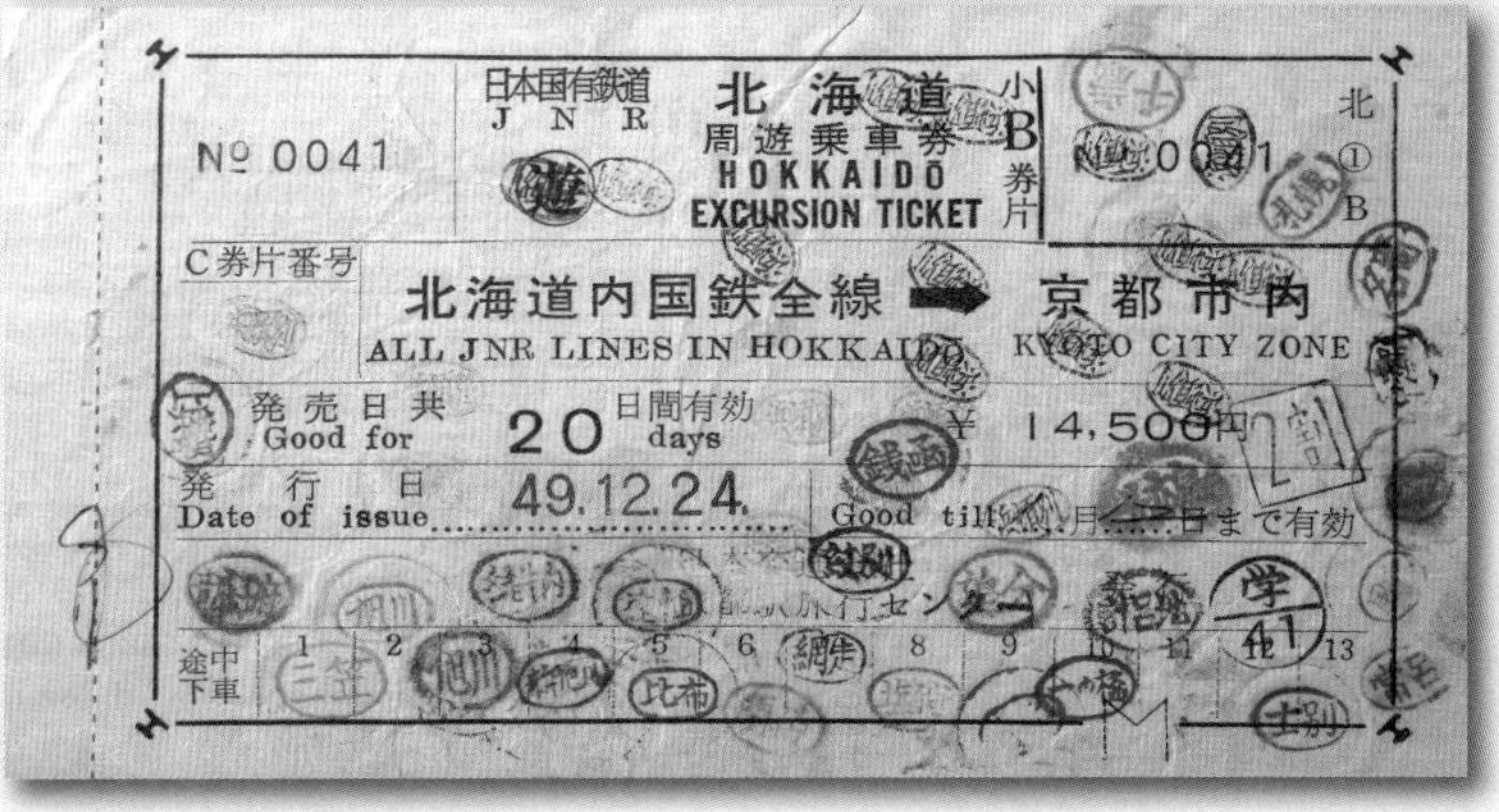

北海道ワイド周遊券。1974年12月24日、京都駅旅行センター発行。2割引きの「学割」料金。2枚綴りのうち、2枚目。多くの途中下車印が捺されて、使い込まれた状態になっている

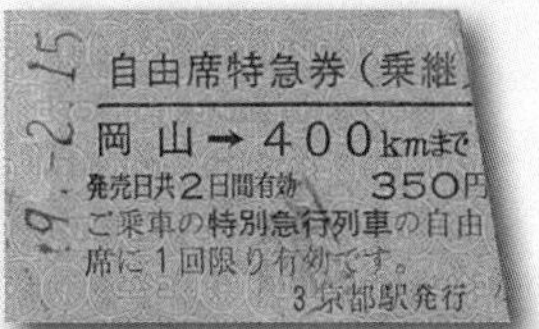

岡山駅から400キロまでの自由席特急券。
1974年2月15日、京都駅発行。子ども料金なので170円。

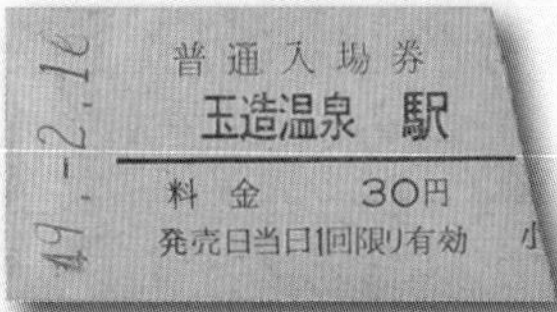

青函連絡船指定席券、159便、2号8番B席。連絡船「大雪丸」船内で発行されたもの（1974年7月27日）

玉造温泉駅の入場券。1974年2月16日。
子ども料金なので10円

京都「ほんやら洞」の前に立つ15歳の筆者（1976年10月）

旅する少年

装幀／南伸坊
写真／黒川創

旅を始めるまでのこと

1963年6月15日、筆者、2歳の誕生日。左が父・北沢恒彦、右が母・北沢徳子

十代前半のころ、取り憑かれたように繰り返した一人旅について、これから私は、できるだけ具体的な事実を踏まえながら回想したいと思っている。時代としては、主に一九七三年、つまり私が一二歳になる年あたりから、一五歳ごろにかけての話となるはずだ。なぜ、あれほど旅ばかりしていたのだろうと、いまでも、思い返すことがある。

最初はこわごわだった夜汽車の旅もすぐに慣れ、駅のベンチで仮眠をとって夜を明かし、ヒッチハイクもできるようになった。寝袋を持ち歩き、夜間締め出される駅などでは軒先で眠る。

それでも、警官にとがめられたり、補導されたり、ということはなかった。いまとは違って、世間もずいぶん鷹揚な時代だった。路傍でヒッチハイクするのを拾ってくれた地元の人が、目的地まで乗せがてら、近辺の景勝地を案内してまわって、名産品までお土産に持たせてくれたことがある。食パンの包みを大型リュックにくくりつけて歩いていると、田舎町の駅前のタクシー会社のおかみさんが、「そんなものだけ食べているの?」とあきれて「これ、持っていきなさい」と、瓶詰めのジャムを差し出してくれたりもした。

旅を続けていると、だんだん、家に帰るのがいっそういやになる。旅の終わりをさらに先へと延ばしたいがために、ただ移動を続けるような状態になってくる。やがて、いくら若いとはいえ、知らず知らず体は憔悴し、あちこちに故障も出てくる。それでも、薬局でかけあってアスピリンをわけてもらうことを覚えたりして(本当は医師の処方箋が要る)、夏休みなどのあいだは、一カ月を超える期間にわたって旅を続けることもあった。

そういう旅をするとき、当時の国鉄（現在のＪＲ）には「ワイド周遊券」というものがあり、普通列車や急行の自由席は乗り放題なので、便利だった。ただし、これにも有効期限がある。たとえば「北海道ワイド周遊券」なら、私の郷里・京都からだと、有効期限は二〇日間である。それより長く旅を続けたいときには、札幌駅のような主要駅に出向いて、ホームで本州方向に向かう特急列車を待つＯＬなどの旅行者に声をかけ、周遊券を交換してもらう、という「裏ワザ」があった。つまり、ＯＬたちは夏休みを取ってもせいぜい一週間なので、周遊券の有効期限に余裕を残して、本州の大都市方面に帰っていく（当時は、まだ青函トンネルが開通しておらず、函館―青森間は青函連絡船に乗った）。だから、事情を話して、互いの帰着地が同じ地方であれば、彼女たちは割合気安く切符を交換してくれる、というのだ。

ただ、少年の私は、見知らぬ相手に自分から声をかけるのが苦手で、この「裏ワザ」を実行に移さないまま、有効期限を越えて、北海道に残ってしまったことがある。そうした際にも、われわれのような長期旅行者（大きなリュックを背負って、列車内を横ばい状に進むので、「カニ族」と呼ばれた）のあいだでは、不正乗車を駅員に見破られない「秘伝」がいくつか言い交わされていた。ジーンズのポケットに入れた状態でわざと洗濯機にかけてしまい、切符をぼろぼろにすることで、有効期限の日付を見えにくくして旅を続ける（駅員に見とがめられたら、「まちがえて洗濯機にかけてしまいました」と釈明する）、という方法。ボールペンなどで、精妙に「有効期限」の日付を書き換えてしまう、という方法（これは、明らかな偽造行為で、露見するとまずいことになったに違いない）。また、もっと微温的な方法もあった。長期旅行者のフリー周遊券は、使い込んで擦り切れてしまいがちなので、透明なプラスチック製のパス入れに挟み込んで使われていることが多かった。この状態を悪用し、「有効期限」の日付がさりげなく隠れるように、ちょっとした細工をしておく（ほかの紙切れなどもパス入れに挟み込んでおくとか）、というものだった。

私は、この最後の、微温的な方法を選んだ。だが、道東の小駅で下車しようとした際、改札口の駅員に、あっけなく見破られた。そのときは、（警察に引き渡されるな……）と、観念するのとともに冷や汗が流れた。

けれど、その駅員は、

「君は、もう、家に帰りなさい」

と、少し悲しそうな目をして、厳しい口調で言っただけで、放免してくれた。少年時代の私は、そうした、見知らぬ人たちから受ける無数の「善意」により、教育されてきた。

半世紀近くを経て、いまも、そのことに感謝している。

●

なぜ、あんなに旅を続けたか？

もちろん、少年の好奇心の働きがあった。

いま自分が立つ世界が、どこまで、どんなふうに続いているか。見知らぬ町や村で、どんな人たちが、何をして働き、食べ、暮らしているのか？　自分で出向いて、この「世界」の輪郭を確認したかった。

とは言え、私はまだ小学生の子どもだった。親が許さなければ、実行のすべはない。つまり、親には親の事情があって、私の一人旅を許したわけで、むしろ、より切実な理由は、そちらにあったのではないかとも思える。要するに、私には、ほかに居場所がなかった。だからこそ、旅という行動に居場所を見つけて、のめり込んだのではなかったろうか。

私が幼時を過ごしたのは、京都市左京区吉田泉殿町、京都大学近くの米屋の家である。米屋として、そこで働いていたのは、父の両親、つまり、私にとっては父方の祖父母だった。父と母は、ともに同志社大学法学部に在学したころ恋愛関係を結んだらしく、結婚後、この家でともに暮らした。当時、両親はどちらも京都市職員として働く地方公務員だった。

小学一年生のとき、母は私を連れて、この家を出奔し、鴨川べりに近い小さなアパートの部屋で暮らしはじめた。ただし、そこは、もとの米屋の家から、ほんの数百メートルほど離れただけの場所だった。

もともと母は東京の役人の家庭で長女として育っており、父の両親たちとの京都のごく庶民的な商家の暮らしに、なじめないところが多かった。これは、階層的な違いというより、異文化接触のもたらす摩擦のようなものだろう。母が私を連れて暮らしはじめたアパートは、風呂なし、共同便所の安アパートだったが、そのことを彼女が気にかける様子はなかった。むしろ、自分自身の差配で暮らしを立てていけるということに、満足している様子だった。

やや遅れて、父も、このアパートに移ってきた。そうして、私の八つ下に妹が生まれ、さらに、その二つ下に弟が生まれる。

このあと、伏見区内の団地に、母の主導で3DKの部屋を購入し、一家で引っ越した。母としては、「核家族」型のマイホームづくりを思い描いていたのだろう。左京区から伏見区への転居により、私が小学校四年生で転校を経験したのは、一九七一年五月。弟が生まれて、わずかひと月余りのちのことだった。だが、この新居に、父は、さほど長くは居着かなかった。

おのずと、日々の育児は、母が一手に負っていた。もとより、母は、父をあてにするつもりもなかったのではないか。妹と弟は、それぞれ0歳児のときから、保育園に通った。伏見で暮らしはじめてからは、毎朝、二人は一台の乳母車（当時は「ベビーカー」とは言わなかった）に投げ込まれ、母は彼らを同じ保育園に預けて、京阪電車に乗り、勤めに出ていく。

とは言え、母がそれより苦労したのは、小学生たる長男の私の放課後の預け先だったようだ。なぜなら、私の小学校入学は一九六八年で、当時は、まだ、いまのような「学童保育」の制度が確立されていなかった。そもそも、夫婦共働きという就労形態が、まだ世間では少なかった。

だから、外での仕事を持つ母親同士で語らって、行政や学校と直接に掛け合いながら、自分たちで「学童保育」の運営にあたる必要があった。それだけに、私たち子どもが身を寄せる場所も、転々と替わった。あるときは、卒園した保育園に預けられ、べつのときは小学校の空き教室だった。隣の学区にある児童相談所の部屋が、学童保育に提供されて、そこまで通った時期もある。また、京大の裏手の吉田山の頂にある公共施設(「いこいの家」という名称ではなかったか)まで、毎日の放課後、通ったこともある。そこに至る小道に痴漢が出るから注意、などとも言われ、女児の親には、かえって心配でもあったろう。

こうした泥縄式の「学童保育」の運営で、母親たちがいちばんの困難に直面するのは、夏休みの時期だった。その期間には、「学童保育」も、かなり長い休止を余儀なくされる。今日で言う指導員(子どもたちは「先生」と呼んでいた)にあたる学生アルバイトの若者たちが、帰省してしまうという事情もあった。

私の母の実家は、東京の荻窪だった。だから、小学校が春休みや夏休みのあいだは、母方の祖父母の家に、私は長く預けられることが多かった。だが、京都と東京では、遠いだけに、うまく都合がつかないときもある。

そんなときには、母は、子連れで京都市役所に出勤した。始業前の時間に、庁舎地下の職員食堂のテーブルに私を着かせ、持参した児童書を取り出して、飲み物を何か買ってくれる。いよいよ始業時間が迫ると、母はあわただしく階上の自分の部署に上がっていく。あとは、私一人で、昼休みに母が再び降りてくるまで、おとなしく本を読んでいる。昼休みには、母といっしょに、親子丼などを注文して食べる。そして、午後一時から夕方五時まで、再度、母が仕事を終えて降りてくるまで待つのである。

小学校低学年の子どもにとって、これは、かなり苦しく退屈な時間だった。だが、子どもとしては、母がそうせよと言う以上、それに従う。母には、いっそう切ないことだったかもしれない。

小学校四年の夏休み。私は、朝から夕方まで市役所の職員食堂で母を待ちつづけるより、もっとましな夏休みの過ごし方を見つけた。

夏の高校野球の地方大会を一人で観戦しながら、西京極球場で朝から夕方まで過ごすというアイデアだった。私はジャイアンツV9が続く時代にテレビアニメ「巨人の星」を見ながら育った世代で、前日のプロ野球の結果を知るために、毎朝、新聞のスポーツ欄に目を通して、かなり多くの漢字を覚えた。また、テレビでプロ野球を観戦しながら、スコアブックの書き方も身につけた。母は、私のアイデアを受け入れた。市役所の食堂に一日中わが子を一人で座らせておくよりも、よほど人間らしい夏休みの過ごし方に思えたのかもしれない。

それからは、毎朝、私の分も弁当をつくり、お茶の入った水筒とともに持たせてくれた。母は市役所に出勤し、私は途中の駅で別れて、西京極の野球場へと通っていく。雨天中止でさえなければ、そうやって午前中から夕方まで、多い日は四試合観戦し、スコアブックをつけつづけた。

次に、日曜日の日中は一人で映画館に行こう、と思いついた。ウイークデーの勤務で疲れがたまるらしく（当時は土曜も半日の勤務があった）、父も母も日曜日には昼近くまで眠っている。親が起きるまでテレビのつまらない番組（ゴルフとか、「時事放談」とか）を見ながら過ごしている、というのが、子どもの立場としては、ひどくばかばかしいことに思えてきたのだ。

初めて一人で繁華街の映画館で観たのは、小学五年生のとき、チャップリンの「街の灯」「モダン・タイムス」「ライムライト」といった作品の連続上映で、場所は河原町三条の京都スカラ座。まだチャップリンその人も生きていた時代である。これにも、母は反対せず、入場料と電車賃を持たせてくれた。

チャールトン・ヘストン主演「ベン・ハー」のリバイバル上映を観たのは、新京極の松竹座で、小学校六年生に上がる春だろう。

──子ども、一枚。──

と、切符売り場の窓口で告げると、発券係のおばさんは手を止め、私の顔をまじまじと見つめて、「観おわったら、まっすぐ家に帰るのよ」と念を押してから、子ども料金を受け取り、チケットを渡してくれた。この映画館は、古いけれども、欧米の劇場風の豪勢な造りで、二階席もあった。木箱を首から下げた物売りの係員が、「えー、おせんにキャラメル」といった風情で、場内の通路を回ってくるのも楽しかった。「ベン・ハー」は、70ミリのスペクタクル映画で、三時間半ほどの上映時間があるため、途中で一度、休憩が入った。そのときにも、また物売りが回ってきた。

こうした時期、たしか六年生の新学期が始まり、まもないころのことである。同じクラスの田中明彦君と片岡豊裕君という友人が、

「今度の休みに、加太《かぶと》まで、ＳＬ（蒸気機関車）の写真、撮りに行かへんか」

と誘ってきた。

加太？

私は、ＳＬについて、ほとんど何も知らなかった。

ＳＬや鉄道に関して、すでにマニア的な知識を豊富に有していたのは田中君で、彼によれば、国鉄・関西本線の加太駅と柘植《つげ》駅のあいだは、加太峠という急勾配の難所で、デゴイチ（Ｄ51）と呼ばれるＳＬの有名な撮影ポイントなのだという。峠の頂近くはトンネルになっていて、加太駅側には中在家《なかざいけ》信号場という、スイッチバック式の引き込み線を備えた列車交換（単線区間なので、列車のすれ違いを行なう）のための施設がある。つまり、このあたりは急な傾斜をなしているので、平坦な引き込み線に列車をバックで入れたところから発車させないと、荷重が大きくかかりすぎて、機関車が列車を引っぱりきれないのである。

そんな難所だからこそ、ＳＬは苦しげな煙と蒸気を噴き上げるため、勇壮な写真が撮れる、ということらしかった。

加太は三重県である。だから、出向くには、早朝に京都駅から東海道本線の草津駅まで乗り、ここで草津線に乗り換えて、柘植駅へ。さらに、関西本線に乗り換えて、加太駅へと向かうのだという。

家にあるカメラは、母がもつコンパクトカメラだけだった。とにかく、そのカメラを借り、加太への小旅行についていった。

当時の切符類や写真が、いまも私の手もとにいくらか残っている。（私自身も驚いたのだが、京都で一人暮らしする老母のもとに、アルバムが四冊残っていた。いずれも私が中学時代に整理したものらしく、三冊が写真プリントで、一冊が切符類をまとめたものだった。また、鎌倉在住の私の家の押し入れの奥からも、捜してみると段ボールに一箱余り、古い写真フィルムなどが多数見つかった。）

これらを見ると、確かな日付が残る加太への撮影行は、いちばん古いもので一九七三年五月三日のようである。それが、最初だったのではないか。

加太行きは、楽しかった。水を張る前の田に、淡い紅紫色のレンゲの花が美しく広がっているのが、車窓から見えたりした。

「参宮線にはシゴナナ（C57）の客車も走っとる。今度、それを撮りにいかへんか？」

田中君が、そう誘ってきたのは、そのあと、まもなくのことだったろう。ただし、亀山から伊勢へと向かう参宮線は、同じ三重県でも、加太に行くより、さらにずっと遠出となる。

「京都駅から朝五時過ぎの始発電車に乗らんといかん」

と彼は言った。

夜明け前の薄暗いうちに、家を出たのを覚えている。われわれが住む伏見の町から、京都駅までは、六キロほど距離がある。たしか、そこまで自転車で行ったのではないか？

関西本線・加太駅付近。初めての撮影行で撮ったSL（1973年5月3日）

私の父は、先にも触れたように、母と同じく京都市役所の職員だった。ただし、勤務先は京都市中小企業指導所といって四条室町の京都産業会館内にあり、市役所本庁舎（河原町御池）勤務の母とは違っている。父の職務は中小企業診断士で、市内各所の商店などに出向き、商売上のコンサルティングなどを行なうことが、日ごろの仕事の中心だった。

こうした公務のかたわら、父は、ベトナム戦争下での反戦市民運動、京都べ平連（ベトナムに平和を！ 市民連合）に加わって、その事務局長もつとめていた（一九七三年一月、ベトナム和平協定が調印されたことを受け、同年四月、京都べ平連は解散する）。また父は、哲学者の鶴見俊輔氏らによる思想の科学研究会に参加して、雑誌「思想の科学」の運営にも編集委員として関与した。

雑誌「思想の科学」が、子どもたちに作文の投稿をつのり、これだけで〈いま子どもはなにを〉（一九七三年四月号）という特集号を作ったことがある。私も父から作文募集の話を聞き、四百字詰原稿用紙で「一枚五百円」と教えられた原稿料ほしさに、学校の図書室などで原稿用紙一〇枚の原稿を書いて、勇んで投稿したのだった。一一歳のときである。

この投稿には「思想」という表題をつけた。小学校での音楽の時間に、クラスの子どもたちが騒いで〝学級崩壊〟が生じたさい、私は担任の先生から主謀者格と目されたらしく、職員室に呼びだされ、なじられたことがあった。「お前は、アナキストだ」とも言われた。そうしたことに不満や疑問を申し述べた末に、アナキストとはどういう意味か、と父に訊き、

「自分のいいと思ったことは、自由にやるほうがよいという思想の持ち主のことだ」と回答を得たことで、それなら「ぼくの考え方もズバリ先生の言った通りアナキストだ」と、開き直った結論を得て終わっている。

この投稿は、幸い「思想の科学」に掲載されて、おかげで私は初めての原稿料五千円を得たのだった（原稿料は小切手で支払われ、これを現金化するために、私は初めて都市銀行に自分名義の口座を開いたことを覚えている）。こうした思わぬ収入も、SL追跡の小旅行などには役だった。

作文は、掲載後、思いのほか反響があり、自由学園（自由・自治を尊重し、独自の教育方針を取る学校法人）やヤマギシ会（営農・牧畜に基盤を置いて、理想的な共同体社会をめざそうとする団体）の関係者が「勧誘」に訪ねてきてくれたり、ほかの雑誌などからも寄稿を求められたりした。のちにご本人から聞いたところでは、児童文学者の今江祥智さんは、教授をつとめていた聖母女学院短大での講義で、毎年、私の作文「思想」を教材に使っていた、とのことだった。

さらに、「思想の科学」は、このあとすぐに新たな原稿依頼をしてくれた。一九七三年七月号、特集〈仕事と遊び〉掲載の「やりたい事」という原稿用紙四枚分ほどの短文である。私にとっては、初めて関西本線の加太に出向いてSL撮影を行なってから、まもない時期に書いたものだろう。

われながら呆れてしまう他愛なさで、お恥ずかしいかぎりなのだが、全文を掲げておく。

「旅」への誘惑に取り憑かれてしまった小学六年生の少年の心持ちが、如実に表れているからだ。「文化の進んでいない国」などと書いているが、「文化」をどう考えていたのかを思うと、情けない。なお、「北沢恒」という筆者名は、私自身の本名である。

やりたい事

北沢恒

ぼくは、まずやりたい事から書きます。

ぼくは、まず、歩いてか、自転車か、国鉄のドン行かで日本中を旅したい。歩いてでも自転車でも、とにかく日本の、はしからはしまで旅をして、国鉄なら全部の線を通って、全部の駅でおりる。そして今は、全国の駅の内、約千四百の駅にあるスタンプを、全部、押したい。この事は、しょう来の事とちがって、今でもやりたいが、やっぱり金銭的な面と勇気との問題で、やっぱり、しょう来の事となろう。

コースも、ちゃんと決めてある。歩くか自転車なら……まずぼくの住んでいる京都から—鈴鹿峠—津—松阪—伊勢—尾鷲—新宮—御坊—大台ケ原—高野山—有田—和歌山—大阪一帯—吉野—奈良—亀岡—綾部—舞鶴—宮津—鳥取—松江—大田—益田—長門—美禰—山口—青野山—三次—庄原—新見—生野—西脇—明石—相生—笠岡—呉—広島—岩国—徳山—小野田—下関—北九州—福岡—唐津—平戸—五島列島一帯—佐世保—長崎—

佐賀―熊本―天草一帯―八代―水俣―串木野―枕崎―鹿児島―黒島―硫黄島―竹島―種子島―屋久島―薩南諸島一帯―沖縄諸島一帯―鹿児島……四国中……瀬戸内一帯……京都で一休みして、いよいよ東北、北海道へと行くのだが、めんどくさいのでコースを書くのは、やめます。国鉄のコースも考えてあるのですが、めんどくさいので、これも書きません。

こうして日本中をめぐると、次は、世界の国々を、特に、文化の進んでいない国、文化は進んでいても、工業のあまり盛んでない国に重点を置いて、旅をしたい。こっちは、コースも何も決めてない。それから世界の国々の方は、歩くのでは、あまりにも広すぎて一生かかっても少ししか行けないと思うので、自動車、船、列車（もちろんドン行）位は、使わなくてはならないと思う。それから日本でも同じだけど、旅館やホテル等にとまらないで、野宿したり駅のホームでねたりしたいと思う。

そして、いい国があれば、家族をよぶにしてもよばないにしても、永住したいと思う。

今度は、金の方だが、初めに働くとかしてあるてい度金をつくり、あとは、旅の行先の金のなくなった所でしばらく働き、金ができたらまた動き、なくなったらまた働くと言うふうにしたい。

書きわすれていたが今度は、日数を書こう。日本をめぐる方では、歩くのでは二年、自転車なら一年六カ月、国鉄なら、ぎゃくに、ふえて一年七カ月。この数字は、初めに働く日数は入れずに、と中で働く日数は入れてある。だから初めに働く日数によって、旅の日数は、調せつできる。今度は、外国だが、外国は、七年以上かかるだろう。

こうなると各国の言葉を、おぼえなければならない。オトウサマが中尾ハジメさんが大学で英語をおしえているとか言っていた。ぼくも、そんな人に、しょう来おしえてもらえたらなァ、と思う。

この事は、今のゆめであって、しょう来も変わらないとは、限らない。いや多分、しょう来は、他のゆめを、持っているだろう。しかし今と変わらない所は、このように旅をするとすれば、数少ないにもつの中に、ぼくのタカラ物の切手が入っている事と、地味にしてもハデにしても、人のやらない事をやりたいと言う好奇心のような心だろう。

この一九七三年八月には、東京・荻窪の母方の祖父母宅に滞在しながら、一人で、青梅線ぞいに、終点の奥多摩駅まで歩いている。羽村駅、青梅駅、二俣尾駅、奥多摩駅……と、記念に買い求めた入場券が残っている。駅窓口で売られる硬券では、子ども運賃の場合、切符の右側をハサミで斜めに断ち落とす。子ども料金の入場券は、当時一〇円である。

また、もう現物は私の手元にも残っていないのだが、作文「やりたい事」でも書いているように、当時は国鉄の「ディスカバー・ジャパン」観光キャンペーンの最盛期で、少年の私も、まんまとはまって熱心に駅の記念スタンプを集めていた。駅のキオスクで「スタンプノート」を買って、そこに押していくのだが、何冊も、これがたまっていく。

青梅線ぞいを歩いたのは、お盆にかかる八月一三日のことだった。天気もよく、御岳駅で渓流をなす多摩川のほうに降り、白っぽい大岩に座って、祖母が作ってくれたおむすびを一人で頬張ったことを覚えている。


夏休み直後の九月二日にも、関西本線の加太に出向いた。このときは、佐々木君というクラスメートも加わって、柘植駅の側から加太峠に四人で向かった。

佐々木君は、いま、下の名前が思いだせない。東京のほうから転入してきたのだったか、少し早口な東京コトバのイントネーションで軽やかに話し、子どもながら都会的でシニカルなユーモアの持ち主でもあった。学校で、特別な時間を設けて男女別に分け、先生がぎこちない口調で雄しべと雌しべの話をしたりするプログラムがあると(たぶん、女子組のほうでは初潮教育などがなされていたのではないか)、「正しい性教育を!」などと小声でヤジを飛ばしていたのを覚えている。

ついでに言うと、田中君は、小学生としてはがっちりと大柄で、野性的なやんちゃというのか、剛胆なところがあった。撮影行のおりに野外で連れ立って放尿するとき、

「おい、チン毛みせたろか」

と、いきなり言って、ズボンとパンツを下ろし、キンタマの周囲にちょろちょろと伸びはじめた黒い陰毛を見せたりした。

片岡君も、骨張った体つきながら、大柄なほうではあったろう。黒ぶちメガネをかけたひょうきん者だが、成績も良かったのではないかと思う。

加太トンネルは、全長が九百メートル余りあり、しかも、内部でも軌道はわずかにカーブしているらしい。柘植側から、なかを覗くと、漆黒の闇の中心点からかなりずれたあたりに、加太側の出口の光が、ぽつんと小さく針穴のように、かろうじて見えているだけである。

柘植側のトンネル出口の脇で待ち受けて、加太側から抜けてくるD51の貨物列車を撮影したりしていたのだが、アングルは限られていて、だんだん私は飽きてきた。そこで、

「トンネルを加太側に抜けて、向こう側で撮らへんか？」

と皆に提案したのだった。

全長九百メートル余りで、なかは真っ暗とは言え、向こう側の外光は見えている。だから、一五分くらい懸命に急ぎ足で歩けば、抜けられるだろうという心算だった。

田中君は、「SLダイヤ情報」という雑誌を持参していて、そこに貨物列車を含むダイヤグラムが載っていた。皆でそれをにらむと、次に下り列車が通ったあとには、上り列車が来るまで、ある程度は時間がありそうだった。だから、そのあいだにトンネルを抜けてしまおうか、ということになった。もしも、途中で列車が進入してきても、通過する列車とトンネルの壁とのあいだには、ある程度の隙間がある。それに、保線区員が退避に使う壁の窪みも一定間隔で設けられているので、なんとかなるだろう、という気楽さだった。

この加太トンネルは、特殊な構造を備えていた。加太側の出口脇には隧道番の番小屋があ

って、トンネル開口部にカーテン状の引き幕（隧道幕）が設けてある。トンネル内では、加太側から柘植側に向かって、いくらか上り勾配が続いている。だから、加太側から進入する列車を牽引するSLは、出力を高めるために、トンネル内でもかなり激しく煙を出している。そこで、加太側からSLの列車がトンネルに進入するさいには、最後尾の車両がトンネルに入ると同時に、隧道番の係員はすばやく隧道幕を操作し、トンネル開口部をぴたりと閉ざすのである。こうすると、トンネル内で列車が進むにつれて後方への気流が生じて、SLの煙突が排出する煙は、必ず後ろに向かって流れていく。つまり、これによって、機関車の運転室にいる機関手や機関助手が煙で窒息する事故を防ぐのである。

一方、柘植側のトンネル出口は、ごく普通の開口部で、番小屋などはない。私たちが、ここからトンネル内に踏み込むと、すぐに足元は闇に吸い込まれ、目の前も真っ暗になった。だから、走ることなどできず、せいぜい急ぎ足で行くしかないのだが、足元は枕木とレール、砕石で、つまずきやすく、それほど速くも進めない。そうするうちに、なんとかトンネルのなかばあたりに差しかかったか、と思えるあたりで、もう後方の柘植側から、ディーゼル機関車に牽かれる貨物列車が進入してきてしまった。前照灯を照らし、警笛をトンネル内に響かせながら、ゆっくりとした速度で、だんだんそれは迫ってくる。もう、退避用の壁の窪みを捜す余裕などない。

四人は、暗がりのなかで、それぞれに散り、なんとか機関車に撥ねられるのを避けようと、ぴたーっと、トンネルの壁に張りついた。暗くて何も見えない。だが、トンネルの壁には、

加太トンネルの柘植側入口。近づいてくるディーゼル機関車の前照灯が見えている

加太トンネルの加太側出口。左側に、隧道番の番小屋がある

長い歳月にわたってSLの煙突から排出され続けた煤が、厚く油っぽい層をなしている。体をそこに押しつけるにつれて、それは一〇センチも、二〇センチも、われわれの体を引き込むように、ぬめーっと埋没させていく。顔も、その不気味なぬめりのなかに沈んでいった。そうするほか、すべがなかった。背中のすぐ後ろで、轟音を立て、長い長い時間をかけて、貨車が通り過ぎていった。

ようやく何とか貨物列車をやり過ごし、進行方向を確かめると、さっきまで、いくらか大きくなって見えていた加太側出口の外光が、すっかり消えて、闇のなかに閉ざされてしまっている。どうやら、貨物列車が、加太側出口のあたりで停車しているからのようだった。ディーゼル機関車の機関手が、隧道番の係員に、トンネル内に子どもらがいる、ということを告げているのだろう。やがて、機関車は、ぴーっという甲高い警笛を発して、動きだしたようだった。しばらくすると、貨車はすっかりトンネルを抜けたらしく、加太側出口からの光が、また、白く小さな輪のように見えるようになった。

私たちは、加太側にトンネルを抜けたところで、隧道番の係員から、こっぴどく叱られた。番小屋すぐ下を、小川が流れていた。係員は、石鹸を差し出して、

「そこの流れに入って、これで顔や服を洗うといい。どこもかも、真っ黒や。このままでは帰れへんぞ」

と言って笑った。（本書カバーの上半身裸の写真は、このあと、弁当を頬張る私である。背後にレールが見え、線路ぎわに坐っているのがわかる。）

加太トンネル内で真っ黒になったあと、隧道番の係員から石鹸をもらって、小川で洗濯。
中央の裸体が筆者、左が佐々木君

京都府下の関西本線、笠置駅—大河原駅間での撮影に片岡君と二人で出向いたのは、同じく一九七三年九月三〇日。

笠置駅と大河原駅のほぼ中間地点に、関西本線が木津川を渡る、トラス式の大鉄橋がある。この鉄橋の大河原側のたもと近くに、私の親類の農家があり、撮影に区切りがついたら、訪ねてみようと思っていた。

この日、私たちは笠置駅に降り立って、撮影しながら、線路づたいに大河原方面へと歩いていった。鉄橋にたどり着いたのは、昼過ぎくらいの時刻だったろう。鉄橋に差しかかる犬走り(保線区員が使う線路脇の細い通路)に、保線作業のためか、列車の予定通過時刻を記した小さな掲示板が立ててあった。あとは、ただ単線のレールが目のくらむほどの高さで木津川の水面を渡っている。鉄橋上の線路脇にも、金網張りの犬走りは続いていく。

私たちは、掲示板に記された列車の通過時刻さえ、ほとんど確かめずに、その鉄橋を渡りはじめたに違いない。目のくらむ高さへの恐怖にさえ打ち勝てば、五分もかけずに、対岸まで渡りきれるだろうという油断があった。

このときも、鉄橋のなかばで、対岸からディーゼル機関車の貨物列車がやって来た。われわれは、どうにか橋桁に飛び降り、頭上を貨物列車が通り過ぎていくのをやり過ごした。そのときは、たいして恐怖を感じていなかった。(鉄橋を渡りきったところで、片岡君がわざわざ鉄橋からぶらさがって、ふざけた記念写真を撮っている。また、彼が河原に降りて脱糞

関西本線・笠置駅—大河原駅間の木津川鉄橋にぶら下がってみせる片岡君。よい子はまねをしてはいけません

し、これも自慢げに記念写真に収めた。こうまでせずにはいられなかったところに、自覚しきれない恐怖の反動があったのだろう。)

ともあれ、このあと親戚宅に立ち寄ると、皆が目をむいて驚いた。地元の住人で、あの鉄橋を渡ろうとする者などいない。対岸に渡る必要があるときは、近くの河原から対岸に向かう沈下橋(水面近くに造られて、川が増水したときは水面下に没するようにできている)を使うのである。だから、驚きすぎて、叱ることも忘れてしまった、という様子だった。

こののち、二〇年、三〇年が過ぎても、

「恒君(私の本名・北沢恒)と友だちが、あの鉄橋を渡って、うちに訪ねてきたことがあった」

との話は、この一家の語りぐさに残っていた。

●

このような友人たちとの小旅行をきっかけに、以後は私だけが、もっと遠くまで出向く一人旅へと、駆り立てられるようになっていった。時刻表を手放さず、絶えずそれをめくっていた。空想のなかで、いくつもの旅の計画を立てていた。

初めて一人旅らしきものをしたのは、この年一一月の初めだった。

一一月二日、連休を控えた金曜日の夕方。私は、京都駅の窓口に出向き、こんな乗車券の発券を頼んだ。

《京都駅から東海道本線で東京へ、そこから中央本線で塩尻を経由し名古屋へ、ここから関西本線、紀勢本線、阪和線とたどって紀伊半島をめぐり、大阪の天王寺から大阪環状線、東海道本線を経て京都駅に戻ってくる、という切符。それを、子ども一枚》

窓口の若い駅員は、真剣な表情で何度も路線やキロ数、金額を確かめながら、ひたいに汗を滲ませ、三〇分くらいかかって、二枚続きの乗車券を作ってくれた。私にとって誤算だったのは、この行程全体で一枚の切符にできるつもりでいたことだ。だが、こんなふうに8の字形をなすコース取りでは、途中、名古屋駅を二度通過する。乗車券の発券上のルールとして、こうした場合は、名古屋駅に二度目に達したところで区切りを付ける必要があるそうで、その前後に分けて、二枚続きの切符としなければならないとのことだった。

つまり、一枚目の切符は、「京都市内」から「東海〔道本線〕・新宿〔駅〕・中央〔本線〕」経由で「名古屋市内」ゆき。ミシン目を入れて、これとつながっている二枚目の切符は、「名古屋市内」から「関西〔本線〕・紀勢〔本線〕・阪和〔線〕・吹田〔駅〕」経由で「京都市内」ゆき。——となっている。小学生の私は子ども料金なので、二枚を合わせて二五九〇円、有効期限は各一〇日間である。当時は、改札口の駅員らに頼むと、使用済みの切符はそのままもらえることが多かった。これも現物が残っている［口絵xiv］。

東海道本線には、大垣駅（岐阜県）発、東京駅行きの夜行の各駅停車の電車があった。大垣駅発が二〇時三〇分を過ぎるころで、東京駅着が翌日の早暁四時四〇分である。まず、これに全線乗りたい。この電車にはグリーン車が連結されていて、当時、各駅停車のグリーン車なら、八〇キロ以上の料金はどれだけ乗っても三〇〇円。私の場合、子ども料金で、一五〇円と、さらに安かった（いま、JRのグリーン料金は、大人・子ども同額となっている）。夜明かしするにも楽だろうし、こういう機会をとらえて、グリーン車というものも体験したかった。

京都駅で乗車券を発券してもらうと、デニム地のボストンバッグを手に提げ、すぐに東海道本線の上り電車に乗る。この路線の各駅停車は、そのころ、たいてい米原駅（滋賀県）で乗り換えとなった。米原駅のホームには立ち食いそば屋があって、ここのそばのドンブリは質素な素焼きのもので、一五円だったか、うつわ代を支払えば、そばを持ったまま電車に乗ってもよいことになっていた。当時、この付近はまだ大都市への通勤圏外で、車内はたいてい空《す》いている。このときも、そうやって、そばを車内に持ち込み、食べたのではなかったろうか。

その先の関ヶ原駅という寒駅で、いったん降車し、人気《ひとけ》のない日没後のホームの待合室に三脚を立て、自分でセルフタイマーを使って撮った写真が残っている。関ヶ原、という古戦場の駅名に興味を覚えたのだろう。ヤシカ製の一眼レフカメラと三脚を、このころ母にねだって買ってもらっていた。ジーンズにスニーカー、白いシャツの上にレンガ色のセーターを着て、長めの直毛の髪を目にかかりそうに流している。学校では、よく先生から「髪を切れ」と言われたが、拒んでいた。この日、風邪気味でノドが痛く、ヴィックスの薬用ドロッ

セルフタイマーを使って撮った関ケ原駅での写真（1973年11月2日）

プをバッグのポケットに入れて、なめていたのを覚えている。

明くる三日早暁、東京駅に着くと、いったん荻窪の祖父母の家に寄ったようだ。

このときの旅には、実はもう一つ、目的があった。新宿駅南口近くの郵趣会館で開かれる第八回全国切手展〈JAPEX'73〉（会期一一月三日〜五日）の年少者部門に、私は「日本の美」と題するコレクション（？）を出品していたのだった。方眼のリーフ二四枚に、まことに拙いロットリングの文字づかいでまとめたものだが、いま見ると〝自然〟〝美術〟〝庶民〟といった壮大な枠組みから成る、子どもながらの野心作、と言うべきか？ 冒頭、「日本」の範囲を、北端・択捉島、東端・南鳥島、南端・沖ノ鳥島、西端・与那国島、と図示するところから始めており、これは旅にのめり込んでいく私自身の関心に重なる。午前中、これの展示を見るため新宿に出向き、午後、青梅鉄道公園まで遠乗りし、夕暮れどきには再び東京駅まで取って返してブルートレインの特急「出雲」の出発を眺めてから、荻窪の祖父母宅に戻って泊っている。私は、ここに至るまでの数年間、かなり熱心な切手ファンでもあった。だが、そこにかけた熱意は、ほぼ、この旅をもって終わったようだ。

日本の美

北沢恒（京都）

ぼくが日本に美を感じる中から主になると思う自然、美術、しょ民、の三つをぬき出して、それを更に15に分けて2フレームに整理して見ましたが、リーフ数が少ないので内容はうすっぺらな物になってしまいました。

（『第八回全国切手展目録』より）

翌四日早朝、祖父母宅を発《た》ち、急行列車を乗り継いで、塩尻経由で木曾福島駅まで行った。この駅では、C12という小型の蒸気機関車が、構内での入れ換え作業などに使われるため、かろうじて現役で残っていた。これを撮影してから、名古屋に向かう。今度の旅で目当てとする、もう一本の各駅停車の夜行長距離列車が、名古屋駅始発で出るからだった。

その列車は、一五時二二分に、名古屋駅を出発する。そして、関西本線、紀勢本線、阪和線と夜通し走りつづけて、紀伊半島をほとんど一周し、翌朝五時過ぎ、大阪の天王寺駅に到着する。つまり、紀伊半島の名だたる海べりの景勝地は、すべて夜の闇のなかに通過していく。それでも、構わなかった。このとき、私の旅の目的は、ただこうして、列車で移動を続けることだけにあった。

終点の天王寺駅から京都駅を経て、自宅に帰り着いたころには、もう月曜日の五日朝、母の出勤時刻が迫るころだったろう。

「きょうは、学校休む」と宣言しても、母は反対しなかったはずである。ふだんから、私は「自律神経失調」で微熱が続くことなどを理由に、よく学校を休んでいた。

だが、この日、私は、ほんの三〇分ほどふとんで横になったにせよ、無理をして学校には出たのではなかったか。たしか、そこまで、計画した旅の行程に含めていたように思うのだ。

寂しさに負けながら

山陰本線・小串駅にて

小学校六年の冬が近づいた。このころには、SL仲間の同級生たちとはやや離れたところで、毎日、一人で長期の旅行計画づくりに没頭するようになった。

SL好きの友人たちの興味の中心は、「蒸気機関車」という乗り物それ自体にあったろう。石炭や油の灼ける匂い、腹に響くようなドラフト音、吹き上がる煙、白い蒸気、漆黒の雄姿、動輪とメインロッドの躍動……。私も、これらに強く惹かれていたのは確かなのだ。鉄道の全国的なディーゼル化・電化の波に押されて、そのSLたちが各地の鉄道路線から退場していく。その姿を追うことで、「旅」を続けることができれば、という気持ちだった。むろん「SL」は好きなのだが、むしろ、私の主眼は「旅」のほうへと移っている。だが、旅を続けるための旅、というのは、誰にとっても理解しがたい。私自身にも、そうである。ひとまずは、大好きなSLを撮影するため、としておくことが、他人に対してだけではなく、自分にとっても、この行動に説明可能な輪郭をもたらした。

友人たちの家庭にも、それぞれの事情や、教育方針の違いがあったはずである。私の家庭は、両親の夫婦仲が不安定とはいえ、地方公務員で共稼ぎの中産階層である。私が育った地域では、もっと年収の低い家庭のほうが、ずっと多かっただろう。それに、まだ小学生なのだ。自由に旅をすればいい、などと言ってもらえる家庭がさほどあるはずもない。

私自身も、自分「一人」で旅をする、という冒険に関心が向かうようになっていた。そうした旅は、思い描いてみるだけでも、寂しく、心細い。だが、未知の土地へと出向いていきたいという魅惑のほうが、それよりずっと強かった。

大判の「時刻表」と、ノートが一冊、いつも手もとにあった。

まだSLの列車が運行している北九州から山陰地方にかけて、一週間ほどの日程で旅する計画を、幾通りも立てた。SLが運行する地域のダイヤは、貨物列車も含めて、雑誌「SLダイヤ情報」に載っている。「時刻表」とそれとを照らしあわせて、撮影のスケジュールを組み、移動のための列車の発着時間を書き抜いていく。日ごとのねぐらも考慮しないといけない。だが、まだ私には、夜行列車で夜明かしするか、ユースホステルを予約するか、それくらいしか知恵がなかった。

一週間もぶっ続けに、夜行列車の自由席で行ったり来たりしながら過ごすというのは、さすがに無理だろう。たまには風呂にも入りたいし、洗濯もしたい。

だから、まずはユースホステルの会員登録をしようと、ユースホステル協会の窓口に出向いた。当時、京都市内では、四条寺町のファッションビル、藤井大丸に窓口があった。ユースホステルなら、一泊二食付きで千円余りの料金で泊れる。私のような「少年パス」（中学生まで）所持者だと、さらに一〇〇円か二〇〇円程度の割引もあった。

旅先は、おのずと、ひなびた地域が中心になるので、列車を一本逃すと、二時間、三時間と列車がない。乗り継ぎのさいにも、列車間の連絡が悪い。だから、列車の発着時間を書き抜いていっても、たびたび行き詰まる。そうなると、最初からやりなおす。こういうことを繰り返して、幾通りもの旅行スケジュールができていく。

実際には、一週間も厳格に旅程を守って移動できるはずがない。だが、こうした空想旅行に夢中になって、没頭した。

団地の自宅の二段ベッドの上段で、うつむきに寝転び（下段は四歳の妹が使っており、二歳の弟も、そこにいっしょに寝かされることがあった）、「時刻表」から小さな活字の数字ばかり抜き書きしている私に、母は、

「目を悪くするわよ」

と、ことあるごとに声をかけてくる。けれども、やめられなかった。

SLの撮影ポイントにあらかじめ見当をつけておくため、地形図を買うことも覚えた。購入場所は、東本願寺近くの「小林地図専門店」で、たしかSL仲間の田中明彦君が教えてくれたのだった。当時、二万五千分の一の地形図はまだ一部の地域のものしか刊行に至っておらず、主には五万分の一の地図を買い求めた。

店のなかは、いつも、ひっそりと静まっていた。刊行されている地図の「一覧図」を頼りに、見たい地形図名（それぞれ、現地の地名が付いている）を指定すると、日本全国どこのものでも、一枚ずつ、薄く大きな引出しから取りだしてもらえるのが楽しかった。

こうした空間のたたずまいは、小学校二、三年生のころから通った趣味の切手商の雰囲気に通じるところがあった。「白鳩」という、左京区役所（当時は東一条通にあった）の裏手、店舗面積が数坪程度の小さな店だった。白いペンキ塗りの木造ドアを開けると、カウンターのこちら側に、来客用の椅子が三脚ほど置かれている。店内に入って、声をかけると、小柄な中年のメガネをかけた女主人が奥から現われる。小学生の小遣いで、たいしたものが買え

るはずもない。何十円かの切手を二、三枚、といった買い物である。だが、備え付けのカタログを開いて、「これ、ありますか？」と尋ねると、女主人は棚からストックブックを引き出し、現品を確認すると、それを見せながら、値段を告げる。そして、必要なときには切手用のピンセット（先端部が、切手をはさんでも傷めないように、広く、平たくできている）で取り出し、そっと、小皿の上に置いてくれる。切手が、ストックブックのハトロン紙とわずかにこすれて、さらさらと微かに立てる音。その静けさが好きだった。これは、女主人が、互いの年齢の違いを越えて、ほとんど対等に接してくれることへの喜びも伴った。

この店は、外国切手は置いておらず、扱っているのは日本の切手と、あとは「沖縄切手」だけだった。当時、まだ米軍施政下に置かれていた沖縄では、現地の行政機関たる琉球政府が、ドル（セント）建ての額面で独自の切手を発行していたのだった。

沖縄切手は、どれも図案が美しく、私は強く気持ちを引かれていた。加えて、当時の切手ブームのなかでも、沖縄切手は値段もおおむね安価で、子どもの私にも入手しやすい、という事情があった。

戦火で焼亡した首里城趾に再建された「守礼門」。「デイゴ」や「月下美人」の花。伝統芸能の「組踊《くみおどり》」。工芸の「紅型《びんがた》」。「蔡温《さいおん》」「謝花昇《じゃはなのぼる》」といった偉人たち……。

そうした沖縄の事物をめぐるコトバも、初めて知ったのは、すべて沖縄切手からだった。切手という極小の世界にも、すでにさまざまな形で旅へのいざないがあった。

旅に出るときの予算は、どうしていたか。

むろん、母に予算を計上して、支出してもらうしかなかった。

中学二年からアルバイトを始めたが、それはもう少し先の話である。

小学生のとき、定期的な小遣いというものは、同級生たちと較べても多くは与えられておらず、一年生のとき、月に一〇〇円だった。二年生で二〇〇円、三年生で三〇〇円……とスライドし、六年生のとき六〇〇円。加えて、正月に、祖父母や親類からいくらかお年玉が入ったりして、これらが切手集めなどでは「原資」となった。小学校に入ったばかりのころは、私がもらったお年玉も母親が管理（没収？）していたが、切手収集という趣味を得たことは、それを自分で算段してつかうという、子どもなりに自立した「予算」化へのきっかけとなった。

小学校に入ったころから、「小遣い帳」をつけるようにと、母からやかましく言われていた。だが、毎月の小遣いが少額なだけに、これでは「予算」不足である。小学校高学年で、高校野球の地方予選や映画館に一人で出向くようになると、そのたび必要な金額を母からせしめなければならなかった。

学区内にアイススケートリンクがあって、放課後に友人たちと誘いあって出掛けることが、たびたびあった。体が凍えてくると、リンク内のスタンドで、うどんをすする。私の場合は、賃貸しのフィギュア用のスケート靴（初心者には、このスケートシューズがいちばん制御しやすい）で、ちょろちょろと滑る程度だったが、自前のホッケー用やスピード用のスケート靴を持っている友人もいた。また、これらの競技の定期的なレッスンを受ける者もいた。夏には、近くの遊園地のプールに誘いあって行く（シーズンオフには、このプールは釣り堀とされていた）。ボウリング場にも、ときどき友人たちと出掛けた。

私たちの小学生時代は、あとから思うと、「高度経済成長」と呼ばれる時代の終端部にあたっている。つまり、たとえ少しずつであれ、日々の暮らしは、より良いものになっていくのだろうと、大人も子どもも漠然と信じていた。実際、ごく庶民的な家庭でも、子どもたちには、こんなことをして遊ぶに任せていた。学習塾に通う子どもたちはいた。だが、まだまだ子どもたちの暮らしには、この程度、遊びに投じる時間の余裕もあった。

ボウリングは、当時ブームで、次々にボウリング場が造られ、1ゲーム三〇〇円くらいだったところから、さらに値崩れを起こして1ゲーム一〇〇円くらいまで料金が下がり、子ども同士で出掛けられる遊びになった。そして、そのあとのオイルショック（一九七三年）あたりで、今度は、次々につぶれていった。アイススケートも、札幌冬季オリンピック（一九七二年）の開催が、追い風になっていたのではなかったか。そのオリンピック後、一〇年余り経つあいだにスケートリンクも消えてしまった。

旅の「予算」案は、どうやって積み上げていただろう。控えが残っていないのだが、交通費、宿泊費に加えて、主な費目としては食費があったはずである。これについて、詳細が思いだせない。

あのころの私は、食べることへの関心が薄かった。というより、食以外のことに、ほとんどの興味を奪われていた。だが、一人旅に出るからには、一日三度（二度かもしれないが）何か食べて過ごさなければならない。

駅やその周囲の立ち食いそば屋は、よく使った。けれども、こういう店があるのは比較的大きなターミナル駅などに限られていて、私が目的地としていたようなローカル線の駅にはほとんどない。

駅弁も、しばしば食べた。けれど、これはややゼイタクという意識があって、どこの駅の何という駅弁を食べたか、というふうに、晴れがましいかたちで覚えている。夜行列車に乗りつづけているときでもない限り、一日のうちに、駅弁を二度、三度と食べることはなかった。

町の食堂などにも、入ることはあった。だが、さほどたびたびだったとは思えない。

当時は、コンビニがない。ファストフードも。だから、田舎の駅前などは、いざ降りてみるまで、パン屋があるかどうかも、おぼつかない。いまと違って、ペットボトルの飲み物もない。そもそも、カネを払って「水」を買うなど、思いもつかなかった時代である。したがって、水筒がわりの飲料も持ち運んでいなかった。

ユースホステルに泊るときには、頼めば朝食、夕食は出してもらえる。だが、日中には何を食べていたのか？　これが、ほとんど思いだせないのだ。おそらく、店さえあればパンでも買って、駅の待合室や移動の車中、撮影地で立ったままでも、何かかじって過ごしていたのだろう。

そうした費用のおおよそを積算して、母に工面を頼んだはずで、今度の北九州、山陰地方への一週間ほどの旅なら、運賃などすべて合わせて、二万五千円くらいの予算ではなかったか。母の気持ちに立てば、念のためもう少し余裕をみて、三万円くらい持たせてくれたかもしれない。だが、私の場合、長短さまざまな旅が、これからのち、いよいよ矢継ぎ早になっていく。それを考えれば、相当な出費である。なぜ母は負担に耐えて、こんな行動を息子に許そうとしたのだろう？　私が旅から戻ると、さらに写真の現像、プリント代も、母はねだられる。

中学に入ってしばらくすると、モノクロフィルムは缶入りの長巻フィルムを買って、自分でパトローネに詰め直し、安上がりに済ませることを覚えた。アルバイトを始めたころには、店の二階にあった暗室を借り、自分で現像、プリントもするようになった。だが、それさえ、まだもう少し先の話である。加えて、私がそうやって物ごとにのめり込むだけ、親としての負担においても、やはり増していく部分があっただろう。

中学生のとき、進学塾を「受験」して、受講手続きまで済ませてから、気持ちを変えて、一日も通わずにやめてしまったことがある。けれども、母は特に苦言も言わなかった。うちの息子は進学塾に通うより、一人旅でもしているほうが向いている、とでも考えるところがあったのだろうか？　それとも、そこまで気持ちが回らないほど、彼女自身が、より深刻な問題に追いつめられていたのだろうか？

結果からすれば、私は、こうしたある種の「放任」、あるいは「甘やかし」のおかげで、ほかでは得がたい社会的な「教育」を与えられたと思っている。だが、それが、親としてのなんらかの見識にもとづいてのことだったか、それとも、成り行き任せの結果だったのか、これについても母とは話したことがないままである。

●

北九州から山陰地方に向かうつもりで、初めての本格的な一人旅に出たのは、一九七三年一二月二四日、小学六年生の二学期終業式が行なわれたクリスマス・イヴだった。母は、この旅のため、私に深い緑色の厚手のジャンパーを買ってくれていた。

首都圏や関西圏の大学生たちにとっては、帰省の時期である。東京駅発・西鹿児島駅（現在の鹿児島中央駅）行きの急行「桜島・高千穂」という全車自由席（グリーン車のみ指定席）の列車があった。東京駅発が、午前一〇時。それから一昼夜、東海道本線、山陽本線を一四両編成で走りつづけて、翌日の早暁、北九州の門司駅で、鹿児島本線まわりの急行「桜島」と、日豊本線まわりの急行「高千穂」、七両ずつの二編成に分割される。終点の西鹿児島駅到着は、急行「桜島」がその日の一一時四三分。急行「高千穂」が、同じく一四時二〇

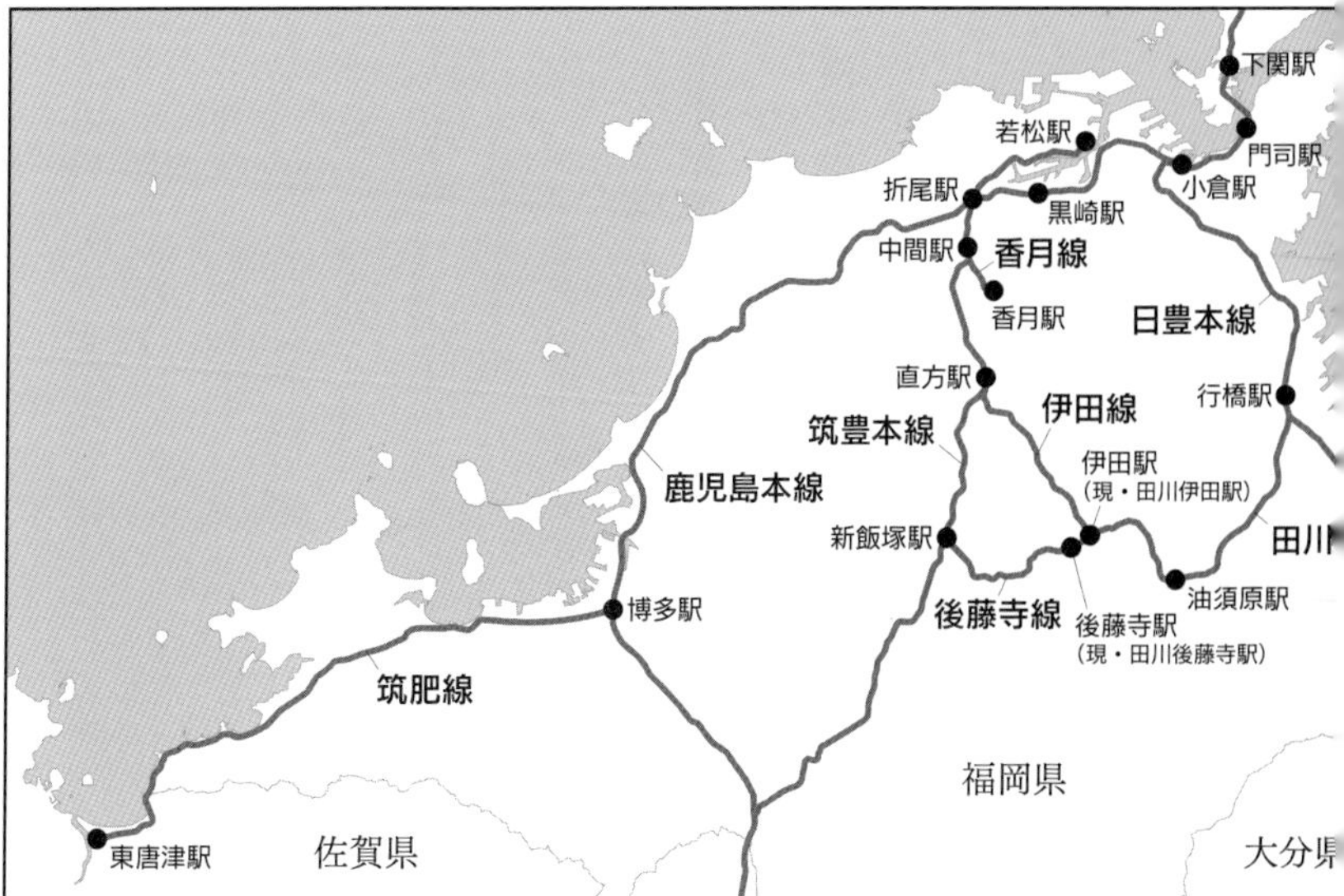

分の到着。つまり、東京駅から西鹿児島駅まで、およそ二六時間（急行「桜島」）ないし二八時間余り（急行「高千穂」）にわたって走る、きわめつきの長距離列車だった。

クリスマス・イヴの夕刻、私も、京都駅から、この列車に乗車し、北九州に向かうことにした。急行「桜島・高千穂」の京都駅到着は、一七時二八分。一分間だけ停車し、すぐに発車する。降りるのは鹿児島本線の折尾駅（福岡県北九州市）なので、一四両編成の前半分、やがて急行「桜島」となる車両に乗らねばならない。

夕暮れたプラットホームには、母のほか、この日は父も見送りに来ていた。列車がホームに滑り込むと、母は私のボストンバッグをつかんで、車内にどんどん入っていった。そして、四人掛けのボックス席に空席が一つあるのを見つけ、私を掛けさせて、そこの座席にいた大学生らしい三人の若者たちに、

「小学生一人で旅をさせますので、よろしくお願いします」

と、頭を下げ、あわてて車両から出ていった。彼女は、外のホームにまわりこみ、父と並んで立っている。見開いた両目から、涙をこぼしていた。気丈な母が泣くのを見るのは、これが初めてだったのではないか。

列車は発車する。

四人掛けのボックス席で同席するのは、男性二人に、女性一人、いずれも東京の大学から、九州の実家に帰省する学生たちだった。なかでも、佐賀県唐津市に実家がある橋本さんという創価大学の男子学生は、黒ぶちメガネをかけたひょうきん者で、年少の私にとっても話しやすかった。

松本零士のマンガ『男おいどん』のコミックスを、橋本さんは何冊も携えていた。私も借りて読み、おもしろいので、夢中になって次々に読み継いだ。

――主人公は、九州男児の貧乏青年、大山昇太《のぼった》。東京の四畳半の下宿の押し入れに、汚れたサルマタを大量に溜めつづけ、そこに「サルマタケ」というキノコが生え出て、あやしげな鳥まで棲みついてしまっている。――

この主人公が、私には、橋本さんその人に重なった。

夜が更けて、車窓の外に雪が舞いだした。山陽本線を西に走るにつれて、雪の勢いは増し

ていく。ちょうど日付が変わるころ、広島駅に到着すると、すでに構内にはかなりの雪が積もっていた。

真夜中のプラットホームにも駅弁売りが出ていた。ここで、二段重ね、三〇〇円という、豪勢な弁当を買って食べたのを覚えている（このころ、駅弁は平均二〇〇円くらいだった）。六歳のとき、〈山脈《やまなみ》の会〉という父が加わっていたサークルの夏の合宿に参加しようと、母も含めて親子三人で、真夏の秋田・能代まで夜汽車で旅をしたことがあった。一九六七年のことである。駅弁売りがホームで立ち売りするお茶は、素焼きの小型の土瓶に入っていた。お茶を飲み尽くしても、次の停車駅で、駅弁売りの人に頼めば、また熱い湯を注ぎたしてもらえる仕組みになっていた。差し湯の料金は、五円だったように覚えている。だが、今度の広島駅では、お茶の容器はプラスティックに替わっている。そして、別の駅の駅弁売りの人にも差し湯をしてもらえるというシステムは、もう消えていた。

「九州というと、よその人は、暖かくて雪なんか降らないだろうと思うらしいな」車窓ごしに、降り積む雪を見ながら、橋本さんが言った。「だけど、北九州は、日本海に面しているんだから、雪はけっこう降るんだよ」

下関駅に着くと、列車を牽引する電気機関車が替わった。それまでは、直流区間用の青色の機関車が列車を牽いてきた。一方、九州に入ると、架線を流れる電流は交流に替わるので、次の門司駅からは、交流区間用の赤色の機関車が、急行「桜島」と急行「高千穂」に分割される編成を、それぞれ牽いていく。だが、両地をつなぐ、ここ、下関駅―門司駅間は、直流区間と交流区間の境目に位置しており、直流・交流の切り替えに対応できる交直両用の銀色の機関車が牽く。

なぜ、銀色なのか？　この区間は、関門トンネルによって、本州と九州を隔てる海底を通り抜ける。だから、トンネル内では、海水の塩分を含む水滴が垂れて、これは車両の腐食を促す原因となりやすい。そのため、銀色のステンレスで車体を覆っている。その容姿から、この機関車は「銀釜」とも呼ばれた。

早暁に門司駅に着いたところで、トラブルが持ち上がった。雪のため、ここからの電気機関車のやりくりがつかないという。結局、私たちの乗る急行「桜島」は、発車までおよそ二時間待たされた。後ろ半分の編成、急行「高千穂」のほうは、発車まで、さらにいくらか待たされることになっただろう。

折尾駅のホームに、私が一人で降り立ったのは、朝七時過ぎだった。相客だった三人の大学生たちは、旅行中に何か困ることがあったら連絡してくるようにと、めいめいに自分たちの実家の電話番号を私のノートに記してくれていた。

この折尾駅の建物は、鹿児島本線と筑豊本線が立体交差しているために、特殊な構造になっていた。高架上にある鹿児島本線のホームから、地上の筑豊本線のホームに降りると、ちょうど、ハチロク（8620形蒸気機関車）が後ろ向きで牽引する香月《かつき》行きの客車が、筑豊本線のホームを離れていくところだった。次の中間《なかま》駅から、このローカル列車は香月線に入っていく。終点の香月駅には転車台《ターンテーブル》がない。だから、下りの香月行きは、逆向きのハチロクが列車を牽引し、取って返して上りの列車になるときは、正面向きのハチロクが客車を牽いてくるはずだった。

中間駅、直方駅《のおがた》、飯塚駅と、筑豊本線をたどる普通列車に乗り継げたのは、朝八時近くになってのことだった。通勤時間帯にかかって、この折尾駅から乗車する人びとも多く、車内はほぼ満席だった。

前にも述べたことだが、このころ私は、直毛の髪を耳が隠れてしまうほど伸ばしていて、小学生の男児としては長髪だった。京都の同志社大学近くに店開きしたヒッピー系の喫茶店「ほんやら洞」などに、しばしば父に連れていかれるうち、当時の若者風俗から影響を受けたところもあったろう。だが、小学校では、こうした「長髪」は反抗的な態度の表明に映るのか、担任の先生から、

「髪を切りなさい」

「切らへんのやったら、先生が切ったろか」

などと、よく言われた。

長めの髪でいることで、女の子と間違えられることが時折あった。だが、私自身は「切れ」と高圧的に言われれば言われるだけ、それが「反抗」心を誘うのか、なおさら切りたくなくなるのだった。

筑豊本線の普通列車は、ディーゼル機関車が牽引する古びた客車だった。私は、四人掛けボックス席の進行方向にむかって右側、窓寄りの席に座ることができた。中間駅にさしかか

ろうとするところで、客車を牽く蒸気機関車ハチロクが、対向する線路を走ってきた。窓から少し身を乗り出し、その様子を撮った写真が残っている。さっき折尾駅で見かけた、逆向きのハチロクに牽引される客車が、終点の香月駅から折り返してきた列車である。すでに雪は止んでいる。だが、家並みの屋根や線路には、かなりの雪が積もっている。車内の乗客たちは寒さをこらえ、小学生の私が夢中で写真を撮り終えるまで、無言で耐えてくれたのではないか。

四人掛けボックス席での相客は、向かい側の席に、ジャケット姿の中年男性と事務員風の女性、私の隣はわりに若い男性、というように記憶している。

「女の子？」

折尾駅から私がこの列車に乗り込み、デニム地のボストンバッグを網棚に上げたとき、周囲の大人たちは、そんな反応を示した。

「男です」

と答える。そんなやりとりをしてから、私はハチロクが牽引する旅客列車が対向する線路を走ってくることに気づいて、窓から写真を撮らせてもらったわけである。これをきっかけに、

「どこから来たの？」

「何をしに？　これから、どこに行くの？」

といった質問が続いた。京都から来て、年内いっぱい北九州と山陰地方をめぐるつもりだ、

と私は答えたはずである。

直方駅に列車が着くと、私の隣の青年と、向かい側の席の女の人は席を立ち、ほかの多くの乗客とともに、どっと降りていく。この駅を過ぎると、車内はすっかり空いてしまった。

向かいの席に座っていたジャケット姿の会社員風の男性は、しばらくすると、私の隣の席に移ってきた。小学生の私には、ずいぶんな年配に見えた。だが、いまから思い起こすと、父親よりいくらか年長の四〇代後半、というところだったのではないか。その人は、自分の冬物のジャケットを脱ぎ、私と彼自身の腰から下を覆うように掛けた。そして、ジャケットの下で、私の手の甲や、膝、腿あたりを、

「寒いやろ」

とか言いながら、しきりにさすった。

いたわるような口調なのだが、どうしてそんなことをするのかわからないまま、しばらく、じっとしていた。

すると、その男は、私の耳元に口を寄せ、小声で、

「おっちゃんのあそこを触ってくれんか?」

と言った。

私は、なおもしばらく、自分が何を言われているのか理解できずに、じっとしていた。実際には、数秒間ほどのことだったのではないか。だが、やっと、わかった。体が硬直するのを感じながらも、ばねがはじけるように立ち上がり、

「困ります」

とかいう声を発したように覚えている。そして、網棚からボストンバッグを下ろして、車両の乗降口に向かった。少しこわかったが、デッキに立ったまま、もとの座席のほうには視線を向けなかった。その男は、追っては来なかった。

やがて列車は速度を落とし、次の駅のホームに滑り込みはじめた。私は、その駅のホームにいったん降りて、一両とばして、もう一両後ろの車両に再び乗ったのではないかと思う。いや、車両のなかを、急いでそこまで移動したのだったか。本線とはいえ、ひなびた路線なので、ここで列車から降りてしまうと、また一時間ほども次の列車はない。だから、降りてしまおう、とは思いつかなかった。自分が立てた旅程に、縛られ過ぎていたとも言えるだろうか。移った車両のデッキに身を硬くして立ち、乗り換えを予定していた新飯塚駅まで、その状態で過ごした。

新飯塚駅でホームに降り、後藤寺線のディーゼルカーに乗り換えた。ここでも、誰も追っては来ないことを確かめた。

ディーゼルカーは、すぐに発車した。周囲の景色が、すっかり色合いを変えてしまったように見える。三〇分余りで、後藤寺駅（現在の田川後藤寺駅）に到着し、その駅頭に降り立った。

急行「桜島」を折尾駅で降りてから、まだ朝食をとっていない。

後藤寺の駅前で、「しるめし」という暖簾が掛かる大衆食堂に入った。わずかな乗り換え時間だが、何か食べたかった。もうもうと湯気が立ちこめた店内に、肩をぶつけあうようにお客が入って、活気に満ちていた。こちらから特に何も注文しなくても、サツマイモや豚肉がどっさり入った大椀の汁物と、丼飯が、どすんとカウンターに出てきた。体が温まって、うまかった。あれが「しるめし」という献立だったのか？　あるいは、うちの食堂では「しる」や「めし」などを出していますよ、という意味で、暖簾に「しるめし」と染め抜かれていたのだろうか？　ずっと、確かめてみたいと思いながら、およそ半世紀後の今日まで、果たせないまま過ぎてきている。

昼にかかるにつれ、山野の雪は少しずつとけていく。それから夕刻近くまで、田川線（現在の平成筑豊鉄道田川線）の油須原《ゆすばる》駅の近辺で、枯田や高みから、９６００形蒸気機関車（キューロク）が牽引する貨物列車を撮影した。

筑豊一帯は、明治期なかば以来、いくつもの炭鉱から産出される石炭を輸送するため、鉄道が網の目のように張りめぐらされてきた。だが、二〇世紀後半の高度経済成長期、石油・天然ガスが石炭に取って代わって、炭鉱は閉山が相次いだ。田川線の貨物列車も、高みから撮影していると、無蓋車の積み荷の大半は、白っぽい石灰石であることがよくわかった。

これらの石灰石は、けさ通ってきた後藤寺線の船尾駅から送り出されている。駅の背後にある船尾山が、石灰石の採掘場なのである。貨物列車のダイヤを確かめるとわかることなのだが、ここから搬出された石灰石は、田川線を経て、苅田《かんだ》港へと運ばれていく。（ちなみに、船尾駅に隣接した敷地に田川工場を持つ地元企業・麻生セメントでは、この一九七三年、麻生太郎（のちの首相）が新社長に就任している。彼は、七九年まで同社社長をつとめ、麻生グループが石炭主力からセメント産業へと転換するにあたって、その展開に功績があったという。）

油須原駅周辺での撮影を切り上げ、田川線で伊田駅（現在の田川伊田駅）まで戻り、そこから伊田線（現在の平成筑豊鉄道伊田線）で直方駅に出て、さらに筑豊本線で折尾駅へとたどった。

あの日は、どこに泊るつもりだったのか？　たしか、急行「さんべ3号」が、博多駅始発で、下関から山陰本線に入り米子駅まで走っており、これの自由席で夜明かしする計画ではなかったか。

筑豊あたりの列車に乗っていると、車窓からは、あちらこちらにボタ山らしいものが望まれた。炭鉱のボタ（採掘によって生じる土や石）が投棄され、営々と積み上げられてできる人工の山である。大きなもの、小さなもの、どれも三角形の山影をなしている。本来、ボタ山は暗褐色である。だが、閉山して時を経ると、ボタ山にも草や木が生え、緑を加えて、その形も丸みを帯びてくる。

ボタ山に夕陽が当たり、山肌が赤黒く染まって、陰翳を深くする。それを見ながら、不意に人恋しさに襲われて、泣きたいような気持ちになった。

我慢しきれず、折尾駅の公衆電話で、その日の朝に別れたばかりの橋本さんの唐津の実家に電話した。そして、情けないのだが、「今晩、そちらに泊めてもらえないでしょうか」と、頼んでみた。

——おう、いいぞ。——

と、橋本さんは、応じてくれた。

——……博多駅から筑肥線に乗って、東唐津駅まで来るんよ。うちは、そのすぐ近くやから、迎えに出といてやる。——

当時の筑肥線は、博多駅が始発で、一番線、二番線から出ていた（いまは、姪浜《めいのはま》駅が始発で、そこに博多駅を通る地下鉄が乗り入れている）。まだ博多駅まで新幹線が来ていない時代である。

東唐津駅も、いまの場所より北西方向に一キロばかり離れた、松浦川の右岸河口近くの東唐津旧市街にあった。筑肥線は、この駅でスイッチバックし、伊万里方面に向かう、というようになっていた。


橋本さんの実家は、そのころの東唐津駅のすぐ裏手、貨物の入れ換え作業の警笛や踏切の音などが響いてくる場所にあった。ご両親は温厚な人たちで、朝夕、居間の大きな仏壇の前に正座して、うちわ太鼓をたたきながら法華経を唱えていた。

せっかく京都から小学生が旅をしてきたのだから、唐津周辺の景勝地を案内してあげようと、泊めてもらった翌日は、お父さんの運転で、橋本さんが呼子《よぶこ》、唐津城、鏡山展望台、虹ノ松原などをまわってくれた。唐津は、とても美しい土地だった。

田川線・油須原駅付近。積み荷は、石灰石である（1973年12月30日）

その日は、夕方から橋本さんといっしょに、彼の旧友宅に出向き、二人で一晩泊めてもらった。帰省して再会の約束があったところに、私が押し掛けたので、やむなく同行させてくれたのだろう。東唐津から少し離れた土地にある、裕福そうな農家だったと記憶している。改築して、さほど日数を経ていないように見える客間で、橋本さんと布団を並べて眠った。

恥をしのんで記しておこう。この友人宅では、記憶に残っていることが、もう一つある。泊めてもらった翌朝、その客間で、朝食をごちそうになった。友人の母上が、味噌汁に、炊きたてのご飯、お新香を台所から運んできて、座卓に並べてくださった。私は、てっきり、そのあと、何かおかずにあたるものが出されるものと思って、待っていた。ところが、気づくと、橋本さんと友人は、ご飯、味噌汁、お新香とで、もう、うまそうにどんどん食べている。あわてて、私も二人を追いかけるように、食べだした。

私は、母や、祖父母との暮らしの食習慣で、朝には玉子焼きなり、ありあわせのハムと野菜なり、そうした「おかず」にあたるものが出されるものと思い込んでいた。けれど、食事の習慣というのは、それぞれの暮らしによってまちまちで、朝はもっとシンプルに済ませて、さっと仕事に立つ暮らしもある。朝が早い農家の暮らしなどは、とりわけそうであったとしてもおかしくない。こうした、それぞれの暮らしが立脚する基盤をさして、「文化」と呼んだりもするのだろう。私は、誰にも言えない恥じらいとともに、そういったことをひそかに学んだ。

一二月二七日午後、私は東唐津を発った。行き先は、あらかじめ京都からハガキで予約を

佐賀・呼子にて。橋本さん

佐賀・唐津の鏡山展望台にて。12歳の筆者

入れてあった、下関の「火の山ユースホステル」だった。

筑肥線の車内で小春日和の海原を眺めつつ、駅弁の幕の内弁当を食べたことを覚えている。

下関の「火の山ユースホステル」では、たしか三泊した。壇ノ浦の古戦場でもある海峡を丘陵地の高みから見下ろす、清潔な施設だった。ユースホステルに泊まるのは、これが初めてである。ユースホステル独特のスリーピングシーツ（寝袋のように封筒状のシーツ）という寝具も、ここで借りて使ったのが初体験だった。

目の前の海上で、この年一一月に落成した東洋一の吊り橋だという「関門橋」が、本州と九州側の陸地をつないでいた。だが、第四次中東戦争に伴う「オイルショック」が日本社会を見舞ったのも、まさに、同じ秋のことだった。だから、「関門橋」の全容を美しくライトアップするイルミネーションも、点灯は週末の一、二時間ほどに抑制されていたように記憶している。

朝方、早起きして散歩すると、海峡は乳白色の朝霧のなかだった。朝日が射すにつれ、潮の流れが激しい難所の海を、さかんに行き交う船の動きが見えてきた。

ここにねぐらを置き、山陰本線の蒸気機関車を撮影した。このあたりを走っているのは、もっぱらD51で、まだ客車を牽くものも多かった。

長門市駅には、隣接して扇形庫を備える大きな長門機関区もあった。地形図を頼りに、ここから隣の黄波戸《きわど》駅とのあいだを歩く。線路ぎわにはまだ残雪があったが、小春日和が続いており、海も穏やかだった。

夕刻、年の瀬の侘しげな下関の街に戻ると、駅前のバス停でユースホステル方面へのバスを待った。途中、バスは赤間神宮前を通る。ここを通るたび、壇ノ浦の合戦で滅びた平家一門の亡霊たちに取り巻かれる、小泉八雲の「耳なし芳一」の話を思いだした。

一二月三〇日の早朝、私は火の山ユースホステルをチェックアウトし、もういっぺん北九州の筑豊に取って返して、田川線の油須原駅をめざした。

築堤の急勾配をあえぐような息づかいで、９６００形蒸気機関車が、ゆっくりゆっくり、石灰岩を積む無蓋車の長い貨物を懸命に牽いてくる。最後尾には、補機の蒸気機関車も付いている。補機は、先頭の蒸気機関車に息を合わせ、上り勾配を後押しする。

この日一日の撮影を終えて、移動のため、ディーゼルカーに乗り込んだ。車窓から、西陽の当たる筑豊のボタ山を眺めると、また無性に寂しくなる。

――いまの自分は、数日前にここに来たときより、しっかりしているか？

旅の終わりが近づいている。だからこそ、それを確かめるために、私はここに戻ってきた。だが、やはりこれは、簡単なことではなかった。このときも、私は、人恋しさに負けている。

……橋本さんに電話しようか？

筑豊本線から、鹿児島本線の黒崎駅（北九州市）まで出たところで、いよいよ、自分の弱気を抑えられなくなってしまった。

結局、この夜、また私は、はるばる東唐津の橋本さん宅まで押し掛けた。こうして、もう一晩、泊めてもらった。年末の押し詰まった時期に、ご一家には迷惑なことだったに違いない。これも、少年にとっては、あまり思い出したくはない挫折の一つの記憶である。

いつまでも、こういうことをやっていてはいけない。

もう、京都の家に帰ろう、ということだけは決めていた。東唐津を発つのは、大晦日の昼前。橋本さんのお母さんが、おむすびだったと思うが、昼食用の弁当まで持たせてくれた。

●

このとき使った切符が、幾枚か、残っている〔口絵xiv〕。

第一のものは、京都を出発するさい、例によって、複雑な旅程に合わせて発券してもらった乗車券である。二枚綴りの乗車券のうち、復路にあたる二枚目だけ、入鋏された状態で残っている。これは、「北九州市内」から「京都市内」行きではあるのだが、「山陰〔本線〕・因美〔線〕・姫新〔線〕・山陽〔本線〕」経由、と入り組んだ道筋が表示されている。有効期間は、「一二月二四日」からの一〇日間。子ども料金で「一三二〇円」である。つまり、この経路は、下関駅から山陰本線に入って鳥取駅まで行き、そこから因美線で東津山駅、さらに姫新線に乗り換えて山陽側の姫路駅に抜ける。ここから山陽本線、東海道本線とたどって、京都まで帰ってくる、という道筋である。

第二のものは、列車内で車掌が発行した「博多」から「折尾」までの乗車券で、これには

「北九州市内からと併用」と注記されている。つまり、博多駅から列車に乗ったさい、「北九州市内」から「京都市内」までの乗車券はすでに持っているので、切符が不足している博多駅から「北九州市内」（そのなかで最寄り駅たる折尾駅）までの区間の分を、新たに購入して補っているのである。（ただし、このとき車掌は発券ミスを犯しており、大人料金のまま「二一〇円」を徴収している。正しくは、子ども料金なので、一〇〇円だったはずである。「長崎車掌区乗務員発行」と印字がある。）

第三に、特急券も残っている。特急「かもめ」、一二月三一日の博多駅一三時発、京都駅まで。一三号車C席、子ども料金で六〇〇円。発行は、一二月三〇日の「黒崎駅」である。つまり、私は、一二月三〇日の夕暮れどき、黒崎駅から橋本さんの実家に電話をかけ、もう一泊させてもらえないかと頼んださいに、翌日には必ず京都に引き上げる決心をして、この特急券を買っておいたのだろう。

大晦日の午前、私は東唐津駅で博多駅までの乗車券を買い、筑肥線のディーゼルカーに乗ったはずである。博多駅で（長崎始発の）特急「かもめ」に乗り換える。この車内で、車掌に対し、特急券とともに、東唐津駅から博多駅までの乗車券、さらに「北九州市内」から「京都市内」行きの乗車券も示して、不足している博多駅―北九州市内（折尾駅）の分の乗車券を車内発行してもらったのだろう。東唐津駅―博多駅の乗車券は、そのさい、車掌が回収したのではないか。

私の所持していた「北九州市内」から「京都市内」行きの乗車券は、山陰本線経由の大回りのもので、特急「かもめ」がまっすぐに山陽・東海道本線経由で京都をめざすのとは違っている。乗車券の変更について、当時の国鉄では「乗っていない区間が五一キロ以上残っている乗車券については、すでに乗った区間の運賃と、手数料三〇円を差し引いた上で、払い戻す」という規則があり、京都駅に到着後、駅員を相手に交渉すれば、いくらか戻ってきた可能性がある。だが、このとき私には、もはや、そうした気力は尽きていたのだろう。

特急「かもめ」の終点・京都駅到着は、大晦日の深夜二二時二四分。博多駅から所要九時間半の長旅だった。

自宅に帰りついた私は、部屋でセーターのまま眠り込む二歳の弟、年越しそばを食べる四歳の妹を、写真に撮った。このあたりで、年が明けたのではないか?

一九七四年の正月、私が自宅で撮った写真のなかに、父の姿はない。不在だったということだろう。

母は、

「唐津の橋本さんのご一家には、お正月まぎわまで、すっかりお世話になっちゃって……」

と、恐縮しながら、なぜか少しばかり嬉しげな声でもあった。そして、正月の三が日が明けると、そそくさと街に出て、お礼の菓子折りなどを唐津に向けて送っていた。

当時、山陽新幹線は、まだ岡山までしか開業していなかった。やがて一九七五年三月、山陽新幹線が博多まで延伸して、開業する。これと同時に、急行「桜島・高千穂」、特急「かもめ」は、ともに廃止されている。

春とともに終わる

田川線・油須原駅附近にて（1974年4月2日）

自分の少年時代（半世紀近く前）の旅をこうやって振り返る機会を持つと、改めて驚かされるのは、その頻度である。長旅からやっと帰り着いても、次の週末には、すぐにまた別の短い旅に出ていたりする。

いまの私は、こんな矢継ぎ早の強行軍の旅程を思い浮かべるだけでも、じわじわ、脂汗が疲労とともに滲《にじ》み出てくるように感じる。

――おいおい、本当かよ？

なんで、こんなに旅ばかりしてるんだ？――

と、小学六年生、満一二歳の自分に向かって、こぼしてみたくなる。

一九七三年の年の瀬、北九州・山陰地方への旅から帰着したあとも、そうだった。年が明けて、一九七四年の二月一五日には、もう一度、山陰地方への短期間の駆け足の旅に出ている。

前年暮れ、最初の本格的な一人旅は、「北九州・山陰地方」をめぐるものとして計画しながら、開始早々、人恋しさにつまずいて、「山陰地方」への旅については尻すぼみで終わった。つまり、このとき実際に歩いた山陰は、山口県下の下関から長門市にかけての一帯だけに限られているのである。

私は、これを無念に思っていた。だから、そのとき行けずに終わった島根、鳥取あたりを、急ぎ足であれ、ひと回りしてこよう、と考えたようなのだ。つまり、今回の短い旅は、前年末の旅の挫折に対する〝雪辱の旅〟でもあったと言うべきか。

いや、さらに思い起こすと、この短い旅に先立ち、その前の週――同年二月九日（土）から一一日（月・祝日）の連休――に、私は東京に出向いている。これについては、荻窪にある母方の祖父母宅に行く、という名目があった。だが、このとき私には、もう一つ、目的があった。前年末の九州への旅行中、佐賀・唐津の実家で泊めてもらって世話になった大学生の橋本さんを、彼の東京の下宿に訪ねようとしたのである。橋本さんは創価大学（東京・八王子市）の学生なので、下宿も同じ中央線沿線の立川あたりだった。

前年暮れ、九州に向かう急行「桜島・高千穂」の車中で、彼から松本零士『男おいどん』のコミックスを借りて読み、そのおもしろさに引き込まれて以来、私は「ビンボー下宿」での暮らしというものに興味を抱いていた。だから、橋本さんの下宿を訪ねて、実態（？）に触れてみたい、という好奇心もあっただろう。たしか、下宿のアパートで一晩泊めてもらったのではなかったか。

二つのことを覚えている。

一つめは、橋本さんと一緒に、下宿の近くの学生食堂に入ったことである。「肉豆腐」を頼むと、その煮汁が真っ黒で、ぎょっとして、逡巡した。こんなに醤油で辛そうな豆腐を、自分は食べられるだろうかと、ためらったのだった。

それまで私は、東京で、外食を一人でとる機会がなかった。荻窪の祖父母宅で、富山育ちの祖母が作ってくれる料理の煮汁は、こんなに黒くなかった。母は東京育ちだが、京都で暮らすあいだに、煮物などには淡口《うすくち》醤油を使うようになっていたらしく、やはり、煮汁は茶色っぽく透明感のあるものだった。

意を決して、その「肉豆腐」を食べたが、心配したほど辛くなかった。むしろ、私が食べ慣れているものより、砂糖の甘みが濃い味付けだった。関西とは違って、関東では淡口醬油をあまり使わないのだ、ということさえ、私はまだ知らなかった。

もう一つは、同じ日の夜遅くになってのことではないかと思うが、橋本さんに伴われて、彼の下宿仲間の部屋を訪ねた。その男子学生の部屋にある調理装置は一口の電熱器だけで、鍋に湯を沸かすだけでも時間がかかった。そうやって、一人分ずつ順番に、彼は手鍋でインスタントラーメンを作ってくれた。

傍らで、橋本さんは私に向かって、こんなことを言った。

「ひさし（私の本名・北沢恒）、インスタントラーメンは、あんまり食い過ぎんように注意せんといかんぞ。こればっかり食ってると、肥《ふと》ったまま栄養失調で倒れてしまう。血を吐いた者もおる」

ふだん〝かぎっ子〟暮らしで、団地の自宅に一人でいるときは、毎日、おやつ代わりにインスタントラーメンを作って食べていたので、この話は実感を伴い、私のなかに残った。

橋本さんは、説教がましい人ではなかった。だが、食べる、ということについて関心を持っていた。恩師から教えられたこととして、重ねてこんなことを言っていたのも覚えている。

「食事のとき、最初に何から箸をつけるものなのか、知ってるか？

汁物から、なんだそうだ。味噌汁とか、そういうもの。汁物がないときは、まずお茶をひと口飲んでおけば、それでいい。最初に舌を湿らせておくことで、出された食べものの味が、よくわかる。だから、それが、正しい食べ方らしいんだ」

食べものの味がしっかりわかる状態で、食事にのぞむ。それこそが、礼儀にもかなっている。筋道立てて、そうしたことが恩師の口から語られたことに、橋本さんは感銘を受けたのだろうと思う。

創価大学の設立は、いまになって知ると、一九七一年である。つまり、橋本さんは、その第一期生だったとしても、私が知り合ったとき三年生、ということになる。ご両親も彼自身も創価学会に所属していたようだが、信仰について、彼との話題にのぼったことはなかった。ただ、私が東京から京都に帰ると、まもなく、橋本さんから郵便が届いた。なかに『創価学会入門』という文庫本が入っていた。「自分はこれを読んでずいぶん教えられることがあったので、もしよければ読んでみてはどうか」といった簡単な文面が付されていたように記憶する。

山陰への短い旅の出発直前のことで、この文庫本も、わずかな荷物に入れていった。

この旅は、先にも述べたように、私が小学校六年生、一九七四年二月一五日の夕方から、同月一七日の朝にかけてである。二月一五日は金曜日だが、翌日の一六日土曜日が何かの理由で休校だったようで、その機をとらえて旅に出ることにしたのだろう。

京都駅の窓口で、例によって、込み入ったルートで山陰本線の出雲市駅まで行き来する二枚綴りの乗車券を発券してもらっている。一枚目は「京都市内」から「出雲市」行きで、「山陽〔本線〕・伯備〔線〕・山陰〔本線〕」経由である。そして、二枚目は「出雲市」から「京都市内」行きで、「山陰〔本線〕」経由となっている。一枚目が子ども料金で九四〇円、二枚目が同じく八二〇円。どちらの切符も入鋏されている（つまり、使用済みの状態）が、二枚をつなぐミシン目は切り離されずに残っている。おそらく、出雲市駅の改札口で係員に頼んで、ちぎり取らずにおいてもらった、ということだろう〔口絵xiv〕。

岡山駅から「四〇〇キロまで」の自由席特急券も、二月一五日の日付のものが残っている。これも、発券は京都駅で、子ども料金一七〇円、新幹線からの「乗継」割引が適用された切符である。ここから、京都駅―岡山駅間は新幹線を利用したのだとわかる〔口絵xv〕。（「硬券」と呼ばれる。こうした厚紙製の切符の場合、子ども料金のさいには右端部を斜めに切り落とす。）

つまり、この二月一五日（金）、私は、京都駅から山陽新幹線に、当時の終点・岡山駅まで乗車し、これに接続する伯備線経由の特急「やくも」で出雲市方面に向かった、ということだろう。

在来線の特急料金の刻み方は、そのころ「二〇〇キロまで」の次が「四〇〇キロまで」となっていた。岡山駅―出雲市駅の距離は二二一・九キロ。したがって、この乗車区間において「四〇〇キロまで」の特急券を要するのは、出雲市駅まで乗車する場合だけである。それでも、なお確定しにくい要素が残る。このとき私が乗車したのは、岡山駅発一五時一八分、出雲市駅着一八時の特急「やくも4号」だったか？　あるいは、岡山駅発一八時四三分、出雲市駅着二二時二二分の特急「やくも5号」だったか？　どっちだろうか、という点である。

記憶がもはや明瞭ではないのだが、その日、私は、出雲市駅に到着後、私鉄の一畑電鉄を乗り継いで、出雲大社前駅近くの「ゑびすやユースホステル」に泊まったのではないかと思う。だとすれば、ユースホステルの門限（二〇時）までに到着できる「やくも4号」を利用するほかない。

つまり、私は、この日、一三時三〇分より少し前には、京都駅から新幹線に乗らなければならない。団地の自宅は、小学校のすぐ近くにあった。午前中いっぱいで帰宅し、無人の自宅で旅行用のバッグを取り上げ、すぐに京都駅に向かったということだろう。

この旅で撮った写真は、いま、見つけ出せずにいる。ここでも二つ、断片的な記憶だけが残っている。

一つは、玉造《たまつくり》温泉駅、という地名の由来が気にかかっていたこと（この駅は出雲市駅から二五キロほど京都寄りにあり、二月一六日の日付で、入場券が残っている〔口絵XV〕）。古代、この地で、勾玉《まがたま》、管玉《くだだま》などの製造が行なわれていたという話を、私は、何か地方史に関する本で読んだことがあった。

もう一つは、橋本さんから届いた文庫本『創価学会入門』を、山陰方面からの帰り、各駅停車の夜行列車の車中で読んだことである。——生命とは、一人の人間の具体的な身体となって現われている状態と、より広範な生命現象全体のなかにそれが潜在している状態とが、循環をなしながら続いていくと述べていたくだりが、印象に残っている。だが、私のなかで、それが特定の教派への関心に結びつくことはなく、橋本さんからも感想などを求められることはなかった。

このとき、私が乗った夜行列車は、出雲市駅発一九時三分、京都駅着が翌朝五時一九分という長距離列車である。各駅停車でありながら、三段ベッドのB寝台車も一両備えた列車だった。

たぶん私は、この旅で、その夜行列車に乗ることを一番の目的としていたのだろう。前年暮れの旅では、まず北九州の筑豊地区の諸線で9600形蒸気機関車を主力とする貨物列車を撮影してから、山陰地方を移動しながらD51を主力とする旅客列車や貨物列車を撮るつもりだった（山陰本線の江津駅から分かれる三江北線にはC56が牽く貨物列車が走っており、鳥取県下の倉吉線にはC11による混合列車もあった）。せめて、そうした当初の旅程通りに、鉄路をたどっておきたいと考えていたように思われる（中学に入ると、さらに私は、この年の四月、九月、翌七五年一月と、重ねて山陰地方を訪ねるようになった）。

現地で撮った写真を見つけ出せていないので、正確な旅程は再現できない。だが、二月一六日の玉造温泉駅の入場券が残っていることから推測すると、おそらく、この日の日中は、乃木駅—玉造温泉駅—来待《きまち》駅という、宍道湖《しんじこ》べりの一帯でSL列車の撮影をしたのではないか。

その夜は、さきほど述べた出雲市駅発、京都駅行き、各駅停車の夜行列車に乗っている。むろん、寝台車ではなく、硬い座席の客車である。このとき以後、米子駅の「かに寿司」などの駅弁を私は何度も食べることになった。

各駅停車の夜行列車は、停車時間が長い駅が多い。そうした駅で、私は席を立ち、入場券を買っている。豊岡駅には日付が変わって午前一時一〇分到着、福知山駅は午前二時五三分到着。だから、これらの駅の入場券は、すでに日付も「二月一七日」となっている。

だが、不可解な点が混じる。同じ「二月一七日」発券で、福知山線の石生《いそう》駅の入場券が残っているのだ。だが、私が乗った京都駅行き夜行列車は、福知山駅からさらに山陰本線を進んだはずで、尼崎（兵庫県）に向かう福知山線には進入しない。なのに、なぜ、石生駅の入場券が、ここにあるのか？　どうにも、そこが気にかかり、当時の時刻表を確かめると、当該の夜行列車について、こんな注意書きが見つかった。

「出雲市駅発2月2・16日は橋りょう工事のため、福知山線う回、この時刻となります」

——そして、福知山駅発午前三時四分、福知山線経由で、京都駅着は午前六時二七分、という臨時のダイヤが併記されている。

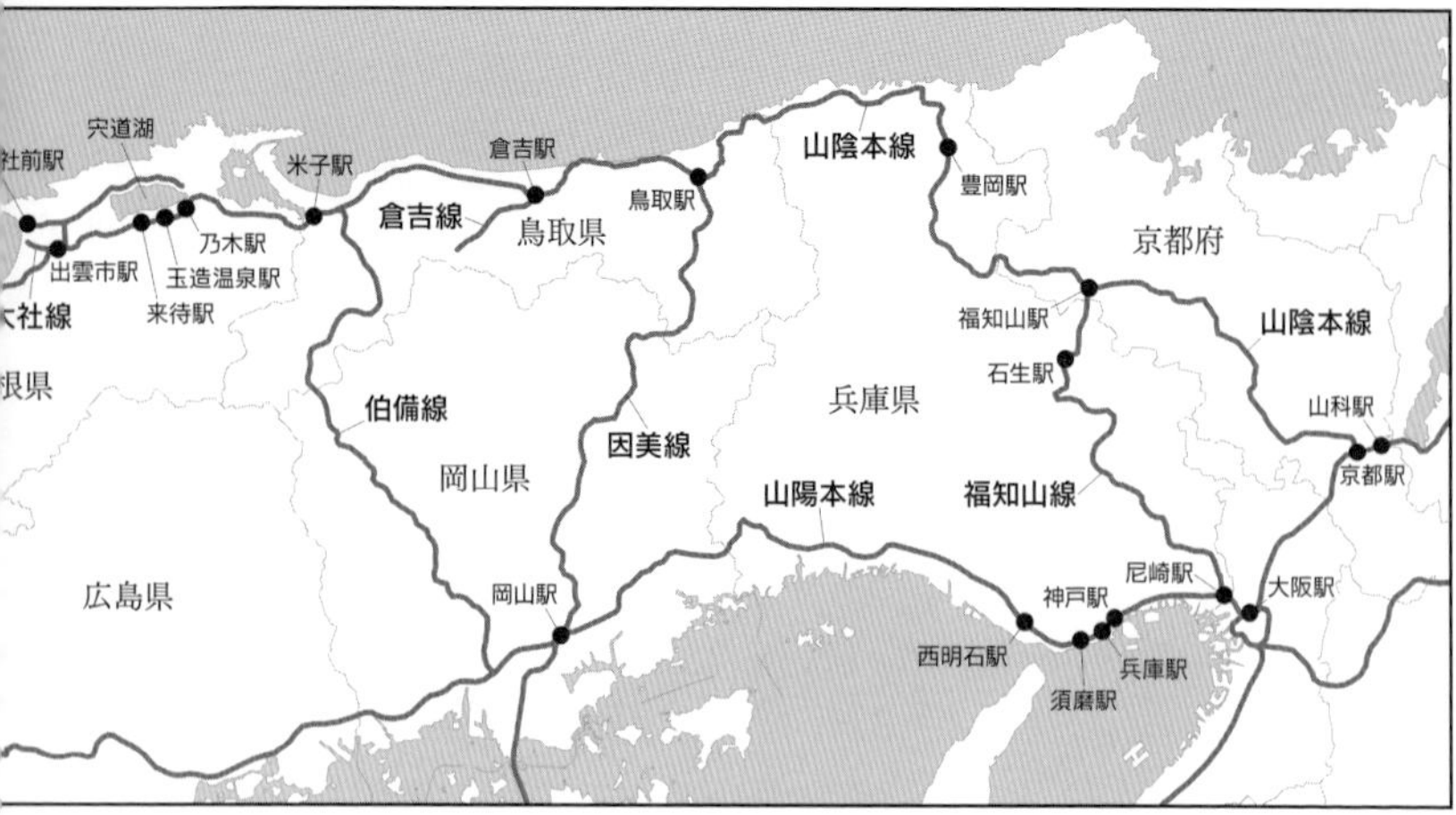

つまり、この年二月二日と一六日（福知山駅を通る段階では日付が変わって、同月三日と一七日）の当該列車は、山陰本線の橋梁工事が夜通し行なわれるため、福知山線を迂回した、というのである。だから、石生駅を通ったのだ。

当時の福知山線の石生駅は、単線・非電化の区間で、しかも、貨物取扱い、列車交換などの業務がある。深夜には夜行の急行の通過もあった。この駅で、迂回途上の京都駅行きの夜行列車が、時間調整で停車する間、私は変則ダイヤの列車に乗り合わせた記念に、窓口で頼んで、この入場券を売ってもらったのだろう。未明の午前三時半ごろだったはずである。

●

こんなこともあった。小学校卒業が間近に迫る一九七四年三月一七日、日曜日。

同じクラスの友人たちから、おまえはこのごろあちこち一人で旅行しているようだけど、自分たちも一緒にどこかへ連れていけよ、という声が上がった。私もいい気になって、それでは学校が休みの日に、日帰りの鉄道旅行をしてみよう、ということにしたのだった。

そのときの写真が残っている。女子六人、男子四人、私自身も含めて総勢一一人という顔ぶれになったようで、以前、三重県の加太トンネルを抜けようとして、ともに危ない目に遭った片岡豊裕君や佐々木君の姿もある。

朝、京都駅を出発し、大阪駅、兵庫駅、須磨駅など、あちこちで降車し、国電運行区間の終点・西明石駅まで往復してみよう、というだけのものだった。

夕刻前に京都駅に帰着したさい、調子に乗りすぎた私は、みんなに「キセル乗車」を指南してやろうと考え、ヘマをやった。

私たちは、正規の乗車券を買わないまま、長い距離を電車に乗って、京都駅まで戻ってきた。そして、京都駅の精算窓口で、「(隣駅の)山科から子ども一一人」と私が申し出て、短区間の乗車券の料金だけで改札口を通してもらおうとして、つかまってしまったのだった。

発車時間が迫って乗車券を買う時間がないとき、乗車駅証明書だけを改札口でもらって、電車に飛び乗る、ということは、よくあった。親切な駅員さんは、それさえ省いて、「降りるときに、ここの駅から乗ったと言って精算しなさい」と、改札口を通してくれることも、しばしばだった。つまり、このときの私の手口は、そうした鉄道員たちの親切心に乗じた、たちの悪いキセルである。

さすがに「子ども一一人」の無札駆け込み乗車なんて、駅の係員がおかしいと思わないわけがない。それに気づかないところが、一二歳の悪事の浅はかさである。精算窓口の係員は、「ちょっと待つように」と言い置き、奥の事務室に引っ込んでしまった。私たちは、その場で待たされた。このあいだに、係員は山科駅に電話を入れて、さきほど大勢の子どもたちの無札乗車を許したか、確かめていたのだろう。そして、ついに係員が現われたときには、二、三人の鉄道公安官も伴っていた。国鉄の列車内や構内を所轄する、警察官にあたる職務の人びとで、腰に警棒も下げている。

「こちらへ一緒に来るように」

と、落ちついた、断固たる語調で彼らは言って、私たち一一人全員を駅の鉄道公安室に連れていった。そして、ここに至る一日の行動を詳しく聴取した上で、

「――親御さんに迎えにきてもらってから、それぞれ、家に帰らせるので、自宅の電話番号を言いなさい」

と、これも有無を言わさぬ調子で、申し渡された。いよいよ、本当に、大ごとになってしまったのだった。

それぞれの親たちが、わが子を引き取りに、緊張し、かしこまった面持ちで、前後して鉄道公安室に到着した。

西明石駅―京都駅間の片道子ども乗車賃の三倍、だったろうか。とにかく、親たちはそれぞれ不正乗車区間の三倍料金をペナルティとして払わされ、わが子とともに引き上げていっ

た。だが、決まりの悪いことに、首謀者たる私の親だけが、いっこうに電話でつかまらない。

最後にOさんの父親が、娘を引き取るために到着した。地元の商店街で薬局を営む人だった。おそらく、その人は、公安官たちが私のことを持て余している様子を、横目にうかがっていたのだろう。彼は、私に向かって、

「しょうがない。さあ、一緒に帰ろう」

と、声をかけてくれた。痩せ型で、頭頂部が薄くなった、そろそろ五十年配か、という人だった。

私は、恐縮と遠慮が入り混じる気持ちで、

「いいです」

と、返事した。Oさんの父親には、これが、高慢な言いぐさに聞こえたようだった。

「そうか、もう、おまえは勝手にせえ!」

堪忍袋の緒が切れたように、彼は、どなった。

そのあとのことは、覚えていない。おそらく、気まずい思いをしながら、それでも、この父娘に、自宅近くまで連れ帰ってもらったのではないだろうか。

●

それから、わずか五日後、一九七四年三月二二日。小学校卒業式を終えたばかりの金曜日、

私は、夕刻の京都駅から、急行「桜島・高千穂」に乗車した。前年暮れに北九州に出向いたときと同じ列車である。ただし、車両編成の前方半分にあたる「桜島」に乗車した前回とは違い、今回は、列車の後ろ半分の計七両、「高千穂」の編成のほうに乗っている。日豊本線まわりで宮崎まで直行するつもりでいたからだ。子ども料金で旅ができるのは、これが最後の機会だった。

私は、初めて「九州ワイド周遊券」という特殊切符を買っていた。有効期間は一三日間で、大人の半額、子ども料金の三二五〇円。これがあれば、エリア内は乗り降り自由で、急行列車の自由席も急行券なしで利用できた。

前年のクリスマス・イヴに同じ列車に乗ったときとは、もはや、いろいろなことが違っている。親たちも、もはや息子の旅には慣れっこになって、見送りになど来なかったのではないか？　いや、母は、ちょうど勤め帰りの時間なので、妹と弟を保育園に迎えにいきがてら、ホームで手を振るくらいはしてくれたかもしれない。

春闘まっただなかの時期で、当時の国鉄の労働組合では、特にこれが激しかった。前年秋のオイルショックで、物価は二十数パーセントの上昇という「狂乱物価」を示しており、一九七四年の春闘は、それをカバーするだけの成果を目指して、賃上げ要求の度合もさらに増していた。

私が乗った急行「桜島・高千穂」が、北九州の門司駅に到着するのは、夜明け前、午前四時半過ぎ。ここで列車は、鹿児島本線を進む急行「桜島」と、日豊本線を進む急行「高千穂」に切り離される。急行「高千穂」の門司駅発車は、午前五時前である。だが、ここから、列車は運転時の速度などをスローダウンさせる「順法闘争」の影響を受けはじめ、宮崎駅には午前一一時半前に到着予定だったところに、およそ一時間半の遅れが出て、一三時ごろの到着となった。

宮崎機関区に停留する蒸気機関車の炭水車や防煙板、前面などには、「スト権奪還」「(車両)基地反対」「車両分散配置獲得」「日共粉砕」などといったスローガンのたぐいが、白ペンキの大きな文字で、好き放題に殴り書きされていた。

宿は、宮崎県庁近くの宮崎県婦人会館ユースホステルに、二泊の予約を入れていた。チェックインを済ませて、この日の午後から、近くの大淀川を渡る長い鉄橋のたもとで、さっそく撮影を始めた。椰子の樹が並ぶ川辺に、三脚を立てる。日向灘への河口に近い、水量豊かな川である。C57型やC61型蒸気機関車が牽く日豊本線の客車や貨物列車、また、小型のC11が牽く日南線の貨物列車も、この鉄橋を行く。まもなく四月のダイヤ改正で、南宮崎駅までの電化がなされる。だから、すでに橋梁の上にも架線がある。だが、支柱は川下側に立っており、撮影の妨げになることもない。

前年(一九七三年)秋のダイヤ改正で、関西のSLは、すでに全廃されていた。つまり、去年通った加太や笠置、そして伊勢にも、もう蒸気機関車は走っていない。SLの廃止は、ここに来て、いよいよ加速しながら進んでいく。

今回の九州への旅のころから、私は、各地の機関区に手紙を書いて、直近のSLの運行状

小倉駅
筑豊本線
田川線
福岡県
直方駅
油須原駅
博多駅
佐賀県
大分県
久留米駅
豊肥本線
大牟田駅
鹿児島本線
長崎県
立野駅
高森駅
熊本駅
高森線
水前寺駅
日豊本線
熊本県
肥薩線
美々津駅
宮崎県
ループ線
高鍋駅
大畑駅
阿久根駅
真幸駅
日向沓掛駅
田野駅
宮崎駅
霧島神宮駅
南宮崎駅
隼人駅
青島駅
清武駅
鹿児島駅
北俣駅
都城駅
国分駅
日南線
西鹿児島駅
（現・鹿児島中央駅）
志布志駅
志布志線
鹿児島県

況を問い合わせることを覚えた(機関区の住所や電話番号は、国鉄が刊行に協力する雑誌「SLダイヤ情報」に載っていた)。初めて問い合わせの手紙を書いたのは、たしか宮崎機関区だった。返信用の封筒を入れて、問い合わせの手紙を書くと、懇切な返信とともに、ガリ版刷りの最新の列車ダイヤなどを送ってくれた。これからのち、どこの機関区に手紙を書いても、そうだった。日常の業務に加えて、そういう問い合わせの一つひとつに返事をもたらす姿勢には、春闘の組織的な行動の激しさとはまた違う、現場の職員たちの心の動きが映っているように感じられた。

蒸気機関車の牽く列車が残るのは、この時点で、北海道、会津、山陰、北九州の筑豊地区、そして、南九州の諸線だけである。そして、四月に予定されるダイヤ改正で、宮崎機関区のSLも全廃されるというのが既定の方針のようだった。

宮崎のユースホステルで一晩泊まって、三月二四日は、夜明け前の四時半に起床し、始発の日豊本線上り列車で美々津《みみつ》駅に向かった。これから何度も、早朝の宮崎駅で、朝食代わりに鶏そぼろの駅弁を買い求めた。「かしわめし」と覚えていたが、いま調べなおすと、宮崎駅の弁当は「椎茸めし」と言ったようだ。

美々津駅近くの鉄橋の傍らから、C61が牽引する朝方の旅客列車、C57の貨物列車を撮影した。C61は、全国で一両だけ宮崎機関区に営業用として残る18号機だったはずだが、白ペンキで「大幅賃上げ獲得」と大書してある給水車を付けていた。

漁港のほうに歩くと、漁協の市場で、コンクリートのたたきに魚や貝類をじかに並べて、小規模なせり売りが行なわれていた。髪を手ぬぐいでまとめ、ゴム長履きの漁師のおかみさんたちが中心になって立ち働いていた。魚介類の生臭い匂いを覚えている。海から離れた街で育った私には、初めて触れた漁港の匂いだった。

「日本海軍発祥之地」と記した巨大な碇《いかり》の形の記念碑が、港のはずれに建っていた。太古、神武天皇が東征に船出した港は、美々津だったとする伝説があるからのことらしい。船出のさいの目印になったとされる七《なな》ツ礁《ばえ》という岩場が、少し沖に出たところに見えていた。

日豊本線は、南宮崎駅までの電化区間の延伸工事が完了して、四月のダイヤ改正で、これまでの電化区間の南端、大分の幸崎駅から先にも、特急の電車車両や、電気機関車が走りはじめる。それに向けた試運転の電車や電気機関車も、すでに、SLと同じ線路上を走っている。

夜、宮崎のユースホステル近くの街角の赤電話から、京都の家に電話して、あすは鹿児島に向かうつもりだ、ということを母に知らせたような覚えがある。

当時は、携帯電話はむろんのこと、カード式の公衆電話もない。だから、長距離電話をかけるには、一〇円玉をたくさん作って(まだ一〇〇円玉を使える電話機も普及していなかった)、手のひらに握りしめ、赤電話やピンク電話からかけるというのが普通のやりかただった。ただし、長距離電話は、料金がとても高かった。だから、長い時間は話せない。

貧乏旅行に慣れた者には、親元には一〇円玉一枚で電話して、「元気だよ」とひとこと伝えて、あとは切れるのに任せる、という者もいた。だが、私はそこまで思い切れず、このと

C57のテンダーなどに書かれた春闘の落書き。宮崎機関区（1974年3月24日）

美々津の漁協で行なわれていた、小さなセリ。（1974年3月24日）

きは一〇円玉を溜めてから、母に電話してみることにしたのだろう。母も電話料金が高いのを気にして、あまりあれこれと尋ねることなく、手短かに電話は切られる。当時は、それが、「長距離電話」というものをめぐる世間的な常識だった。

その後、北海道、さらに沖縄と、一人旅を重ねるようになるにつれ、旅先から家に電話を入れた記憶はほとんどない。長旅に出るとは、そういうことだった。長距離電話でも気楽に長話をする習慣が日本人に定着したのは、カード式の公衆電話が普及する八〇年代のバブル景気前夜になってからではないか。携帯電話、さらにインターネット上での「常時接続」が実現して、交信が途切れると不安にさらされるようになるのは、二一世紀に入るころからである。そんな手だてが存在しない時代には、こうしたストレスもなかったということだろう。

二五日には、宮崎のユースホステルで知り合った年長の男性四人と連れ立って、午前の急行で西鹿児島駅（現在の鹿児島中央駅）まで移動した。昼前、鹿児島に到着した時点で、いよいよ国鉄は、翌二六日の二四時間ストライキが避けられない雲行きに至っていた。このぶんでは、SLの撮影ができないだけでなく、当面の移動の手段も失ってしまう。それなら、いっそ、スト解除までは、じっと安上がりに過ごしていよう、ということになり、この日の午後のうちに、さらにバスで霧島の山中にある一軒宿の湯治場をめざした。旅行経験の少ない私は、年長の同行者たちに頼りきりだったが、自炊用の米なども、たしか道中で手に入れながらの移動だった。夕刻近い陽射しのなか、高原の枯れ野で「関平温泉」という看板を大学生くらいの男四人が囲んで撮った写真が残っている。撮影した私を含め、総勢五人でそこまで移っていった。

降り立ったバス停から、高原の道をさらにずいぶん歩いた。竹林の陰になった崖下のような立地に、その一軒宿はあった。湯治客が逗留する建物は、古い飯場のような木造の平屋で、自炊用の共同流し場があり、灼けた畳敷きの四畳半ほどの部屋が奥へと並んでいた。

薄暗い風呂場では、石の浴槽に、湯の華が溜まって揺れている。温泉になど興味がない一二歳の私には、これらすべてが薄気味悪かった。

国鉄のストライキをやり過ごすと、皆と別れて、三月二八日、日豊本線の北俣駅に出て、SL列車の撮影を再開した。日に二本しかバスが通らない土地で、牛の鳴き声がのどかに聞こえていた。ここから、南霧島信号場―国分駅間の「霧島越え」へと移動した。深い谷を見下ろす火山灰層の山肌に敷かれた軌道を、蒸気機関車が深いあえぎを響かせながら上ってくる。有名な撮影ポイントだが、ストの影響で、ここまでたどり着くのが難しかったか、ほかに撮影者は五人ほどしかいなかった。

国分駅から隼人駅に戻ると、廃車となったC61型蒸気機関車の19号機が、構内で夕陽を浴びていた。一七時半過ぎの急行「錦江2号」で、私はふたたび宮崎駅へと戻っていく。

この日から、宮崎県婦人会館ユースホステルで、さらに三泊することにした(ユースホステルには、連泊は原則三日までとする規則があった)。

二九日、また早起きして、日豊本線の上り列車で高鍋《たかなべ》駅に向かう。小丸川の橋梁で、C57重連が牽引する旅客列車を撮った。河口近くの小さな漁船の向こうを、二両の蒸気機関車に牽かれた七両編成のえび茶色の客車が走っていく。ひと月後には、これが電車や電気機関車の光景に変わると思うと、奇妙な気持ちになる。海辺に出ると、よく晴れて、広い砂浜に母親と小さな子どもたちの姿があった。

午後、今度は宮崎駅より南の日向沓掛駅に移動して、撮影した。春の南国の日脚は長く、夕刻になっても、まどろみを誘うような陽気だった。小さな駅舎の南側の畑地に、一面、白い大根の花が咲いていた。モンシロチョウやモンキチョウが、つがいをなしながら、しきりと舞っていた。不意に、その様子が苛立たしくなり、三脚を振りまわし、打ち払った。こんな感情が噴き出してくることに、自分で驚いた。

ユースホステルでは、同い年の小学六年生の二人連れと知りあった（すでに小学校の卒業式は終えているのだが、まだ中学に入学しておらず、身分としては小学生なのではないか）。大阪の池田市から来た、ということだった。また、一人旅の佐賀の中学二年生とも親しくなった。皆が、ＳＬ撮影のための旅だった。

三〇日は、午前中、彼ら三人と一緒に、ふたたび宮崎市内の大淀川河畔で撮影して過ごした。前年末の北九州、山口への旅のあと、私はヤシカの一眼レフカメラ用に、１３５ミリの望遠レンズを母に買ってもらって、撮影機材に関して若干の増強ができた。だが、カメラ本体をどこかにぶつけるか、落とすか、何かダメージを与えたらしく、この時期に撮影した写真の多くに光漏れが見受けられる。

大阪の小学生二人は、私よりさらにずっと精鋭の写真機材を持っていた。だが、１３５ミリの望遠レンズに2倍のテレプラスを装着して、河畔のリゾートホテルを懸命に覗き見しようとしたりして、どこか、こうした装備を持て余しているようでもあった。

南宮崎駅付近で、昼食をとるという大阪の小六の二人連れとは別れた。そのあと、佐賀の中二と清武駅、田野駅へと向かい、あとはめいめいに撮影した。一人旅を続けるうちに、だんだん、それが自分の体になじんで、目的を同じくする相手とは一、二日行動をともにすることがあっても、ずっと道連れでいようとは思わなくなった。ときが来れば、自然と別れていく。これが自由だと感じるようになっていた。

C57に牽引される急行「日南3号」が、夕陽を受け、低いドラフト音を規則的に響かせながら築堤のカーブを駆け上ってくる。定期運行の優等列車でSLに牽かれているのは、これが全国で最後のものだった。グリーン車の上にも黒煙をなびかせ、赤みを帯びた陽ざしのなかを走りぬけていく。

宮崎県婦人会館ユースホステルをチェックアウトしたのは、三月三一日の朝である。日南線を南下し、曇り空の下、青島で「鬼の洗濯板」をなす岩場の海岸を歩いた。この日は、志布志駅から、都城駅を経由し、吉都《きっと》線、さらに肥薩《ひさつ》線の「矢岳越え」、スイッチバックの真幸《まさき》駅と大畑《おこば》駅、そしてループ線を抜けて、熊本駅まで一気に移動した。泊まったのは、市内の水前寺近くのユースホステル。「水前寺ユースホステル」と記憶していたが、調べなおしてみると、当時は旧称の「松岡ユースホステル」だったようだ。

四月一日朝、美しく手入れの行き届いた広大な日本庭園、水前寺公園を散歩した。そのあと、豊肥本線の水前寺駅から、阿蘇カルデラへの入口に位置する立野《たての》駅に向かっている。この駅で、高森線という短い支線が分かれて、小型蒸気機関車C12が混合列車を牽いていく。二両の客車の前方に、数両の貨車をはさみ、先頭には、逆向きに連結されたC12、という編成である。盲腸線（終点で行き止まりになる短い鉄道路線）の終点、高森駅には転車台がない。だから、この路線のC12は、行きには逆向きで列車を牽き、帰りは正面向きで戻ってくる。阿蘇カルデラの南半、南郷谷を流れる白川沿いを、この列車は走る。

高森駅の近くのキャベツ畑で、午後に次の列車がまた戻ってくるまで待ち構え、阿蘇五岳を背景に、小さな機関車が後ろ向きに、煙を噴き上げ、有蓋、無蓋の貨車各一両、客車二両を引っぱってくる姿を撮影した。同月二五日のダイヤ改正で、この路線も、旅客営業はすべてディーゼルカーに切り替わり、C12が牽引するのは一日一往復の貨物列車だけとなる。

日暮れに熊本駅まで取って返し、夕闇の迫る熊本機関区を訪ねた。といっても、構内作業の邪魔にならないよう周囲に気を配りながら、勝手に犬走りなどを移動するだけなのだが、当時は、それで機関区の職員たちから見とがめられることもなかった。ある程度の秩序と信頼感が、「鉄道ファン」とのあいだに分ちもたれていたのではないか。

広い構内、そびえる給炭塔の脇の線路で、C11が二両、黒煙を上げていた。三角《みすみ》線の貨物列車や構内入れ換え作業に運用されている蒸気機関車である。うち一両は、給水を受けている最中だった。これらの機関車も、この月を最後に消えていく。

私自身は、当夜、熊本駅一九時四八分発の下り特急「つばめ3号」で、鹿児島本線をふたたび阿久根駅（鹿児島県）まで南下するつもりだった。すると、阿久根駅着は、二一時三八分である。あらかじめここまで南下してから折り返すことで、上りの夜行の急行「屋久島2号」の自由席車で席を占め、明け方前に北九州の小倉駅に到着するまで、できるだけ多くの睡眠時間も確保したいと考えたからだろう。こんなふうに、移動がねぐらを兼ねる旅には、「ワイド周遊券」という特殊切符は安上がりで便利だった。

四月二日の早暁四時三七分、列車は小倉駅に着き、ここから私は、前年の暮れに歩いた筑豊地区を再度訪ねて、地元の緒線の蒸気機関車の撮影に向かっている。この地の風光に惹かれるものがあったということだろう。夕刻、いったん関門海峡をくぐって下関に向かい、やはり前年末と同じ「火の山ユースホステル」に泊まっている。清潔な施設と景観の美しさに加えて、公営のユースホステルのため、二食付きで八〇〇円という宿泊費の格別な安さも魅力だった。

そうやって、四月三日、九州ワイド周遊券の有効期間の最終日を迎えた。ただし、乗車券の有効期限とは、その日のうちに改札口を入りさえすればいい、という意味であって、あとは目的地をめざす車中で日付が変わっても、さらに乗り継いでも、とにかく次に改札口を出るまでは有効とみなされる。この日、私自身も、終日を撮影に使ってから、夜に上りの夜行の急行「桜島」に乗り込んで、京都に引き上げるつもりでいた。

日中は、もう一度、筑豊に戻って、直方《のおがた》駅の広いヤードとその周辺などで撮影を行なった。そのあと、筑豊本線、鹿児島本線とたどって大牟田駅まで南下し、夕刻一九時過ぎ、折り返

C57が牽引する急行「日南3号」。日豊本線・田野駅付近（1974年3月30日）

朝霧の大淀川橋梁を渡るC57重連の旅客列車（回送）。
日豊本線・宮崎駅—南宮崎駅間（1974年3月30日）

朝霧の大淀川橋梁を渡るC11牽引の日南線の貨物列車。（1974年3月30日）

阿蘇五岳を背景にC12が牽引する高森線の混合列車。高森駅付近（1974年4月1日）

筑豊本線・直方駅の広いヤードを行くD60牽引の貨物列車。(1974年4月3日)

D60形蒸気機関車46号機、動輪のメインロッド付近。「D6046」と刻印がある

して、上りの東京行き夜行列車、急行「桜島」に乗り込んだ。春休み期間中ではあったが、ここからなら車内は空いていて、期待した通りに四人掛けの席を一人で占めることができた。だが、次の久留米駅で、小学生くらいの子ども二人を連れた夫婦が乗ってきた。家族旅行に出るようで、大きな荷物をいくつか彼らは携えていた。ところが、一家四人が一緒に座れるような空席は、もうなかった。そこで、彼らはいったん二人ずつに分かれて席を占めた。それでも、一家水入らずの夜汽車の旅をあきらめきれない父親が、周囲を見渡し、やがて私に目を留めた様子で、席を立ち、こちらに向かって近づいてきた。そして、

「おれたちは四人おるんで、ここの席を替わってくれんか」

と容赦なく言うのだった。抗うこともできずに、相席の乗客がすでに一人いる席に移る。やむをえないことはわかっていながら、なんとなく、屈辱を受けたような不快感が、薄れないまま、しばらく続いた。もし自分が成人した青年でも、あの父親は、あんなふうに言ったのだろうか？　そのように考えてしまう。四人で楽しげに団欒している先ほどの一家に対し、疎外された寂しさみたいなものを抱いたからでもあったろう。

博多駅では、若い女性が、一人で旅行バッグを提げて乗ってきて、私の隣に座った。どうやら、彼女も夜通しこの列車に乗りつづけるつもりらしい。

私は人見知りが強く、相客に自分から声をかけたりできないたちだった。だから、相手から何か声がかかるまで、じっと、そのことを期待しながらも、知らんふりで黙っていた。

「どこまで行くんですか？」

やがて、彼女のほうから、微笑とともに、声をかけてくれた。ふくよかな頬をした、やさしい顔だちの人だった。ずいぶん幼い少年が、どうやら一人きりで夜行列車に乗っているので、怪訝に思ってのことでもあったろう。

——京都まで。家に帰るんです。——

というふうに、私は答えたはずである。

彼女は、上正路《かみしょうじ》笑子さん、という名前だった。日本大学の学生で、今春、卒業を迎えた。卒業後、郷里の北海道に帰るので、記念の旅行をしておこうと、こうして博多まで一人で旅してきたのだ、ということだった。

夜汽車の旅で、私たちは多くのことを話したはずである。だが、四十数年の歳月のなかで、具体的な話題はすべて記憶から消えている。

ただ、

——いつか、北海道に来るなら、ぜひ、うちの実家にも泊まっていきなさい。——

というふうに言ってくれたことは覚えている。彼女は、実家の住所、電話番号を私のノートに書いてくれた。北海道の積丹《しゃこたん》半島西岸、泊《とまり》村の人だった。

●

前年の一九七三年末の北九州への旅以来、お世話になりっぱなしの唐津出身の創価大学の学生、橋本さんについて、その後のことを少し付け足しておこう。

この一九七四年二月に、東京・立川の下宿に訪ねて、またお世話になったことは、先にも述べた通りである。そのあと、京都の家に戻ると、彼から『創価学会入門』という文庫本が届いた。これを読みながら、私は山陰への短い旅を続けたのだった。

それから、しばらく、こちらからも連絡を取らないまま時間が過ぎた。特段の理由があったわけではなく、子どもというのは、その程度に、いつでも気ままである。それでも、橋本さんを愉快な兄貴分として慕う気持ちは続いた。だから、今回ここに記した春の九州旅行が迫るころだったか、橋本さんの下宿に電話してみたことがあった。なんとなく、近況を確かめたくなってのことだった。

——あ、ひさしか！——

電話口のむこうから、相変わらず快活な橋本さんの声が響いた。だが、それは、ひどく慌ただしさを帯びてもいた。彼は続けた。

——……いま、引っ越しなんよ！　下宿を移る。だから、荷物を出してる。これが終わって落ちついたら、こっちから電話するからな！——

そう言って、電話は切られた。

そのあと、私は、春の九州への旅行に出発し、二週間後に戻ってきた。だが、それからも、橋本さんから電話はなかった。こちらは、彼の新しい連絡先を知らず、そのままに過ぎた。

佐賀の実家の住所は、探せばわかったかもしれないが、そうまでして伝えねばならない用件も、子どもには別にない。

……小学生の自分が甘え過ぎて、大学生活がある橋本さんには、だんだん、それが負担になっていたのかもしれないな……。

あれから長い時間が過ぎて、こちらが大人になってからも、たまに橋本さんのことを思い起こすと、そういうふうに考えてみることがあった。

それはそれで確かだろう。だが、これだけが真実であるとも思えない。

大学生としてのキャンパス生活、仲間付き合いをしているほうが、小学生の相手をしているよりも、むろん、愉快だったに違いない。それに、若者らしい気まぐれが、小学生に電話をかけるという手間を、つい先送りにして、そのまま忘れてしまうというのは、ごくありふれた成り行きでもあるだろう。何か理由を求めるとすれば、せいぜい、それくらいのことだったのではないか。

時が来れば、おのずと、めいめいに別れていく。小学生としての私の時間は、このようにして、一九七四年春の九州旅行をもって終わっている。

旧二等兵と父

松野春世、弘前市内にて（1974年7月27日）

旧日本軍の兵隊の出立ちをした人と、一緒に旅をしたことがある。一九七四年、中学一年生の夏のことだ。松野春世さんという人で、父のいくつか年長の友人だった。

青森県の旧制弘前中学から東京の青山学院（当時は専門学校）に進み、一九四五年七月、岩手県盛岡の航空隊（教育隊）に、陸軍二等兵として応召入隊。一〇日後には、秋田県能代の東雲《しののめ》航空隊に配属された。翌月、八月一五日には、もう日本の敗戦である。それまで最下級の二等兵だったので、古参兵から殴られる経験はあっても、こちらから誰かを殴る経験はなかった。だが、もしも戦争が長引き、自分も上等兵になったり、さらに幹部候補生から将校になったりしていれば、部下の兵隊を殴ることがあったかもしれない。だからこそ、これからも自分は一生涯、二等兵であり続けようと考え、旅行に出るときなどは、軍服のズボンをはき、戦闘帽をかぶることにしている、という人だった。

もっとも、当時一三歳、高度経済成長期のただなかに育った私が、こんな戦中世代の心持ちをちゃんと理解できたはずがない。ここに述べたのは、松野さん本人が書き残されたものや、ご当人と親しかった人たちの証言から、いまになって教えられたことである。中学一年生のときの私は、戦争が終わって三〇年近くが過ぎているのに、まだ兵隊の姿のままでいる松野さん（このとき四〇代の終わりだったのではないか）を、ただ「変わったオジサン」だと思っていた。

とはいえ、そのときの写真を久しぶりに取り出して見ると、当時の松野さんの姿形は、いまの私よりもずいぶん若い。

中学一年生の夏休み、私は、北海道への初めての一人旅を計画していた。

出発予定は七月二八日で、その日から有効とされる「北海道ワイド周遊券」をあらかじめ京都駅旅行センターで購入していた。使用済み周遊券が、いまも手もとに残っている。中学に入ったので、もう子ども料金ではなく、大人料金なのだが、「学割」のハンコが押してある。正規料金が「一〇九〇〇円」と印刷されているので、二割の学生割引を受けて八七二〇円だったのではないか。

学割証は、担任教師を通して、中学校の事務が発行してくれていたように記憶している(高校生になると、事務の窓口で直接申し込んだ)。これについては、うるさいことを言われず、余裕のある枚数を、すぐに発行してくれていた。どこに、いつ行くのか、といったような、詮索めいたことを担任教師からも訊かれた覚えがない。移動の自由、といった憲法の保障する基本理念が、日ごろの常識的な空気として学校にも溶け込んで、そこにあったということだろう。

だが、この周遊券と別に、同年七月二五日発行の京都駅発、青森駅行きの使用済み乗車券も残っている。これには「盛岡」などの途中下車印が捺してあり、正規料金は三六二〇円だが、「学割」のハンコもあるので、切符代は二八九〇円だったということか。

さらに、同年七月二六日の日付が入った石岡駅(茨城県、常磐線)の入場券なども残っている。これらを互いに見較べ、眺めるうちに、だんだん、思いだされてくることがあった。

――〈山脈《やまなみ》の会〉に、松野さんという人がいて、おもしろい人なんだ。兵隊の格好で旅をする。いまは、茨城の石岡に住んでいるんだが、出身は青森のほうらしい。だから、今度、いっしょに青森まで旅をしようと言っている。おまえ、北海道に行くのなら、青森までいっしょに行かないか?――

と、あるとき父が誘ってきたのだった。

ふだんの父は、わりあいに温厚だった。母がずけずけものを言っても、じっと耐える姿勢でやり過ごす。だが、何か言いだすときには、いささか唐突で、ともすると強引な運び方をした。

父は、そのとき、

――……今月(七月)二五日出発では、どうだろう?――

と、具体的な日程を示したはずである。

〈山脈の会〉というものが、父も加わる全国規模のサークルであることは知っていた。秋田・能代で高校の先生をつとめる白鳥邦夫さんが中心人物で、戦争中に少年時代を過ごしたくらいの年齢の参加者が多く、戦争に賛同しない思いと、庶民の生活記録を残すことなどを大事にする集まりのようだった。私も、学齢前に、両親に連れられ、秋田まではるばると旅をして、このサークルの夏の集会に参加した覚えがあった。そのころの夏の夜汽車はずいぶん混んでいて、車内の床に新聞紙を敷いて寝たような記憶がある。現地の浜では、波がとても高いのに、父がそれを越えて沖の見えないところまで泳いでいってしまい、子ども心にひどく不安だった。

——もう北海道のワイド周遊券を買ってしまった。七月二八日出発のつもりだから、切符はその日から有効のものにしている。有効期限は二〇日間だから、ぎりぎりいっぱいまで旅をしていたいので。——

といった答えを、私は返したはずである。

——じゃあ、それと別に、青森までの切符はおれが買ってやる。——

父は、そんなことを言いだしたのだろう。ともすると強引、と先ほど私が言ったのは、父のこういうところである。普段の暮らしにぜいたくなところはないのだが、こうやって、切符の二重買いのようなことは、自分に必要とみなせば、平気でやるようなところがあった。

一方、母のほうは、こうした父の「経済観念」を受け容れがたいものとみなしていた。

あのころ、父は妻子との家を留守にしがちで、両親の夫婦関係がぎくしゃくしていることは、子どもの立場からもわかっていた。そういうときだけに、父としては、長男の私と旅をともにできる機会をよけいに逃したくなかったのではないか。

私としても、夏休みのあいだに未知の地を旅する期間が、それだけ長くなるのなら、べつに父の申し出を断わる理由はなかった。

松野春世さんは、そのころ、石岡の小さな会社で経理の仕事をしておられたのだと聞いている。戦後の独身時代には東京で働き、いくつか年上の夫人と知り合ったのも、そこでのことだった。それが、どんな経緯で、石岡という関東平野東部の町に腰を落ち着けるに至ったのか、いまの私には知るところがない。

酒をたくさん飲んだらしい。そのことで、よく夫人から叱られていたという。石岡の市営住宅に、夫人と二〇代のお嬢さんとの三人で暮らしていた。快活で美しいお嬢さんだったことを、子ども心に覚えている。

一九七四年七月二五日。父と私は、京都から東京に新幹線で移動してから、上野駅発の常磐線の各駅停車に一時間半ほど乗車して、石岡駅にたどり着いたはずである。

当夜は、松野さん宅に泊めてもらったようで、私が撮った写真が残っている。夫人、お嬢さん、うちの父の三人は、ちゃんと普通の格好で、座卓のテーブルを囲んでいる。とくにお嬢さんは、膝丈の赤いワンピースと、白い透かし編みのカーディガン、という可憐な出立ちである。テーブルの上には、ビールの大瓶が一本と料理の器。ところが、坊主頭の松野さん当人だけは、裸体にふんどし一丁、立て膝で坐って談笑している。

翌朝、出発にあたって、玄関口に腰を下ろした松野さんが、兵隊ズボンの上から、ゆっくりとした動きで、脛にゲートル（脚絆《きゃはん》）を巻きつけていた。その姿が、目の底にうっすら残っている。（と覚えているつもりでいたのだが、写真を確かめると、ズボンの上にはゲートルを着けていない。記憶違いか。）

石岡市の松野春世さん宅（1974年7月25日）
右から、松野さん、次女、妻・一二三さん、北沢恒彦

盛岡市内を行く松野春世。戦闘帽に風呂敷包み、足もとはゴム草履（1974年7月26日）

外に出て、歩くときには、ゴム草履ばきだった。あれにも、松野さんなりのこだわりがあったのだろう。

最寄りの石岡駅からの移動については、車内で車掌から購入した急行券、指定券などが残っており、これらから跡づけていくことができる。石岡駅を九時五分発の急行「もりおか1号」に乗っている（車内で購入した指定席券では、「もりおか1号」は列車番号で「211M」と表記されている）。盛岡駅着が、夕刻前の一五時五八分。駅前のわんこそば屋に三人で入って食べたのを覚えている。小分けにしたそばを口に運ぶたび、横についた中年の仲居さんが、次のそばを給仕してくれる。少年の一人旅では、こんなものを店で食べるはずもない。だから、楽しかった。店内で私が撮った写真では、松野さんは満腹したのか、小さなふろしき包みを枕に、仰向きに寝転んでしまっている。

このショットの写真の隅には、私が使っていた黒のカメラバッグも写っている。ヤシカの一眼レフは、標準レンズと、135ミリの望遠レンズを使っていた。ただし、カメラ本体が、乱暴な使い方でダメージを受けたらしく、光漏れしていることは前にも述べた。さらに、このころには、レンズに傷でも付けたのか、フレームの左上方にUFOの航跡のような影がつく入ったカットが多くなる。

盛岡駅発一七時五〇分、碇ヶ関駅行きの急行「しもきた」に乗ったようだ。これだと、青森駅着は二〇時五五分。ここで降りて、宿を取ったのではなかったかと思うが、そのまま弘前駅まで乗って、そこで泊まったのかもしれない。だとすれば、弘前駅着は、二一時四五分である。

青森駅に列車が近づいたころ、松野さんと父とのあいだで、

「晩めしは朝鮮料理にしようか」

と、相談がまとまっていったのを覚えている。私には、それがどんな食べものなのか皆目わからなかったが、「朝鮮料理」という言葉の響きが、色あざやかで素敵な料理を想像させて、わくわくした。その晩、どこかの店で焼肉を食べた。あとになって、「朝鮮料理」というのはあれのことだったかと思い返して、さほど色あざやかな食べものでもなかったことに、少し落胆したのを覚えている。

私が撮影した写真では、次のコマは、翌朝、弘前市内の中土手商店街のアーケードを歩いている松野さんの後ろ姿である。松野さんの母校、旧制弘前中学（現在の県立弘前高校）も、この近くだった。前日の盛岡が、松野さんが応召して教育隊の飛行隊に入った地であることも含め、こうした旅程自体が、彼のセンチメンタル・ジャーニーの道行きを成していたのだろうと、いまになって思う。

弘前城の公園では、サーカス団が大きな赤いテント小屋を張っていた。テントに入って、その公演を観た。空中ブランコとか、曲乗りとか、私にとっては初めて観るサーカスだった。

このあと、弘前駅から、また夕刻ごろには青森駅に戻り、駅の裏手にあたる青森港のほうへと、三人で抜けていった。当時は、まだ青函トンネルが完成されておらず、本州から北海道に向かう旅行者は、たいてい、青森まで鉄道で来て、青函連絡船で函館に渡るのだった。

盛岡のわんこそば屋で食べ終えて、寝転がる松野さん。奥は、北沢恒彦（1974年7月26日）

盛岡市内、右・松野春世、左・北沢恒彦。軽装の旅の2人。
北沢の右手にあるのは、紙バッグ（1974年7月26日）

青森と同様、函館でも、桟橋と鉄道駅は長い渡り廊下で接続されている。旅行者たちは、乗り換える連絡船や列車でよい席が確保できるように、荷物を抱えながら、この渡り廊下を小走りに前へ前へと進んでいく。

私も、この夜で二人と別れ、単身、青函連絡船で函館に渡り、未明に函館駅を発つ列車で札幌駅に向かうことにしていた。ともあれ、まだ時間はあり、夏の薄暮のなかを、青森の波止場に向かって、歩いていく。このあたりは、バラックじみた古い木造の居酒屋などが軒を並べて、むしろ漁港のおもむきを強く残して、活気があった。地元の若者たちが、路上で祭り囃子の稽古をしている。八月初旬に迫った青森の「ねぶた」で披露するためのものだろう。波止場に出ると、イカ釣り漁船が集魚灯をともしはじめて、その先に大きな青函連絡船が見えていた。兵隊姿の松野さんは、その場にしゃがんで海を見ながら、たばこをくゆらせた。

こういう人を息子の私に引き合わせ、三人で旅をしたいと考えた父の心の動きは、どのようなものだったのだろう。いまでも、それを思わないことはない。

そのときから二五年ほどののちのことになるが、父が没して、散らかりっぱなしの遺品の整理に、しばらく専念しなければならなかった。すると、松野さんの夫人（一二三《ひふみ》さんという名前だったと思う）からの手紙がたくさん出てきた。どれも厚い封書で、身辺のことなどが細かに書き記されているようだった。これらの手紙の多くが書かれたころ、松野さん当人は、アルコール依存症が昂じて、長く病院付属の施設に入っておられたようで、やがてそこで亡くなる。つまり、松野さんが不在になったのちにも、夫人と、私の父との文通は続いていたということらしい。

聞くところによると、一二三さんは、若いころ、当時の夫と別れて、東京・中野の小さな居酒屋で働きながら、二人の娘を育てていた。そこの客として来ていたのが、松野春世さんだったのだそうである。松野さんは、一二三さんに惚れ込んで、閉店後、彼女を家まで送り届けていたという。やがて一二三さんはほだされて、松野さんと結婚することにしたのだと、最近になって耳にする機会があった。たしかに、私の記憶にある兵隊姿の松野さんの顔だちや佇まいにも、こうしたエピソードと照応する品性と誇り高さが宿っていたように思われる。

ともあれ、だとすれば、石岡の松野さん宅で、いっしょに暮らしていたお嬢さんは、下の娘で、松野さん当人とは、なさぬ仲、つまり義理の娘ということになる。ふんどし一丁で夕飯をとる義父の前でも、彼女は構わず明るく快活だった。そのことは、二人の関係の良好さを表していたようにも思う。どうやって、二人のあいだにそういう関係のありかたが築かれていったのかは、想像するほかない。彼女は、この義父とともに、〈山脈の会〉の集会などにも積極的に参加する人だった。


ともあれ、あの夜、私が函館に渡る青函連絡船は、青森発二一時四五分の159便で、乗船までまだしばらく時間があった。松野さんと父も、ほぼ同じ時刻に青森駅を発つ、東京行きの急行「十和田3号」で、石岡方面への帰路に就くつもりだったはずである。その前に夕飯をとっておこうと、あたりの食堂に入ったときだったか。父が、

「おれも、北海道には行ったことがないんだ。だから、おまえといっしょに函館まで行ってみようかな。……そこで、また青森行きの連絡船に乗って引き返してくれれば、いいだろう」と言いだした。

いま私の手もとには、当該の船便の連絡船用グリーン券（四〇〇〇円）と指定席券（三〇〇円［口絵XV］）が残っている。連絡船・大雪丸の船内で発行されたものである。

当時の青函連絡船には、普通船室（桟敷の自由席）、普通船室（座席指定）、グリーン船室（桟敷の自由席）、グリーン船室（座席指定）、寝台（上段一〇〇〇円、下段一一〇〇円）という区別があった。私一人だけなら、別料金の要らない、ザコ寝式の普通船室桟敷自由席に乗っていたに違いない。だが、父が、おそらくは自身の体力も考えて、船内に入ってから、グリーン船室の指定席をフンパツしてくれたのだろう。そうやって、並んで座って語らいながら、函館まで行きたかった、ということなのではないか。青函連絡船の所要時間は、三時間五〇分。函館着は、日付が変わって、七月二八日の午前一時三五分である。ちょうど、この日から、「北海道ワイド周遊券」の有効期間に入るのだった。

こんな次第で、父と私は、青森駅頭で松野さんと別れることにした。松野さんは、ここから一人で、上りの「十和田3号」に乗ったはずである。父にとって、松野さんとの間柄は、こういう勝手な行動に出ても気まずくならない関係だったのだろう。それにしても、三人で旅する一泊二日のあいだ、本来は大酒飲みだったという松野さんが、ほとんどお酒を飲んでいなかった。いまになって思えば、夫人の一二三さんが、子どもを伴う旅なのだからお酒を飲んではいけないと、固く諫めた上で、送り出してくれたのではないだろうか。

当時は、こんな父たちのように、初老と言うべき年齢に至ってからも、夜汽車の硬い座席に座って旅をした。そう、長距離列車が発着する駅のプラットフォームなどには、多人数が同時に顔を洗えるような横長の洗面台が、まだ残っていた時代である。

●

あとになって気づいたところから、もう一つ思い出すことがある。

私の父・北沢恒彦は、この旅の時期、自身が編集にも関わっていた雑誌「思想の科学」に発表するつもりで、「家の別れ」という一文を構想している最中だったはずである。のち、「家の別れ」は「思想の科学」一九七四年一〇月号に掲載されている（当該号が書店の店頭に並ぶのは、九月末）。そこから逆算すれば、おそらく父は同年八月末ごろまでに、これの原稿を書き上げて、編集部に渡していたことになるだろう。

読みやすくはないのだが、陰翳のある文章を書いていた。ただし、書き上げるまでには苦心が続くようで、まとまった原稿をひとつ仕上げるたびに、歯が一、二本、抜けていくよ、と苦笑してこぼすことがあった。平日の日中は、勤め（京都市中小企業指導所の中小企業診断士）もある。だから、青森までの旅をした七月下旬には、執筆上の準備も、かなりのところまで煮詰めていたはずである（原稿自体は、毎年八月上旬に京都・五条坂で開かれる陶器市にまつわる思い出から書き起こしている)。

「家の別れ」で、父は、幼時に余儀なく引き離された実母とのあいだの葛藤、その追憶を記す。そこには、自分を育ててくれた養父母との「家」、あるいは、みずから選んで結婚し、妻とのあいだに三人の子もなした現在の「家」での問題も、いくばくかは投影される。実母は、歌を詠む人でもあった。そのことが、いくぶんか中野重治「歌の別れ」にもなぞらえられて、この奇妙な表題に結びついたのではないか、と思える。

私の父、北沢恒彦は、「不義」の子として生まれたため、幼時に実の両親から離され、のちに養父母となる京都市内で米屋を営む夫婦のもとで、「里子」として育てられた。正式に彼らの養子となるのは、中学卒業を目前にしてのことである。「北沢」というのは、養父母となる米屋の家の姓だった。

何が、誰によって「不義」だとみなされたのかは、振り返って確かめる余地があろう。

実母・深田(旧姓・阿部)ふくは、父を産んだとき、すでに亡き夫とのあいだに四人の子がいた。当時の家は滋賀・彦根にあったが、生地は亡夫ともども隣村の能登川である(ふくと亡夫は、能登川村の集落では隣家同士の子どもとして育った)。一方、父の実父・吉岡恒《ひさし》は、京都府相楽郡当尾《とうの》村の生まれで、当時は彦根高等商業学校の学生として、寡婦の深田ふくが四人の子を育てている家に、下宿していた。恒の親元は、小学校長、府視学官、当尾村長などをつとめる地方素封家だった。

つまり、この彦根の家の女主人と下宿生のあいだに男女関係が生じて、やがて私の父・恒彦が生まれる。そのとき、深田ふくは満三九歳。吉岡恒は、満二三歳だった。出産時、すでに二人は彦根から出奔して、京都の西院で暮らしており、恒彦の誕生が一九三四年。さらに翌年には、恒平という子も、ふくは産んでいる。一方、彦根の家には、亡夫とのあいだの四人の子どもが残されたままだった。

ふくのこうしたふるまいが、ある種の育児放棄として、糾弾されることはありえただろう。だが、ふつう「不義」とは、配偶者に対する不貞や密通を指すものとして使われることが多く、その点では彼女の夫はすでに死んでいる。そして、むしろ、一方の当事者、吉岡恒の親元では、大事な長男を下宿先の未亡人に「誘惑」されたという被害感情のほうが強く、「不義」のニュアンスは、この点にこそ強く籠められていたのではないか。

やがて、吉岡恒は、親類たちによって強引に脳病院に入れられて、ふくとのあいだに生まれた二人の子は、実母からも引き離される。そして、人を介して、兄の恒彦は京都・吉田の「北沢」に、弟の恒平は同じく京都・新門前の「秦」という家に、それぞれ里子として託された、ということらしい。

その後、実父の吉岡恒は、親の許す結婚をして、世間並みの家庭を東京で持つに至っている。一方、実母のふくは、もう滋賀・能登川の生家にも戻れず、旧姓の阿部に復した上で、奈良・京都・大津などで単身の「漂泊」を続ける境涯に入っていく。

看護の資格を得て、寡婦らの援助施設、診療施設、また、孤児らを養育する施設などで働いたようだ。歌を詠む上では「阿部鏡」(鏡子)の筆名を用いた。

彼女が、その間も猛烈な思いを寄せるのは、故郷に置いてきた四人の子ではなく、もっぱら京都で引き裂かれた子ども二人に対してだった。当初は、里子としての預け先さえ秘されたようだが、彼女はやがてそれを突きとめる。だが、このことが、小学校、中学校、高校の時期を通して、恒彦の心には、かえって複雑な影を落とした。ときおり、不意に実母という人が姿を現わして、心を乱す。これに対する養父母のひそかな心痛も感じるだけに、なおさら、胸に波打つものがあった。

松野さんと三人で青森に旅した時期、父が固めていた「家の別れ」の構想は、不惑の妻子持ちとなった身で、初めて実母の存在を外に向けて記そうとしたものでもあった。

「不用意に子どもを生むべきではない、ということはできる。それは様々な改良のプログラムによって接木できないぼく自身の実感だ。だが、同時に、生まれることはなべて不用意ではないのか、という否みがたい思いもまたある。人類は、すべての生物は用意されて生まれてきたのか。ぼくらはこの間の事情に決着をつけぬままに生きる。いや決着をつけぬままに生きる思想を選ぶ。ぼくの社会主義も革命もこの決着のつかぬものの悲哀を排除しない。ぼくらはいかなるプログラム、いかなる歓喜の中にあっても無限に悲しい。」

「昭和三十六年の春先のことだったと思う。『さようなら――鏡子』と表書きのある母の辞世が見知らぬ人の手で届けられた。死因が自殺であることをぼくはすでに知っていた。」

そして、「家の別れ」は、このように終わっている。

「母の歌碑は郷里の線路わきに建つときくが、ぼくはまだ行ったことがない。」

父にとって、私の母は、彼の実母のおもかげに、いくらか重なるところがあったのではないかと思わないこともない。

一九三三年、母は東京の官僚の家庭に、八人きょうだいの長女として生まれた。両親ともにプロテスタントで、彼女自身もそうだった。父親は、内務省、厚生省に勤め、敗戦に際して公職追放。一九五二年、公職追放が解かれるとともに京都市役所に迎えられて、経済局長、理財局長、水道局長、助役などをつとめ、一九六六年、満六一歳になる年に京都市役所を退職して、東京・杉並の自宅に戻った。

母は、親きょうだいの世話にあたるための休学期間をはさみながら、京都の女子大学英文科を卒業した。それで満足できずに、六〇年安保闘争の前夜、同志社大学法学部に入学し、そこで私の父と知りあった。

父のほうは、朝鮮戦争下の高校時代に、反戦・平和運動から、共産党指導のもとに火炎瓶闘争に加わって、逮捕、未決勾留、裁判、党による査問、追放などが重なるうちに、大学進学が二年ばかり遅れ、入学してからも、さらに遅れていた。父は、母より一つ年下、一九三四年生まれである。

安保反対の集会やデモに、彼らは重ねて加わった。一九六〇年六月、新安保条約が自然成立を迎えたとき、もうじき二七歳になろうとしている独身時代の母が「激しく泣いた」と、父はどこかで書いていた。

そうしたひたむきな熱意と生まじめさがもたらす人となりから、父は身をかわすすべを持てずに来たのではないか。そのような女たちは、どんな相手に対しても、気後れというものを知らずに生きてきた。

父は、妻子との家庭にわりあいに居着いている時期もあったが、いずれまた落ちつかずに出歩く時期がやってきた。

とくに父が家にいるとき、食事のさい、家族がめいめいに食べはじめてしまうのを母はいやがった。家族全員が顔を合わせて、いただきます、と箸を取るのが、母にとっての理想に適う家庭のありかただった。

だが、何がそれを阻んでいるのか？　それについては頑なに自問を拒むようなところが、母にはあった。

父も食卓に揃う日、子どもたちが「いただきます」と声を揃えたそのあと、母が間髪を容れずに口をはさみ、

「はい。食べる資格がある人だけ、召し上がってください」

などと言うことがあった。父は黙っていた。だが、ほんの一瞬であれ、食卓は凍てつく。

なぜ、この家の食卓は、そうだったのか。誰に原因があった、とは、子どもの立場からも、確かなことは言えない。ただ確かなのは、同じ食卓に父も顔を揃えることを願っていたのは、

ほかの誰より母自身だった、ということである。だが、その食卓に、さほど長期にわたって父がとどまれることは、ついになかった。

●

一九七四年七月二八日未明。

父と私は、函館の埠頭に、青函連絡船から降り立った。

ここから、駅のプラットフォームまで私たちは連絡通路を足早に進んでいく。そこには、札幌に向かう特急「北斗51号」が、午前一時五五分の発車で待ち受けているはずだ。父は、そこで私を見送って、今度は青函連絡船の青森行き午前二時四〇分発の158便で、暗い海を折り返し、戻っていく。

後日、この北海道旅行から、私が京都に戻っての話である。

同年九月二九日。父は、私を誘って、実母・阿部ふく（鏡子）の郷里、滋賀の能登川を訪ねている。東海道本線の能登川駅で降り、線路づたいに、しばらく安土駅の方向へと歩いた。一キロほど行くと、変電所の東側、山裾の陰になったような場所に、阿部鏡子、その人の歌碑が建っていた。血脈から言えば、私の実の祖母ということになる。行書体の文字で、

滋賀・能登川の阿部鏡子歌碑の前で、筆者。13歳（1974年9月29日）

此の路やかのみちなりし草笛を
吹きて子犬とたわむれし路　　　鏡子

と刻まれている。

ふるさとに戻らないことをみずから選んで死んだ、一人の女性の望郷の歌である。この碑を建てたのは、彼女によって郷里に置き去られた四人の子のうち、長姉にあたる人だったと聞いたことがある。

ここを訪ねたのは、父が書いた「家の別れ」を掲載する「思想の科学」一九七四年一〇月号が、書店の棚に並びはじめたころのことだった。

初めての北海道

興浜北線・斜内—目梨泊間、神威岬付近（1974年7月29日）

ローティーンのとき、北海道には続けざまに五回、長旅をした。

一九七四年(中学一年)夏、同年冬、一九七五年(中学二年)春、同年夏、同年冬、という、一三歳から一四歳にかけての計五回である。合わせて三ヵ月近く北海道に滞在したことになるのではないか。私の場合、ひとたび旅を始めると、一日でも旅する時間を引き延ばしたいたちで、ホームシックになったことは一度もない。

ただし、これを記述しようとすると、厄介な問題も生じる。なにより、旅程の記憶が判然としなくなっている。あれは何度目の旅のときだったかな? と、記憶をたどりなおすのも、なかなか難しい。

一つには、寝袋を持ち歩き、ヒッチハイクしたりもするようになって、旅のしかたが融通無碍になる。さらに、入場券その他、「行動の裏づけ」となる材料をいちいち買い残す習慣が薄れていく。そもそも、離島や路上は、そんなものと縁がない。自分が撮った写真などは、慎重に見ていけば手がかりとなってはくれるが、当時のものがすべて保存できているわけではないだろう。

北海道は、若い旅行者たちに寛容な土地柄だった。いまもそのことに感謝している。だが、それを裏切ってきたような記憶も残る。

旅に疲れて、ねぐらを見つけきれず、駅の外れにある貨物用の屋根付き集荷場のようなところにもぐり込み、コンテナなどの隙間で眠ったことがあった。旅先で知り合った同行者も、そのときは一人か二人いたのではないか。夏の終わりだったか、夜になると肌寒かった。そういうときには、新聞紙をよく揉んで、シャツの下などに入れておくと、かなりの防寒効果がある。だから、そうした。そして、コンクリートのたたきの上にスリーシーズン用の寝袋を伸ばし、なかに入って寝たのだった。室蘭本線の由仁駅か栗山駅だったような気がするが、いまとなっては、確かめようがない。

夜明けが近い時間になって、目が覚めた。腹が痛かった。体が冷えて、腹を壊したようだった。慌てて便所を探すのだが、見つけられない。駅の待合室なども鍵を閉ざしていた。どうしようもなくなり、私はできるだけ人が寄りつきそうにない、貨物用の側線のはずれのような場所を選んで、野糞をするほかなかった。用便が終わると、ポケットのちり紙（当時はまだポケットティッシュではなかった）を使い、そこにかぶせておく。その申し訳のない光景は、いまも目の奥に残っている。

こうした旅なので、立ち寄った町で銭湯を見つけて、入浴することもあった。これも、道央あたりの炭鉱を背後に持つ、わりあい小さな町でのことだったと記憶している。浴槽に、自分の手ぬぐいを沈めて浸かっていると、

「浴槽に手ぬぐいを入れるんじゃない！　何をやっているんだ」

と、こっぴどく叱られた。

痩せて、頭がつるつるの、いまから思うと、六〇歳くらいの人だった。

私が生まれて幼時を過ごした京都の家は、ごく庶民的な古い造りの町家で、内風呂がなかった。近所も、そういう家が多かった。だから、ほとんど毎日、銭湯に通った。母が私を連

れて婚家を飛び出し、共同トイレの小さな安アパートで暮らすようになってからも、そうだった。家に内風呂がある団地暮らしになるのは、一〇歳になる一九七一年、小学四年生からである。

子どものころ通った銭湯では、大人も子どもも浴槽に自分の手ぬぐいを入れていた。子どもたちは、手ぬぐいで空気をくるむようにして湯のなかに沈め、〝てるてる坊主〟みたいなものを作って遊んでいた。

だから、「浴槽に手ぬぐいを入れるんじゃない！」と叱られたときには、うろたえるほど驚いた。反発を感じたのではない。むしろ、「世間」には、これまで自分がまったく知らなかった規範が存在しているらしい——ということに、びっくりしたのだ。

のみならず、あれから五〇年近く経た今日では、どうやら日本国中、「浴槽に自分の手ぬぐいを入れるんじゃない！」が「常識」となっている。

なぜなんだろうか？

と、これについても、また思う。

少なくとも、一九六一年の京都で生まれて、当時一三歳だった私は、そのときまで、こういう「常識」は心得ていなかった。これは、私の認識が非常識だったからだ、とも言えるかもしれないが、どうやら、それだけではない。

たとえば、吉永小百合主演の「伊豆の踊子」（日活、一九六三年）という映画がある。これなど見ると、踊り子役の吉永小百合のみならず、同じ一座の大坂志郎や浪花千栄子も、皆が、温泉地の混浴の浴槽に自分の手ぬぐいを持ち込んで、顔や体までごしごしこすっている。それでいて、吉永小百合以下、皆がにこにこと幸せそうで、お風呂のなかではまったく屈託がないのである。

一方、私が北海道を旅した七〇年代前半となると、それまでとはまったく違う入浴マナーが、一気に浮上していたようにも見える。

たとえば、ザ・ドリフターズの「いい湯だな」のレコード・ジャケット（一九七三年）では、メンバー全員、手ぬぐいは畳んで頭の上に載せている。これって、浴槽に自分の手ぬぐいを浸けてしまわないための仕草ではないか？　今日でも、温泉地などでは、多くの人たちが、同じ姿で浴槽に入っている。（ちなみに、「いい湯だな」のオリジナル版であるデューク・エイセスの「いい湯だな」（一九六六年）のレコード・ジャケットでは、浴槽に入った四人のメンバーのうち一人が、まだ、自分の手ぬぐいで顔のあたりをこすっている。）

一九六〇年代から七〇年代にわたるあいだに、こうした公衆浴場での「入浴文化」の変化が、日本社会全体で生じていたのではないか？　というのは、本来、公衆浴場での「入浴」上のしきたりなどについては、それぞれの地域の諸事情に即したローカル・ルールがあったはずである。たとえば、炭坑労働者が多い地域の銭湯ならば、お互い、体を真っ黒にして働く仕事なので、浴槽につかる前には体をしっかり洗っておく作法がおのずと生じていただろう。各自の手ぬぐいも、そうやって汚れる。だから、そこでは、自分の手ぬぐいは畳んで頭にでも載せておくといった仕草が、早くから行なわれていたかもしれない。このように、手ぬぐいを浴槽につけることを互いに許すか、忌避するかにも、地域の事情に根ざした「理由」が、それぞれにあったと思える。

だが、テレビという新しいマスメディアの影響力には、桁違いのものがあった。ザ・ドリフターズの「8時だョ！　全員集合」という超人気番組で繰り出される、畳んだ手ぬぐいを頭の上に載せての入浴、という光景は、たちまちのうちに日本全国の入浴上の規範として、一気に浸透していったのかもわからない。

つまり、逆から考えれば、あのときの、

「浴槽に自分の手ぬぐいを入れるんじゃない！　何をやっているんだ」

というおじさんの憤りも、あの町の背景をなす炭鉱などに根ざしたローカルなルールに則《のっと》っていたかもしれないのだ。

一九七〇年代、私がしきりと日本のあちこちを旅した時代は、こうしたローカル・ルールの足跡が、打ち寄せるマスメディアの波に洗われ、浜の砂上から消え入っていくような心もとなさも帯びていた。エネルギー政策に見るなら、それは、「石炭」から「石油・天然ガス」、さらに「原子力」へと、茫漠とした画一性を深めていく時期でもあったろう。

●

一九七四年夏、初めての北海道への旅には、青函連絡船で函館に渡るところまで、父とい

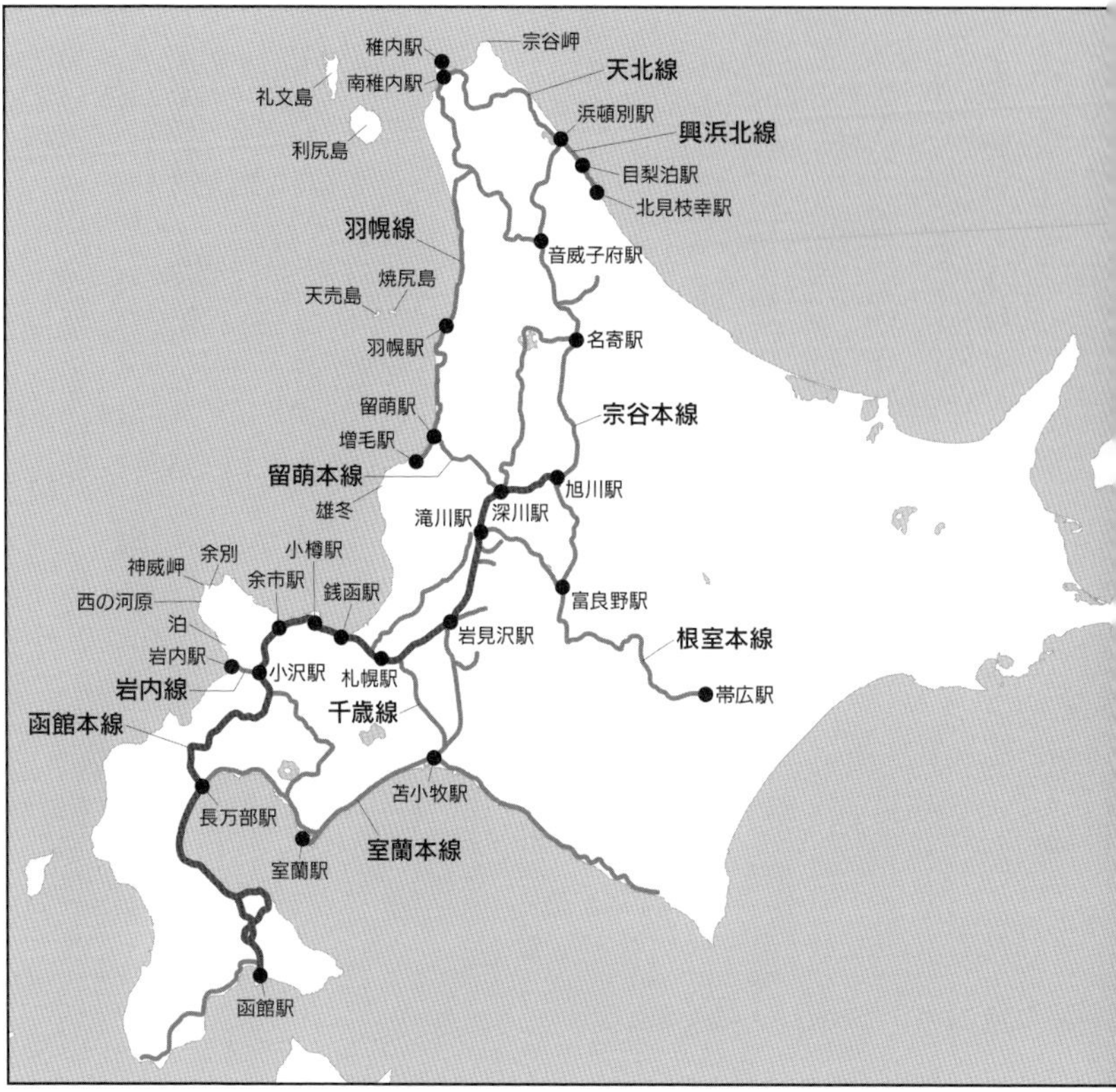

稚内駅
宗谷岬
南稚内駅
天北線
礼文島
浜頓別駅
興浜北線
利尻島
目梨泊駅
北見枝幸駅
羽幌線
音威子府駅
焼尻島
天売島
名寄駅
羽幌駅
留萌駅
宗谷本線
増毛駅
留萌本線
旭川駅
雄冬
深川駅
滝川駅
小樽駅
余別
神威岬
余市駅
銭函駅
富良野駅
西の河原
泊
岩見沢駅
根室本線
岩内駅
小沢駅
札幌駅
帯広駅
岩内線
千歳線
函館本線
苫小牧駅
長万部駅
室蘭本線
室蘭駅
函館駅

う道連れがいた。前章「旧二等兵と父」で、これについては述べた。父と別れ、未明の函館駅で特急「北斗51号」に私一人が乗って、札幌に向かった。函館駅発車は、七月二八日の午前一時五五分。札幌駅到着が、朝六時二〇分だった。

札幌駅に着くと、早朝の街に出て、北海道庁、大通公園のテレビ塔、時計台、札幌駅建物、さらに、北海道大学のキャンパスに入って、クラーク博士像などを型通りに一枚ずつ、写真に撮っている。だが、そうした「観光」は二時間もかからずに終わってしまったのではないか。

この日の目的地は、道北の浜頓別《はまとんべつ》だった。開設まもない浜頓別ユースホステルに二泊、予約を入れていた。札幌から直行できる急行「天北」に乗ったはずである。これだと札幌駅発一〇時三五分、オホーツク海沿岸の浜頓別駅に着くのが一五時四六分。

だが、この日の日付で、小樽駅の入場券が残っている。つまり私は、急行「天北」が札幌駅まで来るのを待ちきれず、始発駅の小樽駅までわざわざ行った上で、そこから乗車し、折り返してきたらしい。途中、銭函《ぜにばこ》駅あたりで、暗く荒々しい日本海の波濤が、車窓に開ける。これから幾度となく、私はこの風景を眺めることになる。この行程なら、始発駅の小樽駅発が九時五〇分。札幌駅までは特別快速で、ここから急行「天北」に変わる。そして、函館本線、宗谷本線、さらに天北線とたどって、北辺の町、浜頓別へと向かっていく。

宗谷本線の音威子府《おといねっぷ》駅から列車が天北線に入ると、周囲はいよいよ原生林の茂みになる。時おり、畳一枚分ほどの粗末な木製のプラットフォームを備えるだけの「駅」を通過する。

これらは、「臨時乗降場」と呼ばれる仮設駅で、北海道内では、地元の鉄道管理局と地域住民らのあいだの裁量で作られてきた。全国時刻表には、載っていない。一方、北海道では「道内時刻表」という時刻表が売られていて、これには「臨時乗降場」での発着時刻も漏れなく載っている。天北線沿線の「臨時乗降場」は、多くが、かつての開拓集落に設けられたものではないか。周囲に家屋が見える乗降場もある。だが、林の茂みに取り巻かれ、あたりに家一軒とて見えない乗降場もある。上下線、日に数本ずつ、各駅停車のディーゼルカーが、これらの乗降場に停まる。……「寿」「新弥生」「常盤」などと〝駅名〟を掲げた臨時乗降場を過ぎていく。

浜頓別ユースホステルは、浜頓別の駅裏、つまり、内陸側のクッチャロ湖のほうに向かって、一五分ばかり歩いたところにあった。疎林を抜け、この道でよかったのだろうかと、心細くなりだしたところで、牧場のサイロを模した建物が見えてきた。

浜頓別ユースホステルのペアレント（管理者）は、本名は佐々木さんと言ったらしいが、ひげ面で痩せたジーンズ穿きの快活な人物で「じっちゃん」と呼ばれていた。いまから思うと、まだ三〇歳になるかどうかの年齢だったのではないか。当人は、夕食後の「ミーティング」の時間に、アコースティックギターをかき鳴らしながらフォークソングを率先して熱唱するのが毎日の山場といった風情で、実務的な宿の運営は「ヘルパー」と呼ばれる自発的な助っ人たちに任せている。いや、そう見えるところに、彼の器量があったと言うべきか。

バイクのツーリングや、自転車旅行など、さまざまな若い旅行者たちで、この宿は溢れて

興浜北線・北見枝幸駅の駅舎。当時の北海道の駅舎には、こうした自前のレタリングによる駅名表示が多かった

興浜北線・北見枝幸駅の転車台（1974年7月29日）。左上の影は、レンズの傷

いた。ユースホステルには、連泊は原則三泊まで、という決まりがある。だが、ここのペアレントは、それにこだわるつもりがないようで、長期滞在者も大勢いる様子だった。説教くさくない兄貴分のような人柄が、若い旅人たちをなごませていた。

翌朝、興浜北線の目梨泊《めなしどまり》駅近くの神威《かむい》岬に出向いて、9600形蒸気機関車が牽く一日一往復の貨物列車を撮影した（この神威岬は、積丹《しゃこたん》半島の神威岬と区別するために、「北見神威岬」と表記されることがある）。

そのあと、ヒッチハイクで終点の北見枝幸《きたみえさし》駅まで追いかけ、先ほどの機関車が、人力式の転車台で乗務員らの手で方向転換される様子を撮っている。

浜頓別ユースホステルは、ほどほどの騒々しさ、自治的な気風のようなものが混じりあい、居心地がよかった。出発の時、運営を助けようと少額のカンパをしていく人がいて、自分もそうしたいと思ったが、親がかりの身でそんなことをするのはおかしいとも感じて、ためらいがあった。でも、あちこちでそういうことがしたいわけではなく、自分に許される予算の範囲でそうしたいのだから、と思い切り、フロントにいるヘルパーの人に、そう申し出た。数百円か、千円までのことだったろう。

ここのユースホステルは、当時一泊二食付きで一四五〇円。少年パス（中学生まで）には、一〇〇円か二〇〇円程度の割引があったと思う。これを支払うにあたって、端数になるような金額をカンパしようとした。ヘルパーは、黒ぶちメガネをかけ、大学生くらいの年齢で、冷静な落ち着きをもって運営にあたっている人だった。

「君は、じゃりパス（少年パス）なんだから、こんなものはもらえないよ」
と彼は言った。

しっかりしたケジメの感覚をもって、彼がそう言ってくれていることが、私にもよくわかった。だが、そこを押して、自分なりの考えで、これは受け取ってほしいのだ、ということを私は言った。すると、彼は、

「そうか、じゃあ、もらっておくよ」

と、しぶしぶな様子ながらも、受け取ってくれた。そんな気持ちになるのは初めてのことだったので、受け取ってもらえたのは、うれしかった。だが、それをいまも覚えているのは、やはり、自分の思い上がりのようなものを、そのときも後ろめたく感じていたからだろう。

この七月三一日、南稚内駅まで天北線のディーゼルカーで移動して、駅周辺でしばらくSLの撮影などしてから、バスで宗谷岬に向かった。そこは、「日本最北端」の地とされていて（いわゆる北方領土まで含めれば、「日本最北端」は択捉島のカモイワッカ岬となる）、いち早く訪ねておきたい場所だった。とはいえ、ここに立ったからと言って、特別な感慨が湧いたわけでもなかった。

前の戦争が終わるまで、この宗谷海峡の向こうにも樺太（サハリン）という日本の植民地が続いていたことを、私は知っていた。自分が青函連絡船に乗って北海道に来たのと同様に、かつては稚内駅の先にあった栈橋から、稚泊連絡船（稚内と樺太・大泊《おおどまり》〔現在のコルサコフ〕を結んでいた）が出ていたということも。こうした鉄道連絡船は、鉄道車両をそのまま船内

宗谷岬にて（1974年7月31日）

当時の滝川駅付近は、すでに電化している函館本線と、まだSLが使われている留萌本線などの機関車運用が、混在していた。写真は、電気機関車ED76と蒸気機関車D51が重連で牽く貨物列車（1974年8月）

に引き込める構造になっていて、到着地でその車両を引き出して、すぐに列車として編成できる。そのため、樺太の地でも、日本の本土と同じ規格（軌間一〇六七ミリメートル）の鉄道が続いていた。

だから、そこから先にも、さらに「世界」は続く。それはわかっている。だが、いま、まだ自分は日本の国内しか、こうして旅できない。だから、とりあえず、いま行けるところまで出向いて、そこに置かれている「国境」というものをわが目で確かめておきたい、という程度の心持ちだった。

この一日が暮れてから、稚内駅発一九時五六分の上り列車、急行「利尻51号」に私は乗ったはずである。

この夜行列車で目指したのは、函館本線の深川駅だった。到着は、八月一日未明の午前二時五八分。

この時期、北海道の夜明けは早く、午前四時半ごろには日の出となる。夜が少しずつ明けはじめるころから、駅構内では貨物列車の発着や、蒸気機関車による入れ換え作業が相次いでおり、そうした写真を私は撮っている。さらに四時五八分、朝日を受けながら発車していく留萌《るもい》本線、留萌駅行きの貨物列車を撮った。牽引するのはD51の１００８号機。後補機に、D51の１４７号機が付いている。

私自身は、これを後ろから追いかけるように、深川駅五時四二分発の普通列車で留萌駅へと向かった。

目的は、この年の春、九州旅行からの帰路に急行「桜島」の車内で知り合った上正路笑子さんに再会することだった(「春とともに終わる」)。彼女は、北海道の積丹半島西岸、泊村出身。東京の大学を卒業し、その春から郷里に帰るとのことで、実家の連絡先を教えてくれていた。

当時、積丹半島には、まだ周回道路も通じていなかった。泊村は、その西岸に位置する一漁村に過ぎない。現在は、泊原子力発電所の原子炉が三基もあるが、そのころは、まだ原発の立地候補地さえ定まっていない。だから、大学を卒業して北海道に帰るというのは、おそらく道内のどこかで勤め先を探すということであって、実家のある地元・泊村での就職などは、もとより当てにしていなかったはずである。

留萌には、上正路さんの親類が多かった。いろいろ記憶が薄らいでしまっているのだが、「有線のおばさん」と親族たちから呼ばれる、一族中の女傑がいた。気さくな人で、信望が厚かった。市内一円の小売店舗などに有線放送を配信する事務所を営んでいたので、このように呼ばれているのだった。ほかに、上正路さんのお兄さんの一家も、たしか、この町に住んでいた。

この夏、上正路さんは、泊村の実家を離れて、こうした親類の家業を手伝っている状態ではなかったか。だから、北海道に来るなら、いま自分は留萌にいるので、まずはそちらに来るように、ということになったのだったろう。こうした親族のどなたかの家に、私も何泊か逗留させてもらったはずである。上正路さんは、べつの親類宅に分宿(?)していたように覚えている。

留萌での滞在中、雄冬岬《おふゆ》に案内してもらったことがある。上正路さんと二人で行ったのではない。どなたか、もっと健脚な男性の案内があってのことだったろう。

雄冬という漁村は、当時、外部から道路がまったく通じていない土地だった。集落外との行き来に使えるのは、海路、つまり船だけだった。よそ者は、増毛《ましけ》の港から、一日一往復（夏場は二往復）の小さな定期船で行くしかない。

船が出る増毛は、留萌本線の終点の寒駅となっていたが（現在、増毛—留萌間は廃線）、明治から昭和初期にかけてニシン漁でにぎわい、大正期までは、この地方の中心地として増毛支庁が置かれていたという（一九一四年、支庁は留萌に移り、留萌支庁と改称）。

私たちが増毛を訪ねたとき、港で、荷馬車が働いているのを見かけて驚いた。ここから、雄冬に向かう定期船は、定員四五人という七八トンの漁船のような船だった。片道二時間、二六キロの航路で、途中、歩古丹《あゆみこたん》、岩尾、毛間触《けまぶれ》の船着き場に寄っていく（雄冬まで直航なら一四キロ程度）。その後、この航路は、同じ船ながら片道の運行時間が一時間半、さらに一時間一五分と短縮されるが、これは途中での乗降・荷役がなくなっていくからではないか（一九九二年、国道二三一号線が雄冬まで開通し、定期船は運航を終える）。

雄冬の港からは、前方に盛りあがるような険しい岬が見えた。遠望するだけで、何か恐ろしさを感じさせる風景だった。長い時間をかけ、山道をたどったが、近づききれないその先に、白い灯台が木立のあいだに見え隠れしていた。

増毛港では、荷馬車が働いていた（1974年8月）

旭川―増毛間に運行されていた海水浴臨時列車「かもめ号」。このときは、D51が牽いている。留萌本線・斜熊―増毛間か。1974年8月。当時の「全国時刻表」には運行の記載がない

当時の私は、旅先で知り合う人の写真をほとんど撮っていない。上正路笑子さんも例外ではなく、留萌の黄金岬かと思えるあたりで夕刻に撮った一枚が残っているだけである。

また私は、この前後、自分一人でも、留萌の近場を出歩いていたようだ。天売島《てうりとう》に羽幌から船で渡った覚えがある。そのころ、天売島と言えば絶壁に棲みつくオロロン鳥（ウミガラス）が観光資源にされていたが、実際には、ほとんど見られなかったように記憶している。天売ユースホステルに一泊したと思う。途中、焼尻島《やぎしりとう》にも寄ったが、ここは泊まらずに短時間歩いてみた程度だったろう。

出港地の羽幌ユースホステルにも一泊した。夕刻、海に近い草地を歩くうちに、脛《すね》に痒みを覚えて、確かめると、米粒大の赤い血のかたまりのようなものが、一つ垂れている。何の気なしに引っぱったが、容易に取れない。力を入れ、無理に引きちぎって、ユースホステルに戻り、風呂に入った。

翌日になっても、痒み（軽い痛み）が収まらず、あの赤い米粒のようなものは何だったのだろうと思い、初老のペアレントに尋ねてみた。すると、彼は、

「それはダニ（マダニ）だ。血を吸って、膨れ上がるから、赤くなるんだ」

と教えてくれた。さらに、

「無理にちぎろうとしてはいけない。嚙みつかれた部分を針先で開いて、頭部ごと取り去るようにしないと、ちぎるだけでは頭が皮膚のなかに残ってしまう。それだと、頭だけで一週間でも二週間でも生きているから、ずっと痒みがなくならないよ」

というのだった。

もう、ちぎってしまった、と答えると、彼は黙って、それ以上は何も言わなかった。以来、たしかに一週間も二週間も、彼の言う通り痒みが続いた。脛の皮膚の下には、黒い小さな頭部らしきものが残っているのが見えていた。

このユースホステルでは、投宿した夕刻、洗濯機を借りて、下着やシャツなどを洗った。これほど長期の旅行は初めてなので、汚れ物を洗濯しながら移動を続ける、という要領をつかめていなかった。洗濯をするのは、べつに苦痛ではない。だが、夕方洗って干しても、翌朝には乾ききらない、とか、きょうは晴れているので朝のうちに洗って干せば午前中に乾くだろうとか、そういう気働きがないままだった。だから、生乾きのままリュックに詰めて移動することになり、荷物を解くたび、何となくカビ臭い。だが、これがカビの匂いだということさえ知らず、ただ、何だろうな、と思っていた。

こうやって私が一人で動いているあいだに、留萌の上正路さんの一族のあいだでは、あの京都から来たボーズも、お盆休みの礼文島《れぶんとう》への家族旅行につれていってやろう、と話がまとまっていたようだ。いや、それ以前から、そういう心づもりでいてくれたのかもしれない。

このときも、私はほとんど写真を撮っておらず、だから、旅行に加わった顔ぶれがわからない。

お兄さん夫婦と、その娘。上正路さん、そして、「有線のおばさん」もいただろうか？お兄さんは、そうやって私まで旅に連れていってくれるのだから、親切に違いないのだが、愛想のない人で、あまりしゃべらない。こちらに話しかけてくることも、ほとんどなかったように思う。だが、彼らにとって、私は、なおのこと話さない少年だったのではないか。いま思いだしても、申し訳なく思うのだが、こうした小旅行に連れていってもらうことについて、お礼さえ言えなかった。

留萌から稚内までは自家用車で分乗して移動し、そのまま礼文島にはフェリーで渡ったのだろうか。そのように思うが、これも覚えていない。

広々とした真新しく清潔な旅館だった。二泊くらいはしただろう。夕食に毛ガニが出たのを覚えている。私は父親がカニ嫌いだったこともあって、家庭でカニを食べた覚えがない。食べたカニと言えば、駅弁の「かに寿司」や「かに弁当」くらいのもので、こんなふうに、道具を使ってほじくりながらカニを食べるのは初めてだった。

旅館代は誰が払ってくれたのだろうか。たぶん、お兄さんだったのではないか。だが、漁師のようにぶっきらぼうなままの親切さに、それを確かめてみるすべもなかった。

稚内に戻ると、その夜が花火大会だったようで、写真が残っている。もう一泊、ここで皆で泊まったのではないだろうか。

翌朝、おそらく早い時間のうちに、留萌からの一行とは別れたのだろう。私一人で、宗谷本線の抜海駅―南稚内駅間を歩いて、C55形蒸気機関車が牽引する旅客列車などの写真を撮っている。クマザサで覆われた丘陵の向こうに、海が開け、「利尻富士」と呼ばれる利尻島の島影が大きく見えていた。当時、私はカラスという鳥が、ひどく苦手だった。北海道では、どこに行ってもカラスがたくさんいることには閉口した。線路の上に、カラスがたくさん群れているので、飛び立っていってくれるのを手前で立ち止まって待っているのだが、いっこうに飛び去る様子がない。石を投げるくらいでは、逃げてはくれないのだ。

ここから私は、もう一度、浜頓別ユースホステルに舞い戻ったように記憶している。それが、八月一一日か一二日ではないか。そのあいだに、台風による水害で足止めされたこともあって、ふたたび浜頓別を出発したのは、八月一六日ではないかと思う。

二〇日間有効の北海道ワイド周遊券の期限が、この八月一六日なのである。ただし、「水害のため八月一八日まで有効期限延長」という証明を、浜頓別駅で受けている。だが、このときすでに私は、有効期限内に京都に帰ろうという気を失くしていたようだ。

たしか、上正路笑子さんと都合を合わせて、積丹半島の泊村にある彼女の実家を訪ねる約束もできていた。私は、浜頓別を発って、八月一七日か一八日には、泊村を訪ねたようである。途中で、ひと晩、札幌駅のビルの軒先で、寝袋を使って野宿したのではなかったか。たとえば、旭川駅のように深夜に夜行列車の発着がある駅なら、夜通し、待合室で眠っていられる。だが、札幌駅はターミナル駅なので、最終列車が出発すると、翌早朝の始発列車の出発前まで、駅舎はシャッターを下ろして閉ざされる。夏は気候も良いので、駅ビルの軒先には寝袋で眠る若者たちが大勢いた。野宿初心者としては、難易度の低いスポットだった。

そのあと、函館本線の小沢《こざわ》駅から出ていた岩内線の終点、岩内駅で降り、バスに乗り換え、「泊」というバス停に降り立ったのを覚えている。すでに日暮れた時刻だった。バス停の前にタバコ屋があり、「たばこは地元で買いましょう」というポスターが貼ってあった。地方たばこ税が、主には地元自治体の税収となるからだった。このタバコ屋は月に二度か三度、入荷日があるのだが、「セブンスター」や「ハイライト」という人気銘柄はすぐに売り切れてしまい、「わかば」「エコー」「峰」といった地味な（？）銘柄のものだけが、ガラスケースにわびしげに並んでいたのを覚えている。

少し坂を上がったところにある上正路さんの実家の佇まいは、ぼんやり記憶にあるのだが、どんな家族構成だったかは、すっかり忘れてしまっている。おそらく二泊程度は置いてもらっていたのではないか。

当時、この積丹半島西岸で、バスは隣村の神恵内《かもえない》までしか行っていなかった。船ならもう少し先、同じ神恵内村内の川白まで行くことができたが、道らしい道があるのは、せいぜいここまでである。川白港から三キロばかり神恵内寄りの珊内《さんない》という集落にあったウエンチクナイのトンネル入口を写真に撮っている。手掘りそのままの状態なのが明らかで、クルマで通るのは難しかっただろう。

夏のあいだは、一日一便、川白港のさらに先、神威岬をまわり込んだ東海岸側の余別まで船が出た。だが、これは観光船で、地元の人が乗ることはほとんどなく、また乗るべき用事もなかったろう。道が通っていないということは、たとえ距離的に近くても、実生活の上では両地は完全に分断された状態にある、ということを意味している。

滞在中、案内してくれる人があり、川白の先、深い山中の道なき道を一日がかりで歩きつ

宗谷本線・抜海—南稚内間にて。クマザサの丘陵をディーゼルカー1両が走っていく（1974年8月）

神恵内村珊内ウエンチクナイのトンネル（1974年8月）

づけて、西《さい》の河原と呼ばれる小さな浜まで行った。切り立つ崖に阻まれ、東海岸側からも、容易に行き着くことができない、海岸のエアポケットのような空間だった。

「あそこには、変わった人びとが幾人か、テントを張り、マムシをつかまえて食いながら暮らしている」

という噂話を、私は耳にしていた。

そうした話にも、とくに気味悪がるような響きはなく、最難度のカニ族（大型リュックを背負った長期旅行者）生活に対して、感心する（？）ような調子さえ伴って聞こえた。

「マムシは、鶏の肉のようにあっさりして、けっこううまいらしい」

実際、西の河原には、何人かでキャンプ生活する人影があった。彼らと言葉を交わしたか、覚えていない。たしかにマムシの多い土地なのだという。だが、そうであっても、食物として命をつなぐほどマムシを捕るのは難しいだろう。ある程度の食料を持ち込み、夏のあいだ魚介を獲ったりもしながら、自活的なキャンプ生活に挑んでいたということではないか。

そこからあとの行動は、なおのこと、でたらめな旅程を取ったようである。手もとに残っている切符を見ると、たった一日、折り返すように帯広まで行ったようだ。どんな目的があったか、覚えていない。ただ、道東の方面にも足を延ばしておきたいと思っただけのことだったかもしれない。

公園のような場所で、学生風の男子一人、女性二人と、語らっている写真が残っている。女性二人は、たしか札幌の藤女子大学あたりの学生で、道内を小旅行していた。その片方は、遠藤栄子さんという名前だった。なぜ、それを覚えているかというと、彼女は親元で暮らしていたのだが、ここから皆で連れだって札幌に折り返したさい、その家で一泊させてくれたのだった。一人旅の中学生がくたびれた顔をしているので、ほうってもおきかねて、自宅に電話を入れ、両親（お世話になったのは主にお母さんだった）にかけあってくれたのだろう。和室に敷かれたふわふわの布団で、眠らせてもらったことを覚えている。

そこから、私は、ふたたび小樽、余市、そして積丹半島東海岸の余別のほうへと向かっている。このあたりまで来ると、ただ旅を続けていたいというだけで、旅疲れのために体調が悪かった。ときどき、急に目がひどく痛みだし、涙が止まらなくなる。また、ぜん息のような空咳も出ていた。一人で行動しているあいだは、パン程度しか食べておらず、栄養状態も良くはなかったろう。

余市のニッカ工場を見学し（アップルワインというものを試供品として飲ませてもらった）、そこから小樽の手宮駅（貨物線の手宮線）にまた戻って、古い鉄道記念物の機関庫や、忘れ去られたように保管されている日本最初期の蒸気機関車「しづか号」などを見てまわった。見学者は、ほかに誰もいなかった。私は、ただ旅を終えたくないばかりに、そうやって、目的地も見失ったような状態で、うろついている感じだった。

積丹半島東海岸の最奥地、余別まで行き、積丹ユースホステルに泊まった。二、三泊したのだったか。そのあたりのかなり深い山あいの道を一人で歩いているとき、何かの拍子に周囲の山の木立からカラスが一斉に飛び立って、空を黒く埋めるほどの状態になっていくのを見た。

積丹半島の突端、神威岬に行く途中、念仏トンネルという手掘りのトンネルを通る。長さ六〇メートルほど、大正期に掘られた、人が通れるだけの短いトンネルなのだが、岩山の両側から掘り進むにあたって、何か手違いがあったらしく、互いの隧道がずれてしまって、途中でカギ形に折れ曲がっている。つまり、入口から入ると、まっすぐ進んで突き当たり、右に折れ、すぐに突き当たって、また左に折れて、向こう側に出る、という構造である。だから、短いトンネルなのだが、なかは真っ暗なのである。

たしか、大正期の初め、神威岬の灯台守の家族が、このあたりの海ぎわの崖をたどって買い物に行き来するさい、荒波に呑まれて命を落とす事故が起こった。そこから、灯台守らの命を守ろうと地元の人たちが隧道を掘ることを発案し、行なわれた工事なのだ……という由来があった。

積丹ユースホステルのペアレントは、夕食後の「ミーティング」で、このトンネルの話を、楽しい怪談として使っていた。

――神威岬で夕陽を見てからの帰路、このトンネルのなかを通ると、

「きょうの夕陽は、とってもきれいでしたね」

という声が、暗闇のどこかから聞こえる、というのである。

北海道では、ほうぼうの道路、トンネル、鉱山などに、この種の怪談めいた伝説が残っていた。

明治以来の開拓に動員された囚人労働、タコ部屋労働などによる難工事の事績は、多くの犠牲を伴い、まだ生々しい記憶として、地元の人びとのなかに残っていた。「人柱」にされたものではないかと言われる状態で、トンネルの壁のなかから人骨が見つかる、といったことなども、まだあった。先住民たるアイヌの視野からすれば、これは、それだけの激しさで、自分たちの大地が蚕食されていく過程でもあっただろう。また、さらに新しい近代日本の植民地・朝鮮、あるいは中国からの労働者も、こうしたタコ部屋労働のなかで多くが命を落とした。これらの人びとには、墓がないのが「普通」という。つまり、名前さえ記録されることなく、異郷で命を終えている。

私がこうして北海道を旅した半世紀前、その地は、まだ明治政府の開拓開始から一世紀、太平洋戦争の終結からは三〇年に満たなかった。だから、木の根を一つひとつ掘り起こしながらの開拓の苦労は、その土地に暮らす人びと自身のものだった。したがって、「あそこのトンネルで工夫の幽霊がよぎる」といった話にも、隣人たちの噂話をしているようなおもむきがあった。カニ族たちも、それを身近に聞きながら、旅をした。北海道の近代百年の歴史は、怪談、伝承、そして観光資源にも溶け込んで、一九七〇年代の風景を造っていた。

八月二五日、札幌駅で、私は大阪駅までの切符を学割で買っている。夜行の急行「すずらん4号」に乗ろうとしてのことだったのではないか。だとすれば、札幌駅発二三時一五分である。日付が変わって、二六日付で、長万部《おしゃまんべ》駅、函館駅の入場券が残っている。長万部駅着が二六日の午前三時二四分、発車が同五〇分。終点の函館駅着が、朝の六時一〇分である。青函連絡船の便が、これに接続していて、函館発七時一〇分、青森着が一一時。

青森駅からの「二〇一キロ以上」の急行券が残っている。青森車掌区の乗務員が発行する車内販売の切符である。青森駅一二時三七分発、日本海まわりの大阪行き急行「きたぐに」に乗車して、その車内で買ったのだろう。

京都駅着が翌日、八月二七日の午前六時四三分。終点・大阪駅着が、同じく七時二〇分である。京都駅で降りたのだろうが、切符を残しておくために、大阪駅までのものを買っておいたのかもしれない。料金には、ほとんど違いがなかったはずである。

夏休みは、あと四日で終わる。

自宅に帰ってからも咳や微熱が続いて、近所の医者にかかると、「上気道炎、肺炎になりかけている」という診断だった。北海道への長旅は、マグマの熱を受けて地層に変成作用が生じるように、その前後で、少年の私のなかの何かを確かに変えた。これ以後も、こうした長旅のあとには、しばらく医者に通うことが常態となった。

学級新聞と紙パンツ

日中線・上三宮駅―会津加納駅間を行く、さよなら列車（1974年11月3日）

一九七四年、中学一年生の夏休みの終わり、一ヵ月余りに及んだ北海道への旅から、よれよれになって、私は京都に帰り着く。だが、回復は早かったようだ。

九月に入るかどうか、という時日だったと思うが、新聞紙上で、こんな内容の催しの案内をみつけた。

――九月一四日（土）から一六日（月・祝日）、奈良県天理市のユースホステル山の辺の家で、「日本文学者・中西進氏による『万葉集』をめぐる講演と、山の辺の道の歴史散策」が開かれる。主催は「古都奈良を愛する万葉人の集い」。――

私は、すぐに申し込んだ。参加料は、ユースホステルに二泊三日で滞在する金額に、いくらか加算する程度のものだったはずだ。

なぜ、中学生の私が、こういう催しに興味があったか、いまとなってははっきり思いだすことができない。だが、旅への興味が、おのずと、行く先々の地域史への関心に結びついたことは確かだろう。

「春とともに終わる」の章で述べたことだが、たとえば、南九州に旅したとき、宮崎・美々津の漁港近くをSL撮影のために歩いていると、「日本海軍発祥之地」と記した大きな記念碑が建っている。なんだろうと思い、説明書きを読んでみると、この地には、太古、神武天皇が「東征」に出発した港である、との伝説がある、というようなことが書いてある。それと「海軍」が、どう結びつくのかよくわからないが、ともかく「記念碑」というのはそういうものらしい。

近くの延岡駅からは、高千穂線という山峡に向かう路線が出ていて、終点は高千穂駅、その一つ手前は天岩戸《あまのいわと》駅。これなど、神話の世界につながる鉄道路線である。途中に高さ一〇〇メートル以上の鉄橋があり、これが日本で一番高い鉄道橋だということで、写真を見て、想像をめぐらせるだけでも、目のくらむ思いがした。

また、これも日豊本線、佐土原《さどわら》駅からさほど離れていないところに、西都原《さいとばる》古墳群と呼ばれる、日本最大級の古墳群があるということも知っていた。こういう興味のそそられかたは、北海道の近代史についてでも、変わりはない。

その土地、その土地に、大昔から人間の暮らしの営みが続いている。そうした風土への関心が、旅の見聞を通して、自分のなかに増していく。『万葉集』が、いにしえのさまざまな旅とも結びついた和歌集であるらしい、というくらいの印象は、少年なりに、なんとなく持ち合わせていたのではないか。正月に、母が読み札をになう「百人一首」には、近しい気持ちがあった。山の辺の道がどこをさしているのか、正確には、まだ知らなかった。だが、古代の人びとが往還した道を自分の足で歩いてみる、という催しは、当時の私の心持ちにかなっていた。

ユースホステル山の辺の家は、奈良盆地の東べりを走る国鉄・桜井線の柳本駅から、東の山裾の方向に二〇分ほど歩いていく。「崇神天皇陵」と言われた巨大な前方後円墳、行燈山《あんどんやま》古墳を見渡す緩い丘陵の中腹に、穏やかな風光にくるまれ、その施設は建っていた。天理市が運営する、清潔で落ちついた佇まいの建物だった。

催しの初日、九月一四日の夕刻、中西進氏の講演が、ユースホステルの食堂で始まった。まだ私は、中西氏の著書は一冊も読んでいなかった。だが、緊張気味の聴衆の様子から、この人が、いま、気鋭の万葉学者として注目を集めていることが伝わってきた。

このとき中西氏は、近くの行燈山古墳の高みから、二上山まで一望できることを話の枕に、その山上に墓所がある大津皇子について、冒頭、しばらく何か話をされたような気がする。だが、もう半世紀近くも前のことで確かめるすべがない。

主催の「古都奈良を愛する万葉人の集い」は、ユースホステル山の辺の家を拠点に、定期的に例会を開いているサークルだった。その活動への新規参加の呼びかけを兼ねて、この三日間の催しは企画されていた。二〇代後半から三〇代くらいの社会人男女が中心で、二、三〇人ほどの常連メンバーがいたのではないか。研究者タイプではなく、奈良好き、古典文学好きの快活なハイカーたち、といった風情で、年少の私にもなじみやすかった。

催し二日目の九月一五日は、山の辺の道づたいに、みなで南へ歩いた。この古道は、奈良盆地の東の山裾に沿い、現在の奈良市から桜井市のあたりに通じていた。その南半にあたる天理の石上《いそのかみ》、布留《ふる》あたりから桜井の海柘榴市《つばいち》近辺にかけては、いまも、ほぼ古代以来の道筋が残ると言われている。

ユースホステル山の辺の家は、残存している道筋の中間地点あたりに位置しており、この日は、そこから南をさして、行燈山古墳、渋谷向山古墳《しぶたにむかいやま》（景行天皇陵古墳）、穴師社、相撲神社、箸墓古墳、大神《おおみわ》神社、海柘榴市へと、たどったように覚えている。参加者たちは、ア

「古都奈良を愛する万葉人の集い」の人たちと。
後列左端、筆者。室生寺にて（1974年11月ごろ）

マチュアながら古典や古い事蹟についての知識がある人ばかりなので、教えられるところが多かった。秋の奈良の里山は、うらうらと穏やかで、心がなごんだ。最終日の一六日は、ユースホステルから山の辺の道を北に歩いて、布留の石上神宮で七支刀《ななつさやのたち》を観たのではなかったか。

その後も、私は、このユースホステルに一、二泊しながらの「古都奈良を愛する万葉人の集い」の例会に、たびたび参加するようになった。サイクリング車を手に入れると、天理・柳本にあるユースホステルまで自転車で行くこともあった。三〇キロほどの道のりなのだが、京都・奈良の県境にあたる奈良坂の勾配はきつかった。あえぎながらペダルを踏んでいるところを、猛烈な驟雨に襲われたりもした。鉄道で行くときは、ほとんど意識もせずに過ぎてしまう。だが、こうやって自転車のときには、『万葉集』にも重ねて出てくる、この坂の傾斜が足裏に実感された。

翌週、九月二一日から二三日にわたる連休は、また山陰地方に出かけている。

四月二八日に、倉吉線のC11さよなら運転（運行は米子駅―関金駅間）に出向いて以来の山陰である。そのときには、前夜に京都駅発の夜行の各駅停車に乗って、米子駅まで行き、米子機関区、倉吉駅―上灘駅間の天神川鉄橋、および、倉吉駅―下北条駅間の同じく天神川を渡る鉄橋などで撮影してから、東郷池畔の香宝寺という寺の宿坊（ユースホステルを兼ねていた）に泊まった。夕刻、倉吉駅の隣の松崎駅近くの船着き場から、わびしげな渡船に乗

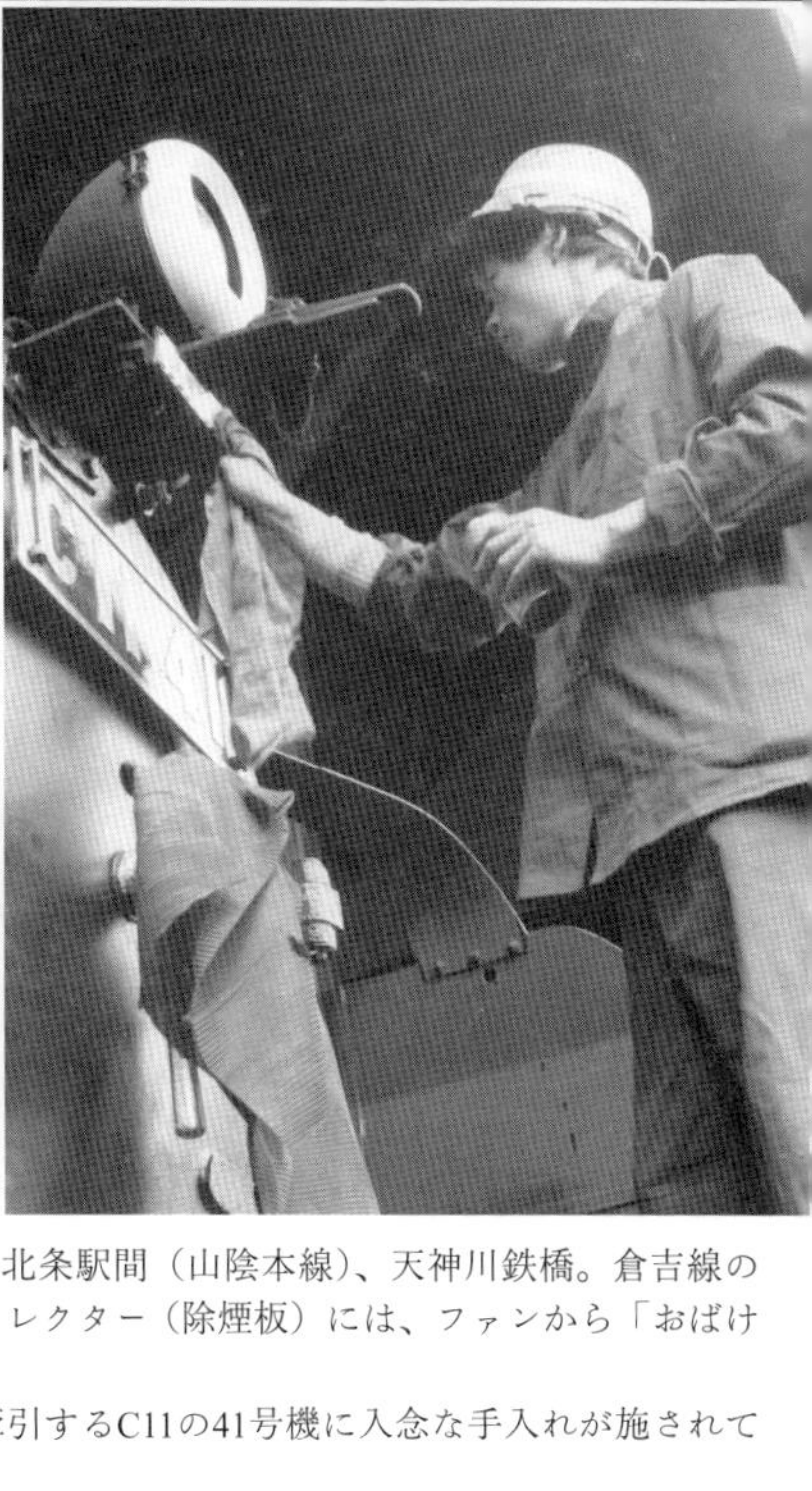

（上）倉吉線C11さよなら列車。倉吉駅—下北条駅間（山陰本線）、天神川鉄橋。倉吉線のさよなら列車を牽引するC11の41号機のデフレクター（除煙板）には、ファンから「おばけツバメ」と呼ばれる装飾が施された
（下右）倉吉線、さよなら列車運行の朝、牽引するC11の41号機に入念な手入れが施されていた。米子機関区
（下左）倉吉線のC11さよなら列車は往路の米子駅発・関金行きでは、機関車が逆向きに連結されて牽引した。米子駅付近（すべて1974年4月28日）

って、東郷池を渡っていったのを覚えている。あたりは羽合《はわい》温泉という温泉地で、その寺のなかにも温泉の浴場があった。

今回、九月二一日からの山陰行きには、伏線があった。もともとは、長い夏休みの終わり近く、私は北海道から戻るとすぐに山陰への旅に出るつもりだったらしく、北海道への出発前に、あらかじめ八月一八日から有効の「山陰ワイド周遊券」を買っている（七月三日、京都駅旅行センター）。つまり、「北海道ワイド周遊券」の有効期限は八月一六日なので、帰ってきたほとんどその足で山陰に発つつもりだったらしい。ところが、結局、北海道旅行を長引かせたことで、この山陰旅行はキャンセルしてしまったらしく、未使用の「山陰ワイド周遊券」がそのまま残っている。つまり、前々章「元二等兵と父」で、この種のことに対する父の浪費傾向を私は指摘しているが、同じようなことを私自身が繰り返した。

九月二一日は土曜日で、午前中は学校で授業がある。下校後、京都駅発一四時四〇分の急行「白兎《はくと》」で出発。これは、倉吉駅から快速列車に変わって、米子駅着が二一時七分。ここで同駅発二一時四八分の夜行の急行「さんべ3号」に乗り換える。（途中、停車時間のある、由良、浦安、大山口《だいせんぐち》、米子、そして、この先の荒島の各駅で入場券を買っている。）

急行「さんべ3号」が、山口県の長門市駅に着くのは、日付が変わって、二二日の午前三時五四分である。

ちなみに、当時、この長門市駅から下関駅にかけての山陰本線では、夜明け前、非常に早い時間から始発列車が走っていた。長門市駅発では、門司駅行きの始発が四時二七分。途中の滝部駅からだと始発が三時三〇分で、終点の下関駅着さえ、まだ早暁四時三三分である。どちらの列車も、鮮魚の「運び屋」の中年女性たちが、大きなブリキ箱を大風呂敷で背負ったりして、下関の市場に運ぶために大勢乗っていたような記憶がある。地元の人たちは「カンカン部隊」と呼んでいた。

長門市の港がある仙崎駅（山陰本線支線、通称・仙崎線）発、美禰《みね》線経由、厚狭《あさ》駅（山陽本線）行きの始発時刻は、四時一七分。これに、ひと駅乗れば、長門市駅で四時二七分発の門司駅行きの始発列車に乗り換えられる。また、そのまま美禰駅、厚狭駅方面へと鮮魚を運ぶ「カンカン部隊」の人びともいた。運送がトラック主体に変わった現在では、もう、これほど早い時刻の始発列車は走っていない。

ともあれ、長門市駅と隣の黄波戸《きわど》駅のあいだの只の浜ぞいは、前年の暮れにも一度撮影した場所である。だが、そのときは露光の調整に失敗して、まともな写真が残せていない。それが私の悔いとして残り、今度の再訪となったのではないか。

まだ真っ暗な国道を私は線路ぞいに黄波戸駅の方面に向かって歩きだす。そうやって、夜明け前の只の浜べりを走ってくる、長門市駅五時二四分発のD51が牽引する旅客列車を撮影した。

ただし、このときのハードスケジュールの撮影行には、やや不可解な点がともなう。今回、こうして当時の行動を裏づける資料にあたりなおすまで、私自身もすっかり忘れていたのだが、どうやら、この旅には同行者がいたようなのである。京都からの往路、車内購入のこん

洋館風の黄波戸駅。当時から無人駅だった（1974年9月22日）

山陰本線・長門市駅―黄波戸駅間、夜明けの只の浜ぞいを行くD51牽引の旅客列車
（1974年9月22日）

な切符が残っていることから、それがうかがえる。ここには、車掌の手書き文字で、およそ次のような情報が書き込まれている。

《9月21日、805列車。

座席指定、急行、領収額1000円。

綾部駅から200㎞まで。

人員、大人2名。8—9、1・2〔8号車9列、1・2番〕

福知山車掌区乗務員発行》

この切符は、どういう意味なのか？

805列車とは、京都発の急行「白兎」を意味する列車番号である。

秋の連休初日の行楽列車なので、車内は混んでいたに違いない。私たち「2名」は、あらかじめ席の確保のためにホームで長時間並ぶことなく自由席に乗ったとしたら、車内では空席がなく、立つことになったのではないか。だが、先の旅程も長いのに、ずっとこうして立っているのも、つらい。途中の綾部駅で指定席車両から下車する人たちがおり、空席ができた。追加料金を払ってでも、そこに座ってしまおうと、私たちは考えたのだろう。

ただし、ワイド周遊券は、急行の自由席なら乗り放題なのだが、指定席を使うときには、併せて急行券も必要になる。

指定券が一人三〇〇円。加えて、急行「白兎」の急行区間は倉吉駅までなので、綾部駅からは二〇〇キロ以下で、一人二〇〇円。つまり、一人につき小計五〇〇円。それが二人分必要なので、合計一〇〇〇〇円を支払っている、ということなのである。

それにしても、ほとんど一昼夜、こうやって列車に乗りつづけ、さらには夜明け前から線路ぎわをとぼとぼと何キロも歩きつづけて、撮影に入る、という行動をともにできる相手とは、いったい誰だったのか？　私は、ふつうのカタギの友人を、そんなことに付き合わせる度胸は持ち合わせていなかった。

加えて、私は、旅で同行者を写真に撮る習慣がない。というより、そこまで気がまわらない。でも、一枚くらいは撮っていないだろうか……と、何度も探しなおすと、やっと一枚、見つけることができた。

同行者は、片岡豊裕君だった！

なるほど。彼となら、こういう旅でも平気である。

「旅を始めるまでのこと」の章で、小学校六年生のとき、三重県の関西本線・加太トンネルを徒歩で通り抜けようとして、途中で列車が来てしまった話を書いた。そのときの仲間の一人である。また、同じく関西本線の木津川鉄橋（笠置駅―大河原駅間、京都府）を彼と二人で歩いて渡ろうとしたときにも、途中で列車が来てしまった。そういう、みずから招いた危難をどうにかやりすごし、（ちょっとおかしくなって）鉄橋からぶら下がった片岡君の写真も載せている。

茶目っ気のある片岡君らしく、今回の山陰行きでも、彼の姿は、妙な場所に見出された。戸田小浜駅のホームで、「柿本人麿生誕地」の碑を背に、植込みのなかから、上半身だけ、

戸田小浜駅に現われた片岡豊裕君（1974年9月22日）

片岡豊裕君に向かってふざける筆者。戸田小浜駅（1974年9月22日）

チューリップハットをかぶった姿で出現している。背後の鳥居は、ここに神社があるわけではなく、少し離れたところにある戸田柿本神社のものが、宣伝用に出張（？）してきているらしい。

片岡君は、中学進学のころ、一家で滋賀県の栗東町《りっとう》（現在は栗東市）に転居していった。その後、片岡家の新居を訪ねたことはあった。だが、だんだん、連絡も途絶えていった。そう思い込んでいたのだが、そうか、この時期に至ってからも、まだ付き合いは続いていたらしい。この日は、彼といっしょに、長門市から益田方面に向かって日本海べりを行く山陰本線に撮影地点を求め歩いて、浜田ユースホステルあたりに泊まったようだ。

翌二三日は、早朝に江津《ごうつ》駅へと移動し、三江北線の江津駅―江津本町駅間で、C56が逆向きで牽引する貨物列車を撮影した。この蒸気機関車は、簡便な支線向きの小型軽量のテンダー式蒸気機関車（炭水車を付けているので長区間の路線を走れる）で、私の好みのタイプのSLである。

だが、鉄道を走行するC56を撮れたのは、このときが初めてだった。天気もぱっとせず、良い写りではない。ただ、前年に私が蒸気機関車を撮影しはじめた時点で国鉄線を走っていた機種は、幸運にも、これですべて撮影することができた。8620、9600、C11、C12、C55、C56、C57、C58、C61、D51、D60という、計一一機種である。

江津駅から山陰本線の岡見駅へと移動し、小雨のなかでしばらく撮影したところで満足し、帰途につく。山口線経由で、小郡駅から広島駅に出た。ここから、呉線経由の夜行の急行

「音戸1号」で京都に帰っている。

翌週の九月二九日は、父と滋賀・能登川を訪ねた（「旧二等兵と父」）。奈良・斑鳩《いかるが》の里を一人で訪ねて、法起寺、法輪寺、そして法隆寺へと歩いたのは、その翌週一〇月六日である。法隆寺駅前に停まるバスが、まだボンネットバスだったのを覚えている。法輪寺の築地塀《ついじべい》に使われていた丸瓦には「三井寺」（この寺の別称）との文字があった。そして中宮寺、弥勒菩薩の半跏思惟の姿も。

かたや、中学校での私は、クラスの新聞委員の一人となって、秋に開かれる各学年のクラスごとの壁新聞による「新聞コンクール」に向け、取材にも取り組んだ。企画は、ほとんど私一人でどんどん立ててしまっていたのではなかったか。京都市立伏見中学校という学校だった。

紙面の企画には、大きく分けて二つの柱があった。特集の一つは、地元の歴史を、お寺や神社などに取材して、伝承に光を当てながら、たどってみようというものだった。もう一つは、この町で暮らす上での希望や課題を、地元の人たちに取材して、将来の町づくりに生かそう、というものだった。

第一の企画である「歴史もの」については、こんなきっかけがあった。

学区内の下鳥羽という地域に出向いたとき、私は偶然「恋塚寺」という寺を見かけて、風変わりな寺号に興味を覚えた。立ち寄って住職にうかがうと、次のような謂れを話してくださった。

――平安時代の終わりごろ、遠藤盛遠《もりとお》という若い武士がいた。あるとき、彼は袈裟《けさ》御前という美しい女性を見初めるが、彼女は渡辺渡《わたる》という同僚で縁戚にもあたる武士の妻だった。気性の激しい盛遠は、それでも袈裟御前と添い遂げたいと願って、強引に彼女に言い寄る。ついに袈裟御前は、あるとき、このように答える。

「わかりました。ですが、私は夫ある身です。私を妻にするには、夫の渡を殺してください。深夜、私どもの寝所に忍んでこられたら、夫の髪を濡らしておきますから、暗闇であっても手探りでわかるでしょう。その夫の首を掻き取ってくだされば、私はあなたの妻になりましょう」

盛遠は、この言葉通りに、渡辺渡らの寝所に忍び込み、濡れた髪の頭部を刀で切り取る。帰路の途中で、これでやっと思いを遂げられるという喜びとともに、月光の下、その首をあらためようと、包みを開く。そこに入っていたのは、袈裟御前その人の首だった。盛遠の激しさが彼女を追いつめ、わが身を犠牲にさせたのだと、彼は気がつく。

盛遠は、おのれの無分別を悔い、髪を落とし、袈裟御前を弔う。そして、都を去っていく。のちに高雄の神護寺を開く文覚《もんがく》上人は、数々の荒行を経た、後日の遠藤盛遠だということである。――

こうした由来をうかがい、私自身、この話には覚えがあった。

小学校一年生のときだったろう。母に伴われて、京都会館で開かれた創作オペラの舞台を観たことがあった。おそらく、職場で団体購入のチケットの割当でもあったのではないだろうか。オペラなどというものに連れていかれたのは、あのとき一度きりである。その舞台は、暗く、薄気味の悪いもので、私には恐ろしいものだった。だが、それなりに引き込まれては観たようで、恋塚寺の住職の話をうかがって、あのときのオペラは、この話だったとすぐにわかった。(いま、そのときの公演名を当たりなおすと、オペラ「袈裟と盛遠」〈石井歓作〉である。一九六八年一一月、東京文化会館初演、それが、京都会館第一ホールにまわって上演されたのは、同年一二月二日である。明治百年記念の芸術祭オペラ特別公演として、二期会と藤原歌劇団によって行なわれたものだという。)

私は、この話を新聞委員の仲間たちに伝え、みなで改めて恋塚寺を訪問することから、新聞コンクールに向けた「学級新聞」の取材を始めることにした。住職は、われわれを迎えると、袈裟御前、遠藤盛遠、渡辺渡の坐像など、ゆかりの品々を示しながら、袈裟御前の墓所として始まったという恋塚寺の伝承を話してくださった。

そのあと、庭に出て、袈裟御前の墓だとされている宝篋印塔《ほうきょういんとう》を示して、住職は、こんなふうにもおっしゃった。

「この墓はね、のちに文覚上人が開かれた高雄の神護寺の方角、北西のほうを向いて、立ってますんや」

思い起こすと、このときの住職の説明ぶりは、興味深い。中学生の私たちが、ちゃんとそれを理解できていたとは思わない。だが、あのとき、住職は、『源平盛衰記』で貞女の鑑《かがみ》の

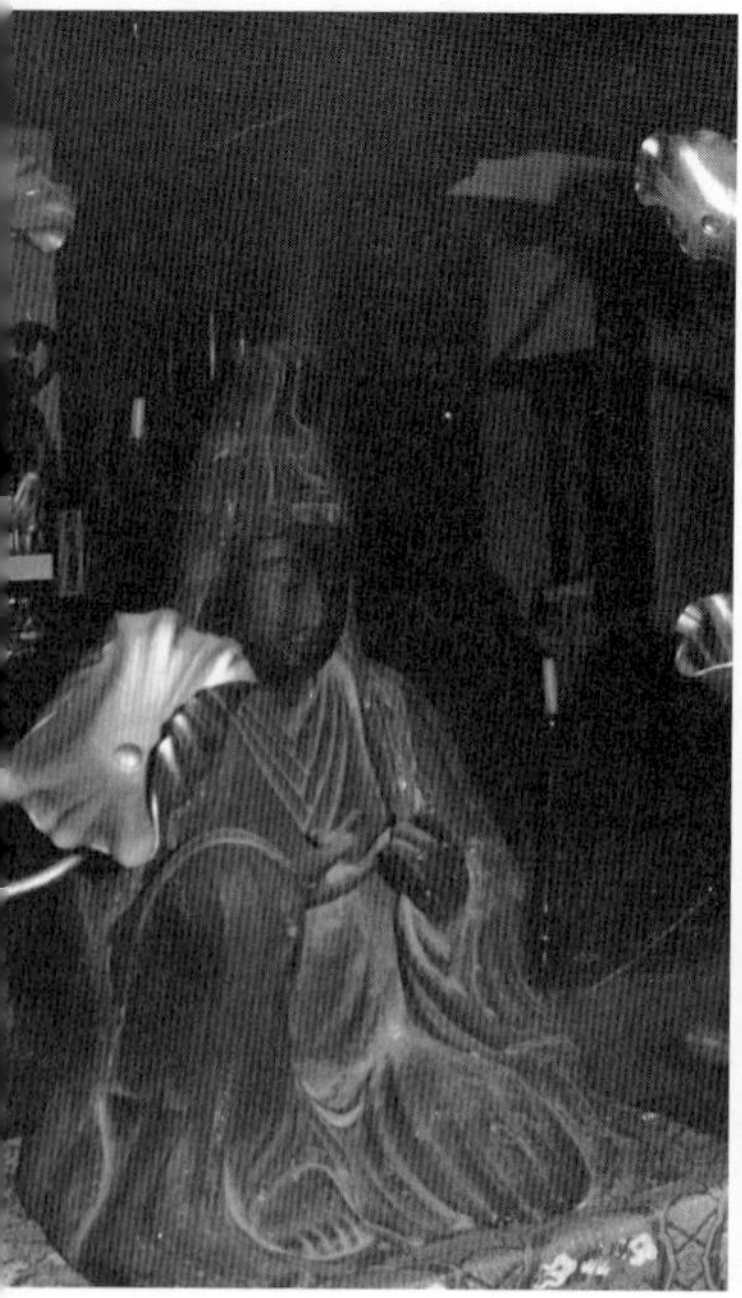

（上右）
恋塚寺の山門。京都市伏見区下鳥羽

（上左）
袈裟御前坐像。恋塚寺

（下）
裟御前の墓地とされる宝篋印塔。恋塚寺

ように伝えられる袈裟御前像とは違って、夫・渡辺渡を愛しながらも、熱情のかたまりのような遠藤盛遠にも惹き寄せられていく、袈裟御前という生身の若い女の艶っぽい伝記を、私たち中学生に語り聞かせてくれていたようなのだ。そうであってこそ、「恋塚」という寺号にも、説明がつく。つまり、これは、袈裟御前という若い女性が、みずからの「恋」を葬った墓（塚）なのである。

実は、袈裟御前の首塚と称する五輪塔は、同じ伏見区上鳥羽の浄禅寺にもある。私たちは、こうした観光名所としては知られていない市中の小さな社寺や史跡をめぐって、自分たちなりの「町の歴史」を語ってみようと取り組んだ。

もう一つの企画、未来に向けての「町づくり」の特集のほうは、地域住民たちへの街頭インタビューが中心だった。ラジオカセットレコーダーを肩にかけ、マイクを手に（普段はこのラジカセで音楽番組のエアチェックなどしていたが、マイクを取りつけてＳＬの走行音を録ることもあった）、中学校の周囲の路上で通りがかりの人たちを呼び止めて、意見を聞く。あるいは、店に入っていって、商店主の話を聞いたりもした。

こちらの特集では、さらに、よその学級新聞にはできない特ダネ記事を打ちたいと、私は想を練っていた。中学校のすぐ隣に、当時は伏見警察署があった（現在は別の場所に移転している）。署長にインタビューをしたい。中学生の新聞が「交通事故と安全について」という取材を申し込めば、きっと応じてくれるだろう。その話をまず聞いて、ほかにも、こちらから質問をぶつけてみよう、と考えた。

警察署長に手紙を書いて取材のお願いをすると、多忙な様子ではあったが、承知して時間をとってくださった。一〇月一二日、土曜日である。

署長室で地元の地図を示しながら話を聞く。署長は近眼用のめがねを外して、老眼が出はじめたらしい目を裸眼で地図に近づけた。そして、伏見区内で交通事故の危険が多い場所、歩行者としての注意点などを丁寧に教えてくださった。

やりとりを終えたところで、こちらからの補足的な質問に入る。

私から尋ねたのは、およそ次のようなことだった。

――警察が、地域の住民のために交通安全への努力を尽くしてくださっていることは、わかりました。ただ、それでも、警察という仕組みが、地域の人びとの「敵」にまわってしまうことがあると思うんです。そのことについては、どのようにお考えですか?――

――どういうことですか?――

ソファから身を乗りだして、署長は聞き返した。

――一つは「狭山事件」です。もう一つは、三里塚の農民による「成田空港建設への反対」に関してです。――

と私は言った。

いまの社会では、もう忘れられかけているかもしれない。けれど、当時、「狭山事件」は、社会全体に知られる大きな問題だった。

一九六三年、埼玉県狭山市の被差別部落の青年、石川一雄さんが、近くの町の少女に対す

地域住民への街頭インタビュー。
（上）「学級新聞」の新聞委員たち。後ろの建物は、伏見警察署。（下）左は筆者

る強盗強姦殺人の容疑者として、逮捕された。だが、この事件で石川さんを犯人とみなすには、不審な点がとても多かった。警察による不正な「証拠」づくりが疑われるものもあった。にもかかわらず、一審では、死刑判決が下る。そして、控訴審の判決が、私たちが署長にインタビューしている一九七四年一〇月、その月の終わりに迫っていた。

京都の住民にとって、部落差別は身近な問題だった。はっきりした「同和対策事業」の対象になる地区だけでなく、モザイク、いや、互いに滲みあって一枚の墨絵の画幅をなすように、私たちは、日常に溶け入る「差別」とともに、この街で暮らしていた。もちろん、被差別地区にも大切な知人や友人たちがいる。就職や結婚での差別は、なお続いていた。伏見署という、大きな被差別地区を管内に持つ警察の責任者に、これについての見方を訊いておきたい、というのは、地元の「学級新聞」として当然のことだろうと感じていた。

三里塚での成田空港建設に対する地元農民の反対も、これと通底する問題のかたちをなすように、少年なりに感じていた。そこの大地は、戦後、満洲や樺太（サハリン）から無一物で引き揚げてきた人びとが、身を寄せる先もないまま荒れ地に入植し、苦労して開拓してきた農地が多くを占めると聞いていた。こうした当事者の頭越しに、国の権力者らが、一方的に「ここに国際空港を造る」と決めて、「あなたたち農民はここから出ていきなさい」と申し渡しても、それには従えないと考える農民がいるのは当然ではないか？　この人たちは、何か見返りを国に求めているのではない。ただ、苦労して自分たちの手で開拓した愛着ある土地に、このまま暮らしたいと願っている。なのに、警察力で彼らを強制的に排除して、そ

伏見警察署長へのインタビュー。右は筆者（1974年10月12日）

の土地を取り上げてしまう（行政代執行）というのは、公正なやりかたと思えない。お上の命じることに農民が反対するとは、考えもしなかったのだろうか？　だとすれば、そこにも、平凡な庶民に対する、富裕者、権力者の差別的な意識の働きがある。普通の人びとの安全な暮らしを守るはずの警察が、こんな動きの下働きを果たすのはおかしいのではないか？

署長は、これに対して、真剣な態度で答えてくださった。

――「狭山事件」に関して、自分は、警察が中立的な態度を保って事実解明に向けての捜査を尽くしてきた、と信じたい。ただし、いずれにせよ、日本は三審制の裁判制度を取っている。だから、そこでの審理を通して、より公正な判決が得られることを自分としても願っている。

また、「三里塚での空港反対」については、戦後の平和憲法は、個人の基本的人権とともに、公共の福祉ということも重んじている。地元農民の人権を尊重するとともに、将来の日本国民の大多数の幸福の追求ということも考えられるべきだろう。警察も、こうした憲法の理念に照らして、社会に貢献していくべきものと思っている。――

ということだった。

署長は、ときに目をつむって考えをめぐらせながら、終始にこやかに、打ち解けた態度で話してくれる人だった。地元の中学生たちとのあいだで、そういう議論が交わせることが、彼にとっても楽しかったからではないかと思う。

私たちは、これらを記事にまとめて、写真もたくさん使用し、全紙サイズの壁新聞をつくっていった。仕上げて学校に提出したのは、新聞コンクールの前日、一〇月末近くではなかったか。

私は、学校をよく休んだ。

壁新聞形式の「学級新聞」を仕上げて、学校に提出した翌日、各学年全クラスの「学級新聞」が、一斉に校内で掲示されるはずだった。だが、私は、そうした催しのほうにはあまり興味がなく、この日も学校を休んでいる。

小学校高学年のころから、微熱が続くことが多く、近所の医者にかかるうちに「自律神経失調」だという所見になった。べつの医者に通って、そのたび臀部に注射を打たれていた時期もある。いま思うと、何の薬だったのだろうか？

中学に入ってからも、早退や遅刻を含めれば、月の三分の一近く学校を休んでいたのではないか。こういう状態は、自分でも、病欠なのかサボりなのか、区別が判然としない。ただ、なんとなく憂鬱な気持ちを抱えて、家のなかでごろごろしていた。

私の住まいがある団地は、中学校のすぐ隣とも言えそうな場所にある。中学校の広い敷地の角の部分を削るようにして伏見警察署（当時）の建物があり、そこと道一本を隔てたところが、うちの団地である。この日の昼ごろ、クラスの新聞委員の男子二人が、学校を抜け出し、私の家にやってきた。

「担任の安部先生がうちのクラスの学級新聞を見て、立腹し、『こんな中学生らしくない新聞、出していいわけないでしょう』と言って、貼り出された新聞を没収して、職員室に持っていってしまった。だから、うちのクラスの学級新聞は、新聞コンクールに出ていない。伏見警察署長へのインタビューの内容が『政治的』だと、安部先生は言っていた」

とのことだった。

やっぱりやられたか、という気持ちが、最初によぎった。うすうす、こういうことを安部先生は言うかもしれないと、予感めくものがないわけではなかった。

安部先生は、謹厳で保守的な態度で生徒たちに知られる家庭科担当の中年の女性教諭だった。

──「中学生らしい」って、どういうことを指すんですか?──

私なら、問い返したに違いない。それを見越して、安部先生は、私が学校を休んでいる隙をとらえ、新聞「没収」の挙に出たようにも思われた。

むろん私は、こうした紙面づくりを「政治的」な関心でやったつもりはなかった。地元・伏見の中学生の新聞として、持てる力を発揮するには、こうした主題の掘り下げがあっていいのではないか、と考えただけである。もし先生たちが、これを封じ込めてしまうべきだと考えるなら、その見識にあきれる。私には、このとき、そういう冷ややかな幻滅が湧いていた。これから職員室に駆けつけて抗議しよう、という気持ちにさえなれなかった。

この年一一月三日、四日の連休は、福島県会津の磐越西線、日中線のC11さよなら運転が行なわれるとのことで、その撮影に出向いた。

土曜日の二日午後、学校を終えてから東海道新幹線で東京に向かい、荻窪の母方の祖父母の家に寄っていく。夕食をとらせてもらってから、その家を出て、上野駅二三時四八分発の東北本線、季節列車で夜行の急行「ばんだい5号」に乗ったようである。乗車に使った切符は「みなみ東北ワイド周遊券」だった。

列車は郡山駅から磐越西線に入って、会津若松駅到着が翌三日の朝五時ちょうど。すぐに五時九分発、喜多方駅経由、日中線・熱塩駅行きの列車に乗り換えた。そして、終点の一つ手前、会津加納駅で降りている。

この一一月三日、四日の両日、さよなら列車は、会津若松機関区所属のC11が牽引し、会津若松駅—熱塩駅間を一日二往復ずつ、運行した。熱塩駅側の先頭にC11の63号機が付き、客車六両をはさんで、後尾にC11の80号機が逆向きに付いている。日中線終点の熱塩駅に転車台がないため、この編成で下りの熱塩駅行きのときはC11の63号機が先頭。反対に、上りの会津若松駅行きのときはC11の80号機が正面を向いて走る、というファンサービスなのである。

この両日は、沿線をあちこち動きまわって、撮影を堪能した。宿は、磐越西線・塩川駅近くの会津の里ユースホステルで一泊したのだろう。四日、連休最後のさよなら列車には、会津若松駅から熱塩駅までの往復に、自分でも乗車した。日暮れてから、磐越西線の最終列車で新潟駅まで移動した。

磐越西線・及川駅—塩川駅間の日橋川鉄橋を行く、さよなら列車（1974年11月4日）

磐梯山を背景に、磐越西線の会津若松駅—堂島駅間を行く、さよなら列車（1974年11月3日）

そして、新潟駅二一時一〇分発の急行「きたぐに」で京都に向かっている。前日のうちに、会津若松駅で、この列車のB寝台券を私はすでに買っていた。さすがに疲れが重なって、このまま自由席の夜行列車で京都駅に帰着し、すぐに学校に行くのはきついと判断したのだろうか。B寝台料金が一三〇〇円、これに付随する急行券が四〇〇円、計一七〇〇円の出費だった。

それにしても、これだけ旅が続くと、いくら貧乏旅でも、勧進元の母の出費はたいへんなものである。地方公務員の職があったとは言え、ほかに子どもも二人いる。だが、それほど深刻な苦情を言われた覚えもない（フィルム、現像代が高い、と何度かこぼされてはいたが）。いま思うと、母には母で、迷走気味の息子に、やりたいだけはやらせてみよう、という意地のようなものがあったのだろうか。いや、旅行に行くなと言って、無理に家に居させたところで、それで息子がどうなることかわからない。そういう不安めいたものが、母を占めてもいただろう。

さすがに私も、これではまずいな、とも思うのだが、旅への衝動に取り憑かれているので、自分の動きが止められない。アルバイトを始めるのは、もうちょっと先、中学二年になってからである。せめて少しは経費を節減しようと、この秋口あたりから、自分でモノクロ写真の現像、プリントを始めている。会津若松で撮ったモノクロ写真に、現像ムラがあるのも、おそらく、そのためだろう。

現像、プリントは、どうやって覚えたのか？

一九七二年春、京都の寺町今出川、同志社大学の近くに「ほんやら洞」というヒッピーたちが営む喫茶店が、大工仕事も自分たちでやり遂げてオープンする。私の父は、年長世代の協力者として、これにいくらか関与していた。初めのうちは父に連れられ、やがて一人で、私はここに出入りするようになっていった。

この店の中心メンバーたちが、写真に凝りはじめる時期があり、それは、ちょうど私が旅にのめり込んでいく時期に重なった。いっそ暗室もあればいいなということになり、店の二階の物置を利用して、引き伸ばし機なども据え付けて、彼らはそれもお手のもので造ってしまった。これが一九七四年だったたか。なかでも写真への熱中が激しかったのは、のちに京都の路上写真家としても知られる甲斐扶佐義さんで、私は、この人から、暗室について、多くのことを実践的にあれこれと教えてもらった。

私より一二歳年上の甲斐さんは、もともと極端なまでに無口な人で、緘黙と言われる状態に近かったのではないか。だが、当時のガールフレンドに、オリンパスPENだったか、簡単な造作のカメラをプレゼントされたことから、スナップ写真の撮影に没入し、被写体となる人とのコミュニケーションを持ちはじめた。すると、たちまちのうちに、「甲斐さんの周囲、半径三メートル以内に近づくと、女性たちは危険である」と噂されるほどの色男に変身を遂げたのだった。カメラは、多弁な「言葉」なのである。それでも、甲斐さんは、心の持ちように、なお緘黙の青年の部分を残していて、当時、無口な少年だった私にとても親切だった。

……いや、だが、そうやって、いよいよ甲斐さんにつききりで暗室術を教えてもらうのは、もうちょっと先、中学二年でこの店に「アルバイト」として置いてもらうようになるころからであったろう。

そこから思い起こすと、中学校にも形ばかり「写真部」というものがあり、職員室が入る木造二階建ての建物の階段下に、暗室を備えていたのを思いだした。私は「演劇部」「放送部」に所属して、それぞれにやりたいことだけをやっていたのだが、たしか「写真部」にも出入りして、暗室だけを好きなように使っていた。だが、それにつけても、ほんやら洞の甲斐さんからの「だいじょうぶ、やれる、やれる。現像液の温度なんかは適当でいい」といった手作り風の暗室指南は、そのころから私にとって支えになった。

とはいえ、本書に収める写真のなかにも目につくものがあるように、ヤシカの一眼レフカメラのレンズの傷がもたらす影は、どうしても気になる。そこで母にねだって、アサヒペンタックスSPFという一眼レフカメラを買ってもらった。ただ、中途半端な遠慮をして、最初は標準レンズを買わずに、たしか、135ミリの望遠レンズだけを持っていた。そして、標準はヤシカで、望遠はペンタックスで、と常に二台を携行して併用するのだが、これではどうも撮り方がぎこちない。補助的にヤシカは携行するにせよ、やはりペンタックスにも標準レンズが必要だと、ふたたび母に頼んで買ってもらい、もう少ししてから、さらに28ミリの広角レンズも買ってもらった。そのようにして、なんとか写真の画質が安定してくるのは、七五年春あたりからのことではなかったか。

奈良には、それからも重ねて通った。私一人で歩くこともあったし、「古都奈良を愛する万葉人の集い」の例会に参加してのこともあった。興福寺の薪能も、奈良国立博物館の「正倉院展」も、最初は、このサークルの人たちを導き手として、そこに行ったように記憶している。また、京都の町角や社寺も、よく歩くようになった。生まれ育った街なのに、ここはとても広く、まだ知らない場所がいくらでもあることに気づかされた。少し先の話になるが、七五年に入って、中学二年生に進級した春、京都府と奈良県の境にある当尾《とうの》の里を歩いたことがあった。

当尾は、関西本線の加茂駅から、バスで岩船寺、浄瑠璃寺のほうへとうねうねと上っていく山里の一帯をさしており、穏やかな表情の磨崖仏が点在していることで知られ、かねて私は興味があった。最初に行ったときの写真を見ると、同級生の女の子四人が同行している。学校で、こういう「石仏の里」に行くつもりだと話すと、「私たちも、いっしょに」ということになったのではないか。歩くにつれて、当尾の風光は美しく、私のなかに深く入ってきた。

家に帰って、そうした印象を私は食卓で話した。そのときは、父もいた。

「そうか……。当尾に行ってきたのか」

父は、なぜか驚いたような表情を浮かべながら、そう言って、母のほうを見た。母は黙っていた。そして、しばらくためらうような様子を見せてから、

（上）当尾の「100円スタンド」。かき餅、茶、野菜、漬け物など、スタンドごとにいろんな商品があった。無人のときは、100円硬貨を缶に入れていく
（下）当尾の磨崖仏。野のあちこちに、こうした石仏がある

「当尾はな、父ちゃんのほんまの父親の家があるとこや」

というようなことを言った。

私の父（北沢恒彦）は、いわば「不義の子」として生まれて、幼時に本当の父母から引き離されて、京都・左京区の「北沢」という米屋を営む夫婦のもとに里子として預けられ、のちに養子となっている。そのことは、以前に述べた（「旧二等兵と父」）。父の実母と、実父のあいだには、当時では母子に近いほどの年齢差があった。父が生まれたとき、実父（吉岡恒）は満二三歳、実母（深田ふく）は満三九歳である。彼らのあいだに生まれた子ども二人（恒彦、恒平）と引き離されてのち、実母のふくは、「漂泊」のなかに残りの生涯を送る。一方、実父の恒のほうは、まだ学校を終えたばかりで、郷里・当尾で村長、小学校長、府視学官などをつとめる地方素封家の長男坊としてその生家に連れ戻されたのち、世間並みの結婚をして、東京で堅気な生涯を過ごしたようだ。

父は、七四年秋、実母の歌が刻まれた歌碑を確かめに、私を連れて、彼女の故郷である滋賀・能登川を訪ねている。それでいながら、実父の生家のある里を私が偶然訪ねたことについては、なぜこれほど驚いて、動揺のようなものまで含む反応を示したのか。それについては、よくわからない。父は、実母に対して、愛惜を抱きながら持て余しているような、複雑な気持ちを抱いていた（一九六一年二月、私が生まれるより四ヵ月先立ち、彼女は病中に自死する）。だが、それらが、肉親への愛をめぐる変奏であったことは確かだろう。一方、実父の恒とのあいだには、もうちょっと互いの距離があったか。実父には、その人の新しい家庭がすでにあるのだから、これは当然のことでもあった。

こんな父・恒彦が、長男の私（本名・北沢恒）が生まれるにあたり、なぜだか、自身の実父と同じ「恒」という名を付けている。そこに、どういう心持ちが込められていたのか、これについても私は知るところがない。

ただし、あまり時を違えないころだったと思うが、こんなこともあった。平日の夕刻、中学から下校した私が自宅に一人でいると、電話が鳴った。出ると、初老くらいかと思える男性の声で、

――恒彦さんはいるか？――

ということを尋ねた。

――いない。――

と、私は答える。

すると、その声は、

――あんたが、恒さんか。――

と尋ねた。はい、と答えると、電話はそのまま切られた。

私は、その声の主が、父の実父の恒という人だったのだろうと、なんとなくだが、感じていた。

ずっとのちになって母に聞くと、そのころ、この吉岡恒氏は、家族との住まいがある首都圏のほうから、京都を訪ねてきていたようだ。だが、父は会わなかった。母のほうにも、会

えないかと連絡があり、彼女は職場の近くで会うことにしたという。「恒彦のことをよろしくお願いします」と深々と頭を下げられて、困った、というようなことを母は言った。

その後、吉岡恒氏は、一九八三年に、神奈川県川崎市にて満七一歳で亡くなる。葬儀について、遺族からの連絡はあったらしいが、父は出向かなかった。したがって、父は、実父の顔を、幼時に引き離されて以来、見ていなかったのではないか。

ただ、私にとっては、このときの当尾行きに伴って、胸を打たれることもあった。父が、私の当尾行きに対して、意外な動揺を示してから、さほど経たないころだったろう。

私は、京都市内の左京区吉田で米屋を営む祖父母の家を訪ねた。父にとっては養父母だが、私自身にとって父方の祖父母と言えば、この人たちである。私は、この米屋の家で、生まれたときから満七歳まで両親とともに暮らして、「おばあちゃん子」として育てられた。だから、いちおうは知らせておきたいと考え、この米屋の家で祖母と二人きりのあいだに、

「ぼく、当尾に行ってきたよ」

と言った。

すると、祖母は、穏やかな明るい声のままで、

「そうか、当尾へ行ったんか」

と答え、

「――吉岡さんの家の写真が取ったある。ちょっと待ちよし」

と言って、しばらく箪笥などの引出しをがさごそかき回していた。そして、ほら、と言っ

て、「アサヒグラフ」だったか「毎日グラフ」だったか、とにかくそうしたグラフ誌の少し古くなったものを一冊出してきた。ほら、ここやわ……。

祖母がページをめくると、山城地方（京都府南部の奈良県に接するあたり）の特集になっていて、夕刻の陽が射す石垣の上に、田舎の旧い農家らしき建物が、幾枚かの写真にとらえられていた。祖母は言った。

「これはな、当尾の吉岡さんのお宅や。いつか、あんたにも見せてあげられると思て、取っておいたんや」

この祖母の郷里は、当尾からは木津川をはさんで対岸、一〇キロほど離れた笠置の一集落である（かつて、片岡豊裕君と木津川鉄橋で危ない目に遭ったあと、祖母の実家にあたる親戚宅に立ち寄った）。祖母は、当尾のあたりにも、土地勘が働いていたのだろうと思う。

もう一つ、付け足して、述べておく。

中学一年のときの私のクラス担任の安部先生は、のちに三年生のときにも、もう一度クラス担任となった。すでに中年だったが、結婚はされておらず、たしか奈良県下の家でご母堂との二人暮らしだった。

学級新聞の「没収」の件でもわかるように、普段から、お堅く厳しい先生、として生徒間では知られていた。だが、不思議と、私の旅行癖については、小言めいたことを言われたことがない。それどころか、ときに学校をサボってまで旅行していることがわかっていながら、私が学割証の発行を求めると、すぐに交付されるように労を取ってくれていた。

やがて、いったん担任を外れ、私が二年生になったころからか、廊下でのすれ違いぎわなどに、「今度の休みには、どこに行くの?」などと、声をかけられるようになった。あるときには、ほかに人気がない職員室で、

「私も、学校が休みに入ると、よく海外旅行に行ってる。それが楽しみなの」

と言ってから、こんなふうに続けられた。

「――着替えはどうしてる? 私は、そのまま捨ててしまえるように、紙パンツを持っていくの。割高ではあるけど、荷物は、少ないほうが旅行には楽だからね」

謹厳で知られる安部先生が、ためらわずに紙パンツの話をされるところが、おかしかった。むろん、学級新聞を「没収」するなどというのは、よろしくない。この意見は、いまでも私は変わらない。

それでも、安部先生についての思い出は、私にとって、ところどころ、温かいものが伴う。社会的な意見の違いだけから、その人の値打ち全体を測る気にはなれない。人が生きる上では、もっと大事な価値が存在する。私は、そのことについて、安部先生からも教えられるところがあったと思っている。

吹雪がやむとき

宗谷本線・名寄駅（1974年12月）

私は、一九六一年六月に京都市内で生まれ、この地に育った。一方、母の実家は東京・荻窪で、そこにも幼時から母に連れられ滞在したり、自分一人で長期間預けられたりもしたので、中央線沿線の風景などには親しみがあった。だが、一人旅を重ねるにつれ、夜行列車などの起点として上野駅を利用するようになると、この駅の佇まいが、自分の馴染んできた「京都駅」や「東京駅」の雰囲気とは大きく違うことに、驚いた。

「終着駅」という言葉がある。英語だと terminal あるいは terminal station で、主に都市の主要駅をさしている。機能的には、これらの駅は「始発」駅でもあるのだが、なぜだか、もっぱら「終着《ターミナル》」と呼ぶ。なぜなのか？ それはヨーロッパなどのこうした駅では、多くが「櫛形プラットホーム」と呼ばれる構造を持つからではないか。つまり、線路は、文字通り、このホームで「行き止まり」なのである。だから、降り立つときには、「終着」の心象が強くなる。

上野駅は、日本の都市圏の駅には珍しく、広い櫛形プラットホーム（東北方面に向かう長距離列車の乗り場、一四番線から二〇番線）を持つ駅だった。正面の改札口前に、ドーム状の大きなコンコースを備えているのも、本格的な「終着駅」にふさわしい。東京駅も京都駅も、こうした「行き止まり」のプラットホームの構造は備えていない。

ふるさとの訛《なまり》なつかし
停車場の人ごみの中に

そを聞きにゆく

明治末、啄木が上野駅をうたった時代から、ここは、同じ旅愁を漂わせる駅として続いてきた。その面影は、いまもいくばくか残るのではないか。

上野駅近くの薄暗い大衆的な食堂のショーケースに、当時、「餃子定食四五〇円」などと書かれた蠟細工の食品サンプルを見かけたときも驚いた。京都は「餃子の王将」の発祥地で、私が中学生だった時分にも、ラーメンに餃子を付けて二五〇円くらいで食べられたのではないか。つまり、「餃子」はサイドディッシュの扱いで、関西圏のほかの大衆的な中華料理店でもそうだったろう。餃子とご飯、スープ、香の物だけの「餃子定食」など存在しなかった。だから、「東京には、餃子とご飯だけの『定食』で満足する人たちがいる！」（しかも、高い）と衝撃めくものを覚えたのだ。

年の瀬の上野駅から、東北本線の夜行の帰省列車に私が初めて乗ったのは、一九七四年一二月二四日、急行「八甲田54号」だった。本格的な帰省ラッシュにはまだ数日早かったが、二一時八分の発車のさいには、ひと足早めに故郷に向かう人たちで自由席の車内はほぼ満席だった。東北地方に向かう帰省列車の一つの特徴は、大学生の若者たちより、出稼ぎ帰りらしい男たちの姿が、ずっと目につくことである。

長かった都会での一人暮らしにひと区切りをつけ、スルメ、ちくわ、柿ピーといったおつまみ類を買い込み、缶ビール、ワンカップの日本酒などを車窓のへりに置き、ささやかに自身をねぎらっている。ふだんは無口に働く人も、こういうときには、誰かと口をききたくなるものらしい。私の隣の中年のおじさんも、あれを食え、これも食ってみろ、と勧めてくれた上に、シャツの下の腹巻きをずらして、ちらっと、そこにしまっている札束を私に見せてくれたりした。

今回の旅で、私がめざしているのは、冬の北海道だった。だが、その前に一ヵ所、立ち寄っていきたい場所があった。岩手県宮古市のラサ工業宮古工場である。その工場敷地内の専用線で、国鉄線ではとっくに全廃されたC10形蒸気機関車が、一両(8号機)だけ、いまなお活躍しているとのことだった。(同線では、ほかにC11も一両稼働していた。)

そこに行くには、盛岡駅で山田線に乗り換え、宮古駅で降りる。急行「八甲田54号」の盛岡駅着は、日付が変わって、一二月二五日の早暁五時二八分である。

空はまだ暗い。盛岡駅のホームや線路には、雪が薄く積もっていた。山田線の始発ディーゼルカーの発車は、五時五一分。

ディーゼルカーが走りはじめる。私は、先頭車両の運転席のすぐ後ろのシートに陣取り、前照灯に照らされる線路の行く手に夢中で見入った。トンネルに入ったり、抜けたりするうち、山野の積雪は、みるみる深くなる。空は少しずつ明るみを帯びてくる。前照灯の温かみを帯びた光と、雪と空のほのかな明るさが混じりあい、胸が疼くような美しさだった。

運転士は、背後に張りつく少年の視線が気になるのか、時折、ちらり、ちらりと、こちらを振り返るような素振りを見せた。やがて、すっかり空は明け、ディーゼルカーは太平洋岸の町、宮古までの一〇〇キロあまりを三時間ほどかけて走っていく。

宮古駅の二つ、三つ手前の駅あたりでのことだった。ついに、運転士が、こちらに振りむき、

「どこに行くんだ？」

と、尋ねた。

私は、ラサ工業の専用線にＳＬの撮影に行く、と答えた。すると彼は、

「で、どこから来たの？」

と、また尋ねた。

京都からです。

「ほう、そうなのか……」

前方に目を向け、運転を続けながら、彼はしばらく黙った。そして、また口を開いて、このように言うのだった。

「――せっかく宮古に来たんだから、浄土ヶ浜に案内してやる。宮古駅に着いたら、おれは非番になるから、ちょっと待っていなさい」

宮古駅で構内を横切り、外の路上に出ると、駅のすぐ近くに、国鉄職員住宅のような一戸建ての家が並ぶ一角があった。そのうちの一軒が自宅らしく、導かれるまま、立ち寄った。彼は奥さんに向かって、「いまからこの少年をクルマで浄土ヶ浜に案内するから、何か簡単

ラサ工業宮古工場を走るC10形蒸気機関車（1974年12月25日）

に朝飯を食べさせてくれ」ということを言い、お相伴にあずかったように覚えている。

浄土ヶ浜は、不思議な景観だった。白く巨大な岩塊が、波による浸食のせいか、奇妙な形をなして内海のような入江に並んでいる。これが、「あの世」の眺めを思わせたということか。宮古駅まで戻ると、「じゃあな」と、その人は至極あっさり去っていく。宵越しの勤務だったので、いまから家で仮眠を取る、といった様子だった。

ラサ工業の工場敷地は広大で、高い煙突やプラント施設がいくつも見えた。もともとは、化学肥料工場なのだが、近くの田老《たろう》鉱山が稼働していたあいだ（一九七一年まで）は、銅の精錬も行なっていたという。これらの製品を積み出すために、構内の専用線が使われてきた。線路上の入れ換え作業は、とても静かで、そばに寄っても、ほとんど放任状態で撮影させてくれていた。

午後の急行「よねしろ2号」で盛岡駅に戻る。そこから特急「はつかり3号」に乗り継いで、青森駅に向かったのだろう。青函連絡船で函館に渡り、室蘭本線経由札幌行きの急行「すずらん4号」が函館駅を発車するのが、二三時四〇分である。この列車は、あらかじめ京都で指定席券を買っていた。帰省シーズンの二晩連続の車中泊で、もしも座席を取りそこねては、旅行開始早々、体力的にきつくなる。自分なりに、そのことを考えたからだろう。

苫小牧駅の凍てついたホームに降り立つのが、日付が変わって、一二月二六日、未明の四時四五分。こんな時刻にも、王子製紙の紅白縞の煙突が、暗い空に水蒸気の白煙を吐き出していた。

五時三分発、夕張線の夕張駅行きのディーゼルカーに、ここから乗っている。前日来、猛烈な吹雪が、この地方を見舞っていた。六時三一分に沼ノ沢駅で降りるころには、夜が明けはじめ、降雪は収まっていた。それでも、薄曇りの下のホームは、駅名板の高さまでほとんど雪に埋もれていた。隣の紅葉山駅（現在の新夕張駅）のほうへ歩きながら、夕張川沿いなどで撮影を行なった。

この日は、札幌まで移動し、北海道大学近くの札幌ハウス・ユースホステルに泊まったように記憶している。

札幌駅北口からユースホステルにかけての歩道上は、つるつるに踏み固められて根雪となっていた。登山用のキャラバンシューズを履いてはいたが、冬の北国を初めて経験する私には、夕張の新雪よりも、こうした街なかの根雪こそが難物だった。ユースホステルに到着するまでに、背負子《しょいこ》付きの大型のリュックを背負ったまま、三度も転倒した。ただ、転ぶのではない。足を滑らせた拍子に、両足とも前方高くまで浮き上がってしまい、そのまま仰向きに落ちるように、路面に叩き付けられてしまうのである。地元の人たちが、すたすたと、地面すれすれに足を動かし、歩いていくのが不思議だった。転倒するたび、息がつまるほど痛かった。若かったから、それだけで済んだが、いまの私なら骨折は免れまい。

当時、冬の北海道は、いまよりずっと寒く、降雪も多かった。また、旅行者は、軽量で保温にすぐれた冬物衣料などにも、まだ恵まれていなかった。たとえば、足元には、ウールの靴下と、太い毛糸の登山用靴下を重ね、キャラバンシューズを履いていた。また、ジーンズ

ラサ工業宮古工場の構内。右下にC10

ラサ工業宮古工場専用線のC10形蒸気機関車

の下には、ズボン下と男性用タイツを重ねて着けた。積雪のなかを歩くときなどには、さらに上からスキー用のオーバーズボンも穿く、という出立ちだった。

気温が零下一〇度を下回るような日には、キャラバンシューズの内側に白く霜が付いた。自分の足から発する水蒸気が、靴の内側で凍てつくのだった。鼻孔のなかも、ぱりぱりする。これは、鼻毛に霜が付くからだ。眉や睫毛《まつげ》にも、息が白く凍りつく。さらに寒いと、上下の睫毛がくっつき、目が開けにくい。そういう日には、外気に朝日が射すと、世界がきらきら光って見える。あとで知ると、空気中の水蒸気が凍って、陽光を乱反射させるのだそうである。「ダイヤモンド・ダスト」と呼ばれるが、こんな言葉を知るのも、ずっとのちだった。だから、このときには、ただ不思議な思いで、寒気のなかに立っていた。

背負子付きの大型リュックサックには、何を入れていたか。衣類だけでも、かさばる。加えて、当時は、まだ使い捨てカイロがなかった。だから、白金カイロである。それには、燃料のベンジンも、ガラス瓶ごと、割れないように持ち歩く必要があった。白金カイロは三つほど持っていた。なぜなら、カメラやフィルムも、保温を必要とするからだった。

気温が零下一〇度を下回ると、カメラのなかのフィルムまでもが、ぱりぱりに凍る。すると、巻き上げレバーを無造作に使うだけでも、ぱりんと、フィルムが割れてしまう恐れがあった。レリーズやカメラ本体のシャッターも、低温すぎると不具合が生じやすい。フィルムそれ自体も、モノクロームとカラー、かなりの数を持ち歩かなければならない。

さらに、一三歳の私は、そろそろお年頃で、ドライヤーやヘアトニックも持ち歩いていた覚えがある。とはいえ、駅の待合室や夜行列車で夜を明かす日々に、ドライヤーを使える機会が、さほどあったとも思えない。むろん、当時のカメラは金属製で、レンズはガラス製である。リュックとべつに、よくもあんなに重いカメラバッグを肩から提げていたものだと思うが、あのころは、それが「当たり前」のことだった。

駅から撮影ポイントに歩くときには、リュックのような大荷物は、駅の「一時預かり」に預けた。この業務は、無人駅でさえなければ、どんな小駅でも行なわれていて、一日預けて四〇円から五〇円だった。

雪中での撮影後、駅の待合室の石油ストーブで、濡れた毛糸の靴下を乾かしたりした。そのあいだに、売店で買い求めた氷下魚《こまい》（地元では「かんかい」と呼んだ）やししゃももストーブで焼いて、食べていた。こうした魚の干物も濡れた靴下も、ストーブにかざすと同じような（?）匂いを発する。それでも、地元の人たちは概して鷹揚で、見て見ぬような素振りで通してくれていた。一二月二七日は、函館本線の岩見沢駅、幌内線の三笠駅近辺で、SL撮影を続けた。吹雪のなか、蒸気機関車に推されたラッセル車が幾度となく出動し、懸命に線路の安全を確保していた。

岩見沢駅の近くに、安い立ち食いうどんの店があったのを覚えている。天ぷら、コロッケといった総菜類も豊富だった。岩見沢駅周辺での撮影のさいには、その店で腹一杯食べるのが楽しみだった。だが、これ以外の場所では、どんな食事をとっていたのか、ほとんど覚えていない。

夕張線の紅葉山駅（現・石勝線の新夕張駅）（1974年12月26日）

吹雪の日の岩見沢駅待合室（1974年12月27日）

吹雪のなかを行く9600形蒸気機関車。幌内線・三笠駅―幌内駅間（1974年12月27日）

凍夜の宗谷本線・名寄駅（1974年12月）

中学生時代、北海道滞在は計五回に及んだ。その全期間を通して一度か二度、札幌のジンギスカン食べ放題・飲み放題のバイキングで知られた「サッポロビール園」に入ったことは確かである。はっきり思いだせるのは、中学二年に進んでからの夏のことだったろう。現地で知り合った高校生の撮影仲間らと誘い合わせて、なけなしのカネを思い切ってはたくつもりで、昼食を抜き、食えるだけ羊肉を食おうと、その店に乗り込んだのだった（料金は、この年一八〇〇円。私はビールも飲めるようになっていた）。

ところが、夢中で飲み食いするうち、岩見沢方面への列車の最終発車時刻が迫っていた。たしか、釧路行きの夜行の各駅停車で夜を明かすつもりだったのだろう。懸命に駅へと走って、どうにか乗れたのだが、悪酔いがまわってしまった。列車が岩見沢駅に滑り込んだところで、がまんしきれず、窓を開け、せっかく詰め込んだ胃のなかのものをすっかり吐いてしまったのを覚えている。

ともあれ、この一九七四年一二月現在、まだ中学一年生の私は、そうした無茶な行動さえ、知らずにいる。駅のストーブで、冷えきった体に暖を取りながら、干物の魚を齧る程度で過ごしていたのだろう。

その日は、ここから北に向かって移動して、どうやら宗谷本線の名寄駅で夜を明かしたようである。翌一二月二八日は、名寄本線の一ノ橋駅付近で撮影したあと、ふたたび宗谷本線を旭川方面に向かって、じょじょに南下してくる。

当夜、旭川駅で、日付が変わって二九日午前一時二分発の石北本線、網走行き夜行の急行

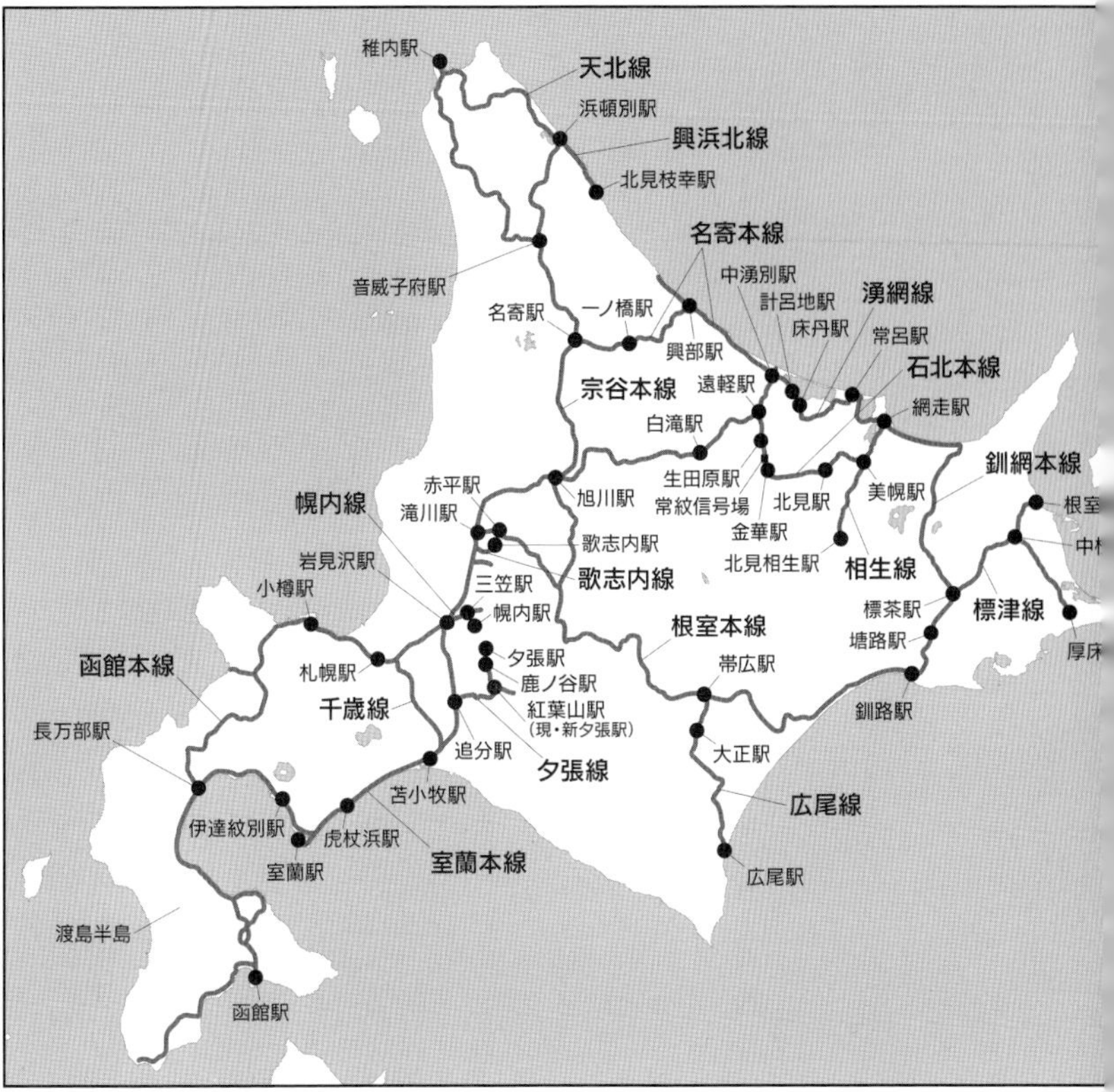
稚内駅
天北線
浜頓別駅
興浜北線
北見枝幸駅
名寄本線
音威子府駅
中湧別駅
計呂地駅
湧網線
名寄駅
一ノ橋駅
床丹駅
常呂駅
興部駅
石北本線
遠軽駅
宗谷本線
網走駅
白滝駅
釧網本線
赤平駅
生田原駅
幌内線
旭川駅
常紋信号場
北見駅
美幌駅
根室
滝川駅
金華駅
歌志内駅
中
岩見沢駅
北見相生駅
相生線
歌志内線
三笠駅
小樽駅
標茶駅
標津線
幌内駅
根室本線
函館本線
塘路駅
夕張駅
厚床
札幌駅
帯広駅
鹿ノ谷駅
紅葉山駅
(現・新夕張駅)
千歳線
釧路駅
長万部駅
追分駅
大正駅
夕張線
苫小牧駅
広尾線
伊達紋別駅
虎杖浜駅
室蘭駅
室蘭本線
広尾駅
渡島半島
函館駅

石北本線・遠軽駅（1974年12月）

石北本線・常紋信号場付近（1974年12月29日）

名寄本線・一ノ橋駅付近。（1974年12月28日）

湧網線・計呂地駅―床丹駅間（1974年12月30日）

「大雪5号」に乗り、遠軽駅まで移動した。遠軽駅到着は、同日未明の四時三分。この駅で、普通列車の発車を朝六時過ぎまで待ち、常紋信号場に向かった。

常紋信号場は、石北本線の生田原駅―金華《かねはな》駅間に置かれた信号場である（現在では、旧金華駅が信号場となり、常紋信号場は廃止されている）。常紋峠という難所のピーク近くに位置したことから、鉄道写真の名所として知られており、国鉄当局のファンサービスとして仮乗降場の扱いで普通列車を停車させ、ここで乗降することを許していた。

常紋信号場の生田原駅側には、「常紋トンネル」が見えていた。ここは明治末年代から大正初めにかけての湧別線（現在の石北本線）の難工事の現場で、タコ部屋労働の人夫たちが苛烈な労働に使役され、おおぜいの人びとが命を落とした現場としても知られている。私が訪ねた当時も、「人柱」にされたのではないかと言われる状態の人骨が、トンネル内からお出土していて、民間グループなどによる調査がさらに続いていた。

このため、国鉄の乗務員や信号場勤務の職員らも、トンネル周辺で怪異な経験をするという話は、多かった。むろん、鉄道ファンにもこういった話は広く知られていた。そのような「歴史」を身近に実感しながら、彼らは各自の撮影行を続けていた。

前日までの吹雪は収まっていた。それでも、常紋峠付近の気温は、なお零下一〇度を下回っていた。

この日は、さらにオホーツク海ぞいを走る湧網線の常呂駅へと移動して、常呂川を渡る橋梁付近でも撮影を行なった。そのまま、常呂ユースホステルに泊まって休息したのではなかったか。

以後、さらに大晦日いっぱいまで、遠軽駅周辺、湧網線、名寄本線沿線などで撮影を続けた。大晦日の夜は、札幌行きの上りの夜行の急行列車「大雪5号」で明かし、元旦の石狩湾の海を札幌近郊の銭函駅あたりで眺めてから、その日のうちに道北の天北線、浜頓別駅まで移動し、なじみのある浜頓別ユースホステルに投宿。ここで数日を過ごしたようである。

この旅で使っていた「北海道ワイド周遊券」を見ると、「浜頓別」の下車印が一五個以上捺《お》してある［口絵XV］。数日滞在したとは言え、こんなローカル駅でそれほど乗り降りしているのは、むしろ不自然な印象を受ける。周辺の天北線や興浜北線沿線に出歩いて、撮影した写真は残っている。だが、あとは、どんなふうに過ごしていたのか？ 近くのクッチャロ湖で、ユースホステル所有のスノーモービルを氷結した湖面に駆って遊んでいたことは覚えている。水深の浅い湖のところどころに、湧水地点があるらしく、そこは氷結していないか、氷が薄い。万一、水に落ちたら、とても危険なので、気をつけるようにと言われていた。

そうこうするうち、道内では鉄道事故による遅延や不通が相次ぎ、このままでは青函連絡船で本土に渡るまでに時間がかかって、一月八日の中学の始業式に間に合いそうにない雲行きになってきた。ただし、旅客機なら、通常通りに飛んでいる。やむをえず、千歳空港から仙台空港までは旅客機で渡り、そこから鉄道を使って京都まで帰ろうと考えた。

千歳―仙台間には、全日空が一日二便飛んでいた。運賃は、片道一万四一〇〇円。ただし、当時は「スカイメイト」という制度があり（いまでもあるが、当時とは違ったシステムになっている）、一二歳以上、二二歳未満の者は、旅客機の運航当日、空港カウンターに出向いて空席があれば半額で乗れる、というものだった。これが使えれば、七〇五〇円である。「二二歳未満」だという「証明」も、カウンターで本人の生まれ年の「干支《えと》」が訊かれる、というのが暗黙の了解事項となっていて、身分証の提示さえ求められない牧歌的な時代だった。当時「アンノン族」と呼ばれた旅好きのOLらは、二〇代いっぱいくらいまで、二一歳の「干支」だけを覚えておいて、多くがちゃっかりと「スカイメイト」の利用者になっていた（一方、同じ年ごろの男たちで、この〝年齢詐称〟を「利用」する者は少なかった印象がある。社会人として半人前の年齢を〝詐称〟するのは「男のコケン」に関わることだったのかもしれない）。むろん、航空会社も、こうした若い女性客らの動向を見込んでいただろう。

千歳空港で無事に「スカイメイト」料金の航空券を入手して、仙台空港に到着したのは、一月七日の昼どきだった。私にとって、これが旅客機搭乗の初体験である。仙台空港内のレストランで、高いな、と感じながら「ちらし寿司」を注文したのを覚えている。ただし、京都育ちの私にとって、「ちらし寿司」とは、父方の祖母が近所の神社の祭礼のときなどに作ってくれた、錦糸卵、しいたけ、さやえんどう、高野豆腐などを酢飯に散らした「ばら寿司」のことだった。だが、このときウェイトレスがテーブルに運んできたのは、マグロ、イカ、エビなど生モノの寿司ネタを酢飯に載せた代物で、これが「ちらし寿司」と呼ばれていることに驚いた。

「餃子定食」以外にも、自分の知らない食べもののありかたが、この世界にはいろいろとあるらしい。

この日は、さらに仙台駅から一七時二〇分発の特急「ひばり12号」に乗り、終点の上野駅に向かった。全席指定席の特急だが、満席だったらしく、いま私の手もとに残されているのは「立席特急券」である。しかも、ミシン目でつながったままの状態で、それが二枚ある。どうやら、このとき私には同行者が一人いたようだ。上野駅到着は、二一時一九分である。

上野駅から東京駅に移動し、東京駅発二二時四五分の寝台急行「銀河2号」に乗る。この切符も残っており、寝台は「9号車9番下段」。これも、仙台駅で購入しておいたものである。京都駅着が、翌朝、一月八日の七時二一分。帰宅して、荷物だけ投げだし、すぐに登校すれば、中学の三学期始業式にちょうど間にあう時間である。

こう書いてくると、記憶の底から、うっすらと思い浮かんでくることがある。仙台からの同行者は、この「銀河2号」にも乗っていた。容姿も名前もまったく思いだせないのだが、岐阜市だか尾張一宮だかのOLだという人ではなかったろうか。

「銀河2号」が東京駅を発《た》つとき、彼女の下車駅について言い交わした。たしか、彼女は、岐阜駅で下車することになっていた。岐阜駅着は、八日の早朝五時一八分である。

……じゃあ、そのときに……。

とか言って、彼女は、上段のベッドのカーテンを引き、互いに眠りについた気がする（いや、当時、この列車のB寝台は三段式なので、彼女が使ったのは「中段」だったか）。ところが、珍しく寝台車で就寝したせいか、私としたことがぐっすり眠っていたらしく、彼女が下車するときにも気づかずにいた。

目覚めて、それに気づいたときのやるせない心地のようなものだけ、記憶の底から甦る。

たぶん、浜頓別ユースホステルから、いっしょに旅してきたのだろうから、車中で二泊三日という長旅の道連れだった。

●

北海道から京都に戻って一週間後の一九七五年一月一五日（水・祝日）。

本州で最後まで残っていたSLの運転区間、山陰本線も前年暮れにDL（ディーゼル機関車）化が完了していた。それを受け、この日、米子駅―益田駅間で、さよならSL列車「石州号」が運行されることになっていた。D51二両が重連で牽引し、片道の運行のみ。米子駅発が朝の八時四四分、終点の益田駅着が一六時ちょうどと、途中停車の時間などに余裕を持たせた、ゆっくりした運行である。

この旅については、記しておくべきことがふたつある。

ひとつ目は、この旅で、私は「山陰ワイド周遊券」を使っている。だが、それが、普段の「学割」ではなく、「子ども料金」のものなのである。つまり、このとき私は、小学生の運賃で不正乗車をしていたことになる。なぜ、こういうことをしたかについての記憶はない。直前の北海道旅行で、飛行機を使ったりして出費がかさんだので、倹約（？）しなくちゃ、と

さよならSL列車「石州号」、山陰本線（1975年1月15日）

さよならSL列車「石州号」、山陰本線・折居駅—三保三隅駅間（1975年1月15日）

考えてのことだったのか？　あるいは、「スカイメイト」料金でちゃっかり安上がりな旅をする、二〇代なかばのアンノン族世代のOLらの気風に感化されて（？）のことだったか？　それとも、連休でもない週のなかばに、学割証の発行を学校に頼みにくかったか？　いずれにせよ、不正行為であることは確かで、そのことを記しておく。

ふたつ目は、このときの山陰行きで、たしか私は、往路、山陽本線を使って広島駅あたりまで行き、そこからヒッチハイクで山陰側に抜けることを試みたのだった。どうして、そんなことをやろうとしたのか、自分でもよくわからないが、「鉄道ファン」という心持ちの時代はそろそろ終わって、べつの旅への関心が増していた、ということだったかと思う。

幸い、このときは、広島市内でヒッチハイクを始めると、ほぼ一発で、これから出雲市内に帰るのだというドライバーに拾ってもらえた。三〇代くらいの気のいい男性で、私のことを中学一年生だと知ると、さらに親切心をつのらせて、出雲大社の先にある日御碕《ひのみさき》灯台などを案内してまわってくれた上、出雲名物の野焼《のやき》（太いちくわ状のかまぼこ）まで、お土産にと何本か買い与えてくれた。

これは、さよならSL列車「石州号」運行前日のことだから、一月一四日だったことは確かで、つまり、平日の火曜日である。だとすれば、私は、この日、やはり学校をさぼっていたのだろう。このあと、出雲市内から国鉄線で玉造温泉駅まで移動して、玉造ユースホステルで泊まったのではなかったか。

SL列車「石州号」の運行当日、一月一五日は、当該列車の運行がゆっくりしていることを利用して、後続の列車で追いかけたり、ヒッチハイクをしたりで、合計四地点で撮影している。（このうち、五十猛《いそたけ》駅―仁万《にま》駅間とおぼしきポイントでは、わずかに列車の通過時刻に間に合わなかったようで、美しい海岸線を背景に、かろうじて、列車の屋根と汽車の煙が写った一枚だけが残っている。）

●

中学一年生の終わりとなる三学期の終業式は、一九七五年三月二四日（月）。その翌日から春休みだった。

だが、私は焦っていた。

北海道、とくに道東の北見、遠軽、名寄の各機関区などでは、急速に無煙化の動きが進んでおり、四月に入ると多くの路線で一斉に蒸気機関車からディーゼル機関車への切り替えがなされることが判明していたからだった。加えて、この春には、春闘も激しくなる見込みで、三月二七日には統一ストの予定が組まれており、これが現実となれば、北海道内の鉄道それ自体がストップしてしまう。

三月二一日（金・祝）から二三日（日）が、半日授業の土曜日をはさんで、飛び石連休になっていた。だから、土曜日の二二日と終業式の二四日は学校をすっぽかし、三月二〇日（木）の夕刻のうちに、京都を離れたのではなかったか。というのは、この旅あたりから、私は切符類を手もとにまったく残していない。当時の私自身が、こうした旅の「記念」品に興味を失いつつあったということだろう。だから、正確な旅程や写真の撮影日の特定が、なかなか難しくなっていく。

写真撮影に関して言えば、当時はもちろんフィルムカメラである。私は、モノクロームでは、フジの標準的なネオパンSS（ASA100）に加えて、やや粒子は粗いが高感度のネオパンSSS（ASA200）というフィルムも好んで使うようになっていた。だが、旅先で知り合う年長の写真マニア（鉄道マニアでもある）たちから、コダック社製のトライX（ASA400）というフィルムが、高感度の上に粒子の肌理《きめ》も細かく、SL撮影には適していることを教えられ、試してみると気に入った（フィルム感度の単位は、こののち、ASAに代えてISOが用いられるようになった）。黒色が引き締まって、美しい。加えて、私は、夜の機関区などで撮影するのが好きだった。そういう場所では、フラッシュを使えない。また、いちいち三脚を立てるのも迷惑な上に危険でもあり、カメラを手持ちしたままで、スローシャッターを切るほかない。それには、少しでも手ぶれの度合を少なくするため、高感度のフィルムを使いたかった。（現像作業のさい、薬液に浸して現像する時間を延ばしたり、液の温度を上げたりして、「増感」の処理もいろいろ試してみているが、なかなか満足は得られていない。）

ただし、コダックのフィルムは、フジのものと較べて、価格がかなり割高となる。これは、デジタルカメラに移った今日では消滅した「悩み」だろう。存分にシャッターを切り、あとで不要なコマは「消去」してしまえるデジカメとは違い、フィルムカメラでは無駄な出費を抑えようと、一回の撮影に、私はわずかなコマ数しかシャッターを切っていない。

このことは、写真撮影とは何か、という芸術意識（?・）、あるいは道徳意識と、どこかで通じるものであったろう。物量豊富な鉄道マニアのなかには、モータードライブという自動巻き上げ装置を装着したカメラで、一度におびただしいコマ数を撮る人も見かけることがあった。けれど、これでは、シャッター・チャンスをまぐれ当たりに任せているようなところがあって、私はさめたまなざしを向けていた。

新宿のヨドバシカメラでは、当時、缶入りの長巻のトライXを使用済みのパトローネに巻き取り、「お徳用」の三六枚撮りフィルムなどとして売るコーナーがあった。やがて私自身も、東京に立ち寄るさいに、この「お徳用」トライXをまとめて買い込むようになった。こうした店では、コダック社のカラーフィルムも割安だった。

このときの旅でも、そうだった。三月二〇日の日暮れごろ、東京駅に到着。新宿のヨドバシカメラで「お徳用」フィルム類を買い込み、当夜は、荻窪の祖父母宅で一泊。

翌二一日、上野駅を朝一〇時三〇分に発つ特急「はつかり3号」で、北海道に向かったのではないか。これだと、前回の北海道行きと同様、函館に渡ったところで、夜行の急行「すずらん4号」に接続し、苫小牧駅到着が、二二日の早暁四時四五分。そこから、夕張線の奥のほうへと入っていく。

最初にめざしたのは、夕張線の鹿ノ谷駅だった。ここで接続する、私鉄の夕張鉄道の貨物営業が、この三月いっぱいで廃止され（旅客営業はすでに廃止されていた）、同線の蒸気機関車も役割を終えることになっていた。幸い、鹿ノ谷駅の構内では、夕張鉄道の26号機の蒸気機関車（国鉄から9600形を譲渡されたもの）が、煙を吐き出し、最後の石炭輸送にあたっている姿に会うことができた。

この日の夜は、小樽発釧路行きの各駅停車の夜行列車で、道東に向かって移動した。帯広駅着が、翌二三日の朝五時三五分。ここで広尾線に乗り換えて、大正駅で降りている。ホームの駅名板まで雪に埋もれ、かろうじて「大正」という駅名だけを雪のなかからのぞかせて、駅舎が朝日を受けていた。

無煙化まぎわの広尾線で、9600形蒸気機関車が牽引する朝の貨物列車を撮ろうとしての行動だったのだろう。けれども、運休したのか、該当する写真が見つからない。ただ、雪晴れの札内川の長い橋梁を渡っていく、広尾線の二両編成のディーゼルカーを遠景にとらえたカラー写真だけが残っている。おそらく、帯広の町を発つさいに、並走する根室本線の車窓から撮ることができたものではないだろうか。

このようにして、各駅停車で釧路へ。さらに釧網本線の標茶へと移動して、標津線のC11の貨物列車を撮影。

このあと、遠軽、北見、網走などの地域周辺、さらに、美幌駅から北見相生駅まで延びる相生線などの撮影を行なった。こうしたあいだも、吹雪は間断を置きつつ続いていた。

このころ、テレビドラマでは、毎週土曜夜に放映されるショーケンこと萩原健一と水谷豊

帯広の町はずれで、雪晴れの札内川を渡る広尾線のディーゼルカー（1975年3月）

相生線・恩根駅に差しかかる9600形蒸気機関車牽引の貨物列車（1975年3月）

釧網本線・塘路駅（1975年3月）

（右）興浜北線・浜頓別駅での通票《タブレット》交換。（左上）9600形運転室の機関士と機関助士（1975年4月）。（左下）興浜北線・神威岬付近を9600形運転室から撮影

興浜北線・北見枝幸駅（1975年4月）

浜頓別駅、9600形蒸気機関車への給水・給炭（1974年4月）

のコンビによる「傷だらけの天使」を私は熱中して観ていた。助演の岸田今日子、岸田森にも魅力があった。テーマ曲は井上堯之バンド。

現地で知り合った撮影仲間たちにも、これに熱を上げている者は多く、京都市東山区から来ていた高校生の南雄二君は、自分がショーケンを名乗りたいがために、私のことを弟分に見立てて、水谷豊の役名で「アキラ」と呼んでいた。その「傷だらけの天使」の最終回放映が、いよいよ三月二九日の夜一〇時に迫っていた。われわれは、網走にいた。ぜひ、この最終回だけは見届けたい。だが、駅や夜汽車をねぐらにしている自分たちでも、それが観られる場所とは、どこなのか？

そうだ、旭川駅の待合室なら、いつも日本テレビ系列の番組がテレビに映っていると、われわれは気がついた。それならば、この当日、石北本線づたいに網走側から順々に撮影しながら、旭川側へと近づいて、夜には旭川駅の待合室に到着すればよい。そのあと、また夜行列車でこちら（網走方面）に戻ってこよう、と考えた。片道およそ二五〇キロの移動である。

この計画は、吹雪をつきながら、うまく運んだ。そして、旭川駅の待合室で、夜一一時に感動をもって「傷だらけの天使」最終回を観終えたわれわれは、日付が変わって三月三〇日午前一時五分発の「大雪5号」で、ふたたび網走方面へと取って返した。

白滝駅で午前三時一九分に下車し、待合室で夜明けを待って、朝一番の混合列車を撮影。そのあと、美幌に移動し、雪を掻き分けながら山上にのぼって、貨物列車を二本、撮影した。北海道の雪は、この季節になっても、まだパウダースノーで、進めども進めども、雪のなかに全身が沈んでしまう。だから、わずかな標高に見える山にも、汗まみれで、長い時間をかけてのぼっていくことになる。そうした行動を「ラッセル」と呼んでいた。列車がやって来るのを雪上で待つあいだは、風に吹かれて、とても寒い。あのころ、私たちはラッセルばかりして、写真を撮っていた。

このあと、道央の歌志内線などに移って撮影した。これが四月一日である。そこから、私はまた道北の浜頓別ユースホステルに移動して、興浜北線の北見枝幸駅などで撮影を続けた。興浜北線で撮影した写真を見ると、走行中の蒸気機関車の運転室に乗せてもらって、撮っているものがある。人力式の転車台《ターンテーブル》で、転車を手伝っているものも。通いつづけて撮影するうち、運転士たちに顔まで覚えられ、「乗っていくか?」と声でもかけられたのだろうか。

四月に入ると、こうやって過ごすあいだに、ふと、雪から雨に変わっていることに気がつく日があった。しとしとと、それは、無言で、周囲の景色を黒く濡らしていく。旅の終わりが近づいているということを、誰しも、こうやって実感せずにはいられない季節に移っていた。

福井という原郷

越美北線・一乗谷駅にて

一九七五年春、中学二年生となった私は、いよいよ「お年ごろ」で、地元の京阪電鉄・伏見桃山駅近くの「みの書店」という本屋に、自転車でせっせと通うようになっていた。書店名の「みの」というのは、経営者一族の難読の姓で、たしか「味埜」と書くのではなかったろうか。

その書店のカウンターにレジ係で立っている、高校生くらいのアルバイトの女の子が気になっていたのである。ニキビ面で、痩せて目だけが大きい、地味で内気な感じの女の子だった。とくに目を引く容姿というわけではないのだが、「本屋」と「女の子」という組み合わせに、ときめきはさらに増す。アルバイトだから、そこに行けば必ず彼女が働いている、というわけではない。きょうは、いるかな？ と思いながら、夕食前後くらいの時間に、自転車を駆っていく。おみくじを引きにいくようなものだろう。いなければいないで、書架の本をあれこれ、ぱらぱらとめくって帰ってくる。

むろん、彼女がカウンターに立っていれば、うれしいし、購入意欲も倍加する。本をカウンターに持っていき、お金を渡して、おつりを受け取り、本を包んでもらう。ただ、それだけ。彼女の名前も知らないままだった。

太宰治の文庫本や、奥野健男『太宰治論』。松本清張のミステリー小説。河盛好蔵『親とつき合う法』。トルストイ『人生論』……。中学二年の男子の頭のなかに脈絡などあるはずもなく、こうしたものを行き当たりばったりで買っていたように覚えている。自分にとって初めての大きな辞書『広辞苑』も。つまり、この店でカウンターに立つ彼女という存在が、私のささやかな読書歴に、なんらかの痕跡を残したことは確かだろうと思う。

書架の前で立ち読みしながら、その女の子のほうをちらりと遠くからうかがうと、たまに、目が合うことがあった。すると、彼女のほうも、恥ずかしそうに微笑して、視線を落とす。だが、さらにそれ以上の発展をめざして、私から彼女に何か働きかけることなど、とてもとても、できることではないのだった。

個人経営の書店の存在感が、いまよりずっと大きかった時代である。「本屋」と言えば、当時は、こういうものだった。夜も、かなり遅い時間まで、店は開いていた。堅い内容の雑誌も多数揃っていたし、単行本の新刊書は刊行まもなく書架に並んだ。

インターネットなど、まだ存在していない。それでも、私は、旅行に先立ち、市販の時刻表などには載っていない、地方の小さな港から離島への船便の時刻や、旅先の風物などについて、かなり詳細な情報を頭に入れていた。どうやってそうした情報に接したのかは、よく覚えていないのだが、地元書店に並ぶ出版物を手がかりとしていたことは確かである。つまり、インターネット以前の時代に、社会の成員間をつなぐ情報のハブとしての役割を果たしていたのは、こうした各地の地元書店だった。日々の暮らしのなかで、誰もが、しばしば書店という場所に立ち寄った。それが、社会生活上の基本的な情報行動だったからだ。いまは、朝、目が覚めると、まず、スマートフォンを手に取り、電車に乗ったときにも、その画面に目を落とす。それにあたる行動が、当時は、書店店頭の「チェック」だったのではないか。

『越前一乗谷石佛』(水上勉・一色次郎・鈴木秀男、鹿島出版会)という本も、このころ、

「みの書店」で買った。現地の山野に佇む石仏たちの写真が、数多く収められていることに、惹き寄せられた。石仏にもいろいろある。そうすると、たとえば「地蔵菩薩」とは、どんな由来を持つのか？　そんなことも、さらに気になりはじめて、「大法輪」という仏教雑誌をめくってみたりした。『福井県の歴史』（印牧邦雄、山川出版社）という本も買っている。やや遅れて刊行される水上勉『越前一乗谷』（中央公論社）という小説も、読むには読んだ。ただし、私は戦国時代の「武将もの」が不得手で、さほどおもしろかった印象は残っていない。

一度だけ、「みの書店」のカウンターの女の子に、本の代金を支払うさい、勇気を振り絞って、「何時までですか？」と尋ねたことがあった。（主語がアイマイなのだが、「このお店は何時まで開いていますか？」ということにしたかった。むろん、「あなたは、きょう、ここで何時まで働いていますか？」と言ってみたい気持ちもやまやまなのだが、とうてい、それだけの度胸が私にはなかった。）

すると彼女は、予期せぬ踏み込み（？）を示して、「わたしが、ですか？」と訊き返した。とっさのことに、私はいっそうたじろぎ、つい「……いえ、お店が……」と答えてしまった。相手からもたらしてもらった絶好の機会を、こうやって私は取り逃がす。だが、ほかに、どうすることができただろう？

――退勤後、お茶でも飲みませんか？――

とか、

――あとで、ちょっとお話でもしませんか？――

とか、自分ひとりで、いろいろ妄想をめぐらすことはある。だが、私には、それをもって生身の女性に働きかけてみる実力が欠如していた。そこは、若い男子の悲しさである。

むろん、私は、アルバイト店員の彼女が、閉店時間を待たずに、夜八時ごろだったか、退勤していくことは、すでに知っていた。

立ち読みしているあいだに、彼女が退勤していくところを見かけると、少し時間を置いて、私も店を出て、自転車にまたがり、夜道を帰宅していく彼女を背後から追い抜き、（そのまま行くと方向違いなので）ぐるりと遠回りして自宅へと帰ってくる。そういう情けない少年として、まもなく一四歳になろうとしていた。

戦国大名・朝倉氏の一五世紀から一六世紀にわたる城下町として、居館跡などが残る福井の一乗谷を初めて訪ねたのは、たしか一九七五年の田植えの準備が始まろうという季節だった。五月に入って、憲法記念日からこどもの日にかけての三連休だったのではないか。

先に挙げた『越前一乗谷石佛』の初版奥付は、いま確かめると「一九七五年六月十日」。当時、実際の刊行は奥付より一、二カ月先立つことが多かった。ゴールデンウィーク直前あたりに、この新刊書を手に入れて、すぐにも現地に出向きたくなったのではないかと思う。

本州の国鉄線では、ＳＬ（蒸気機関車）はすでに全廃されており、かろうじて、それが残っているのは北海道だけだった。電気機関車の古く希少な機種の撮影に出向いたこともある。

けれど、蒸気機関車を追いかけるときのようには、心ときめくことがなかった。

二一世紀の現在から振り返れば、蒸気機関車は、「人間」に近しい素朴な機械である。たとえば、先立つ冬と春の北海道行きで、私が拠点の一つにした石北本線の遠軽駅では、駅務のほか、隣接する機関区、客貨車区、保線区まで合わせると、当時、総勢およそ七〇〇人の国鉄職員が働いていたという。当然、これらの人びとは、「町」の中核を構成していた。機関区だけでも、運転のほか、整備や修繕にあたる職員まで擁している。構内のヤードは、夜を徹して、貨物の入れ換え作業などで汽笛の音が絶えなかった。

蒸気機関車は、石炭でカマを焚き、蒸気を起こし、これを動力に変換して駆動部に送り込んで、走らせる。基本の構造がシンプルなので、多少の故障や部品の欠損が生じても、その都度、旋盤などを用いて手仕事で修繕を施すことができた。だが、やがて管内にディーゼル機関車、さらに電気機関車が導入されると、そのたび整備の講習を受けはするのだが、自分たちでは手出しの利かない構造になっていった――と、この機関区で長く修繕の仕事に携わった人から聞いたことがある。

給炭、給水などを蒸気機関車に施す職員たちの姿は、牛や馬の世話を焼く人びとの身ごなしを思わせる。一連の作業が終わると、機関車は蒸気で汽笛を上げ、深い吐息のようなドラフト音を響かせて、走りだす。

つまり、小学校六年生のころから、私が夢中でSLを追ってきたのも、考えてみれば、そこに「人間」と「機械」が協働する姿を見ていたからだろう。この現場からSLが退場するにつれ、撮影者として、私の興味がもっぱら「人間」という被写体に向かうのは、自然なことだった。一乗谷に関して言うなら、私を惹きつけたのは、「石仏」そのものというより、これほど多くの石仏を擁してきた「一乗谷という里」への関心だった。風土に根ざす「歴史」というものに、興味を寄せはじめたということか。

越前一乗谷とその近辺には、このときから二年ばかりのうちに、四、五回は訪ねたのではないかと思う。

毎度使ったのは、夜行の急行「立山3号」で、京都駅発は深夜、零時三分だった。湖西線経由で福井駅に着くのが、未明の三時二〇分。ここで越美北線の始発列車に乗り換えて、一乗谷駅に向かう。ただし、その発車が朝の六時一分なので、待合室で二時間半ほど、時間をつぶす。初夏にも、秋にも、もっと寒い季節になっても、この行程を取っていた。

冬場は、越美北線の一番列車が出る時刻にも、空はまだ暗い。だが、初めて一乗谷に出向いた五月は夜明けが早く、一番列車に乗る前に、私は人影のほとんどない福井の市街地を歩いて、福井城跡の堀と石垣などを写真に撮っている(県庁や県警本部が、そこにある)。

越美北線のディーゼルカーが発車する。次の越前花堂《えちぜんはなんどう》駅まで、北陸本線との重複区間である。だが、実際には、この駅に差しかかる手前で、越美北線の単線のレールは、北陸本線からじょじょに分かれていく。そして、越美北線の越前花堂駅は、無人の短いホームがぽつんと置かれているだけなのである。ここから三、四〇メートルほどの小道を挟んで、向こうのほうに北陸本線のちゃんとした越前花堂駅の駅舎が見える。何度通っても、この光景を目に

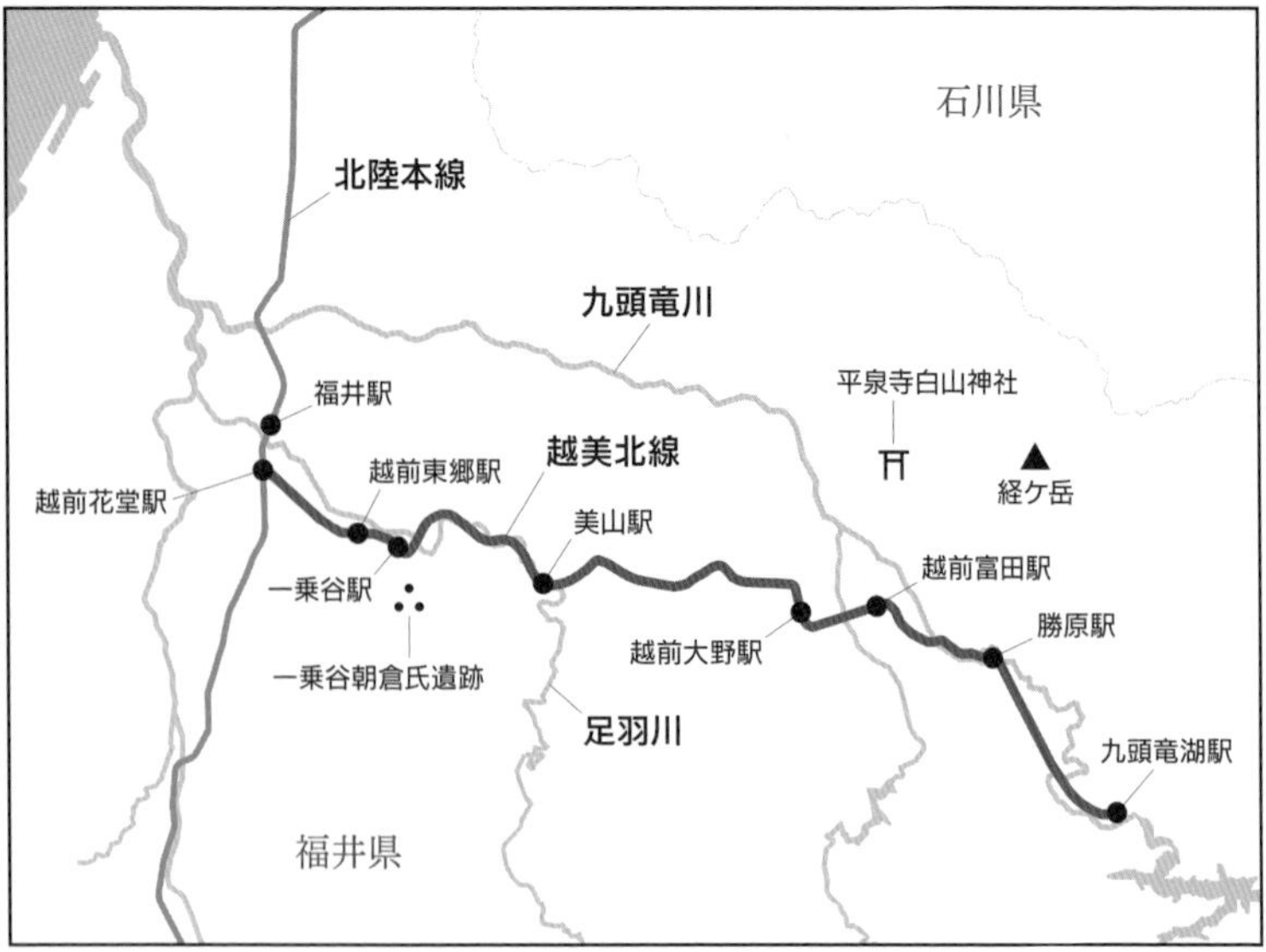

するたびに、心細いような、もの悲しい気持ちに襲われた。

越美北線には、無人駅が多かった。一乗谷駅もその一つで、田のなかの一本きりの線路ぎわに、土盛りしてブロックで固めた無人のホームが置かれているだけである。

思えば、北海道には、臨時乗降場などを除けば、こうした無人駅はわりに少なかった。貨物の扱い業務があるほか、駅間距離が長く、多くの駅が列車の交換業務を行なわなければならない、という事情もあったからだろう。つまり、鉄道という施設のありかたは、それぞれの風土に根ざして、おのずと性格も違ってくる。

一乗谷駅のホームに降り立つと、すぐ脇に、簡素な屋根を掛けた自転車置き場があった。古自転車に白ペンキで塗装をほどこした、無料の「貸し自転車」が七、八台ほど、そこに留めてある。ミニサイクルなどではなく、昔ながらのがっしりし

福井駅構内に停車していた京福電鉄テキ521形電気機関車。当時、京福電鉄越前本線（福井駅―勝山駅、現・えちぜん鉄道勝山永平寺線）は、貨物輸送も行なう私鉄路線だった

越美北線・一乗谷駅。ホームの右手にある屋根が、自転車置き場

（右上）田に水を張り、代掻きをして、田植えに備える。一乗谷駅付近
（右中）田植え定規を転がして、苗を植える目印を田んぼに入れている。一乗谷駅付近
（右下）棚田での田植え準備。一乗谷にて
（左）田植機での田植えが始まった。一乗谷にて

た車体の自転車だった。利用したい者は、勝手にこれに乗り、用が済めばここに返しておけばよい。

越美北線のレールは、低い山稜を背に、福井方面からまっすぐに延びてくる。ホームのすぐ前の田んぼで、苗代の根切りの作業に取りかかっている人がいた。

早朝の駅近辺で、ほかに人影は見当たらない。私は、白ペンキ塗りの古自転車にまたがり、谷筋ぞいにさかのぼっていく道に見当をつけて、ペダルを踏み込み、「朝倉氏遺跡」をめざした。

越前一乗谷は、福井の市街地から、南東の方角におよそ一〇キロ。足羽《あすわ》川の支流、一乗谷川ぞいに広がる谷あいを指している。朝倉氏所領の「首都」として、一五世紀後半からのおよそ百年にわたって繁栄したのち、一五七三年八月、第五代の義景が織田信長方に攻め込まれ、三日三晩にわたって火を放たれて、全域が焼亡する。以後、谷筋はひなびた山野に返って、ここに賑わいが戻ることはなかった。

一乗谷駅付近は、下流部側からの、谷への入口にあたっている。谷に点在する朝倉氏遺跡は、私が訪ねたころ、すでに国の特別史跡に全域が指定されて、さらに発掘調査が進んではいた。だが、まだ全貌を現わすには至っていなかった。

どこを歩いても人影さえ見かけない、山あいの寂しい朝だった。発掘調査の現場も、連休中は休みとなるのだろう。「南陽寺跡」、「諏訪館跡」、「湯殿跡」などと、それぞれに標識は立てられている。だが、それらの庭園跡の巨石も、かろうじて、往時の配置のまま土中から掘り出され、あるいは、藪が伐りはらわれて姿を現わしたばかりのような状態で、山かげの土地にひっそりと佇んでいた。山道の路傍の草むらのなかなど、あちらこちらに朽ちかけた石仏が隠れている。

川筋ぞいに森かげの小道を歩くと、シラサギの一種か、白く大きな鳥が頭上高くを舞って、梢に見え隠れしながら、どこまでもついてきた。あれはコウノトリだったのではないか、と、いまでも私は思っている。この広い空間には、あの鳥と私のほかには、誰もいない。畏れに似た心地を抱いて、その道を急ぎ足にたどっていた。

石仏の多くは、近くの足羽山に産する笏谷石《しゃくだにいし》で造られている。凝灰岩の一種で、石材としては柔らかく、青味を帯びている。雨の日などは、青味がさらに沈んで増していく。

この日は、終日、うらうらと好天に恵まれた。

夕刻近く、一乗谷駅から、下りの終点、九頭竜湖《くずりゅうこ》駅行きディーゼルカーに乗り、ずっと内陸寄りの勝原《かどはら》駅をめざすことにした。沿線の中心地、越前大野駅を経て、ほぼ一時間の道のりである。一乗谷駅で列車の到着を待つあいだ、土盛りのホームに立っていると、目の前の水を張った田んぼで、耕耘《こううん》の作業が続いていた。田んぼ越しに、簡素な屋根掛けがなされた「西山光照寺」跡の石仏群も見えていた。

勝原駅は、終点・九頭竜湖駅の二つ手前の駅である。構内のはずれに、錆の浮いた転車台が残っていた。一九六〇年の越美北線の開業当時は、ここ勝原駅が終点、行き止まりだったからしい（一九七二年、九頭竜湖駅まで延伸）。

発掘調査が進む一乗谷。15、6世紀のおよそ百年間にわたり、武家屋敷や商家の広がりがあったとされる

一乗谷の石仏には、顔面が削られていたり、頭部を欠いているものが多い。戦乱との関わりを指摘する人もいるようだが、詳しいことはわからない。盛源寺参道

（上右）一乗谷にて
（上左）石垣に使われた石にも、梵字や戒名らしきものが残る。五輪塔などを転用したものか
（下）一乗谷駅のすぐ近くに、西山光照寺跡の石仏群がある

旅客列車は開業当初からディーゼルカーだった。だが、貨物列車は蒸気機関車8620形（ハチロク）が、ここまで牽いてきた。

一九六八年、勝原駅での貨物取扱いが廃されてからも、手前の越前富田駅まで（のちには、越前大野駅まで）貨物列車を牽いてきたハチロクが、単機でここまで回送した上で、方向転換されていた。転車を終えると、また、貨物列車の出発駅まで単機で引き返していく。このような転車台の使用が、一九七三年、ディーゼル機関車に切り替えられて、転車の必要がなくなるまで続いた。

構内には、貨物列車が来ていた時代の名残の機回し線（機関車を車両の先頭に移動させるためのレール）が、除雪車の倉庫への引き込み線に転用されて残っていた。だが、これさえ、すでにポイント（転轍機）が取り外されて、使われなくなっているのがわかる。つまり、この勝原駅も、いまや機能上は一乗谷駅と同様、単線上の停留所（場内信号機・出発信号機を備えていない駅）に過ぎない。

こんな奥地の駅まで私がやってきたのは、勝原ユースホステルがあるからだった。駅から三分ばかり坂道を上って、たどり着くと、それは、この地方の農家に多く見かける、ベンガラの梁や柱を用いた大ぶりな構えの民家だった。民宿も兼ねており、農業のかたわら、来る人がいれば宿泊客も取る、ということだったのではないか。

ゴールデンウィーク中とはいえ、観光地とも無縁な山あいの宿なので、客は私だけかと思ったが、ひっそりとした風情の年長の男性客が、もう一人いることに気がついた。顔を見ると、北海道の浜頓別ユースホステルで同宿だった人である。

辺境ごのみの旅行者は、こんなところでも似たような旅先を選んでしまうものらしい。そのことが、どことなくきまりが悪いようにも感じられ、互いに言葉数も少ないまま別れてきてしまったように覚えている。


翌日には、越前大野駅からバスで勝山方面に向かった。そして、そこから、平泉寺《へいせんじ》白山神社への長い参道を歩いた。

樹齢を重ねた杉の大木が両脇に続く道は、鬱蒼として、さらに奥の白山山系から下ってくる霧に覆われ、山気、神気とでも言うべき気配に満ちていた。これに感応し、自分の体の深いところから、抑えがたい畏怖が湧いてくる。路傍の老杉の根元のところどころに、赤い前垂れを掛けた石地蔵が見えるのだが、その様子さえ、おそろしかった。

一般に、ここは「平泉寺」と呼ばれている。だが、いま、この名の寺は残っておらず、これは境域の地名となって使われているだけだ。

かつて、平泉寺は、白山衆徒の一大拠点として栄え、一五、一六世紀には、四八社、三六堂、六千坊が立ち並んだと伝えられる。「衆徒」は、白山という信仰の拠点につどう、武装集団のおもむきが強かった。つまり、僧兵である。

一方、この地方の農民たちは、当時、おおむね一向宗（浄土真宗）の徒だった。日ごろ、彼らは、平泉寺の所領において、衆徒たちによる厳しい支配と収奪を受けてきた。一五七四年二月、彼ら越前の門徒は、加賀の一向一揆の門徒らの助力を受けて、一斉に蜂起し、平泉寺を攻めた。一乗谷の朝倉氏が信長方に滅ぼされた翌年のことである。四月に至り、ついに平泉寺は一揆方によって全山が焼き討ちされて、滅ぶ。武門のみならず、宗教勢力の門徒、白山衆徒、比叡山（延暦寺）の僧兵たちが、三つ巴、四つ巴の激しい争闘を続ける戦国の時代である。

ここ平泉寺があった土地では、のちに玄成院《けんじょういん》という一坊だけが再興されて、かつての広大な寺域を守った。だが、これも明治初めの廃仏毀釈・神仏分離で、白山神社と改められて、玄成院のぬしは還俗《げんぞく》して妻帯、僧から神職となって、現在の社家、平泉《ひらいずみ》家が立てられた。

バスで越前大野から地元の勝山に移動したさい、バス停に降り立ち、土地の人に、この「平泉寺」への行き方を尋ねると、

「ああ、先生のところに行かれるのかね」

との声が、返ってきた。どうやら、社家の平泉家の現在のあるじが「先生」らしい。

あとで知ると、平泉寺の「先生」とは、戦時下、東京帝国大学の中世史の教授の地位にあって、皇国史観の主導者として名をとどろかせた平泉澄《きよし》のことだという。ただし、さらにさかのぼれば、この人物には、大正期の青年時代に、『中世に於ける社寺と社会との関係』という著作もある。

この論文で、平泉澄は、日本の中世とは、武門による中央集権的な統一国家の形成が、いまだなし遂げられていない状態の社会であるとする。また、そこでは、有力な社寺が治外法

越美北線・美山駅にて。ホームに、腕木式信号機を操作するための「操作テコ」が備えられている

駅員は、通票交換を行なうためにタブレットキャリアを肩に掛けている。その背後、遠くに腕木式信号機が見える。美山駅にて

平泉寺白山神社の入口付近。左手に社務所（平泉家）がある

旧玄成院（平泉家）庭園。室町時代後期の作庭による枯山水をそのまま残しているものとされる。ここも深い苔に覆われていた

権を有し、これがアジール（犯罪者などの保護・避難所）の性格も併せ持つことで、社会の経済活動の原動力をも担っていた、とも述べている。こうした所論では、むろん、中世における平泉寺の役割――宗教上の霊地を背後に担うとともに、白山衆徒という強大な武装勢力の根城となる――が、ひとつのモデルとして念頭に置かれている。つまり、青年期の歴史学徒・平泉澄にとっての郷土の伝統とは、ただ単体の「皇国」に集約されていくものというより、むしろ、その土地その土地での敬神の感情を媒介とする地域共同体の上に形成される、という観点をより強く帯びていた。

こうして私が初めて訪ねたとき、平泉寺白山神社は、その境域全体が、美しい苔に深々と包まれる夢幻的な空間だった。白山山系から絶えず降りてくる山霧が、老杉の木立と相まって、日光が地表にまで直接に射し入るのを遮り、苔の保湿と成長を助けている。気づくと、霧のなかのあちこちで、里の人たちが、思い思いに下草を刈ったり、落ち葉の掃除をしている姿がある。これも、質朴な暮らしを守る「先生」宅への親しい感情があってのものだろうと思われた。

大東亜戦争（太平洋戦争）の敗戦に際して、平泉澄は、五〇歳で東京帝大教授の地位を去り、郷里・勝山の山里に帰って、この平泉家当主という本来の地位に戻る（白山神社第四代宮司就任）。私が、ここを訪ねたとき、白山神社の社務所の簡素な門には「平泉」という表札が掛かっており、彼はまだ生きていた。

越美北線沿線で最大の町、越前大野（大野市）も、私には思い出深い。

湧き水の豊かな城下町で、あちらこちらの町かどに「清水《しょうず》」と呼ばれる水場があり、いたるところで道路脇の側溝を流れるせせらぎの音が聞こえていた。泉町にある共同の水場だけは、殿様のご用水だったとかで「御清水《おしょうず》」と敬称が付されており、私が訪ねたころも近所の人たちが生活の用途に使っていた。

飲み水などは、湧き出し口にいちばん近いところで汲み上げる。そのすぐ下手が、野菜など、口にするものを洗う場所になっている。食器などの洗いもの、さらに、洗濯などは、順々に、もっと下手で、その水を使うのが決まりだった。

洗い場には、注意書きがあった。

《なっぱなどは、むこうがわで下あらいしてから、まん中で、きれいに洗ってください》

野菜でも、畑で採ってきたものを下洗いする場所と、きれいに洗う場所とが、分けられている。

《なっぱのくず、なわ、わらすべは、ぜんぶ、上のブロックのごみおき場までもって行ってください》

洗い場は、お互い、清潔に。ゴミは、各自がちゃんと捨てにいくこと、という注意である。

《うんこのついたおむつは、屋根の外の流れ川で、ふりおとしてください》

赤ん坊のおむつも、いちばん下手で洗えばいいのである。ただし、うんこは、洗い場の外の川で、流れに落としておくこと。

（上）御清水、上手の洗い場。奥に見えるのが、水の湧き出し口
（中）御清水、下手側。汚れ物は、いちばん下手で洗う。
　さらにその奥の流水に、赤ん坊のうんこは落とすこと、とされている
（下）御清水、ルール違反の行為への「警告」

住民間でつちかったルールに対する破壊行為には、強い警告もなされる。

《こんなところで、うんこのかたまりを落とすばかは、これからここへこないでください（管理人）》

糸魚《いとよ》町には、広い掘割のような清水があり、「本願清水」と呼ばれていた。この清水は、天然記念物「イトヨ」の生息地でもあって、「糸魚町」という町名もそのことに由来している。イトヨは、体長一〇センチ足らずの魚で、海と川を回遊するタイプのもののほかに、陸封性のタイプもいる。ここに棲むイトヨは陸封型で、淡水にとどまって生涯を過ごす。この清水も、水べりまで石段で降りて洗いものなどができるようになっていた。豊富な湧き水を仲立ちに、魚とヒトが共存してきたということだろう。

明倫町の大鋸町《おがまち》通りに、「一刀彫雪人形」の暖簾を掲げる店があった。その近くには、桶屋があり、畳屋があり、また、麹を商う店もあった。そばの丘陵上には、数年前に再建された大野城の天守が見えていた。

一刀彫の「雪人形」の店で、主人が作品を制作していく様子をしばらく見せてもらった。ヒノキの直方体を鑿《のみ》で断ち落とし、仕上げていくのだが、これによって生じる白木の断面が美しい。同じ形の木材と、できあがりの雪人形を仕事場にたくさん積み上げて、たんたんと制作を続ける様子からは、職人仕事に割り切った作り手の心持ちが伝わってくるようでもあった。いちばん小ぶりのものを一つ、買って帰った。この大きさの「雪人形」が、いちばん愛らしく感じられた。ずっとのちに大学を卒業して京都の実家を離れるまで、これは、私の

一刀彫の「雪人形」工房にて。大野市明倫町

自室の勉強机の上に載っていた。

先日、インターネットで検索してみると、あのときの人形職人が、金子芳明氏というお名前だったと初めて知ることができた。すでに故人であることを、お孫さんにあたるという人が告げていた。半世紀近い歳月が、このあいだに過ぎた。少年の私が、あの工房の店先に立ったとき、お孫さんは、まだ生まれていなかったかもしれない。

これらの場所は、現在、私がローティーンで訪ねたころとは、ずいぶん違っている。

平泉寺白山神社の境域の苔の美しさは、衰えた。一五年ほど前に訪ねたのが最後だが、かつて鬱蒼と頭上を覆っていた老杉の並木にも元気がなく、樹間を縫って、地表まで陽射しが降ってくるようになっていた。これでは、豊かな厚みのある苔が育まれるのは難しい。

「最近は、台風も、このあたりをよう通る。そのたんびに、杉の上のほうの大きな枝まで、強風でへし折っていきよる。おかげで、この通り、お日さんが照ってしまう」

境域の手入れにあたる人が、諦め顔で、こんなふうに話すのを聞いた。地球温暖化による気候変動は、苔の美観までおびやかしているということか。

大野の町の「清水」は、観光客向けの施設整備が進んだ。見た目はぴかぴかの場所になったが、もう、近所の人びとが水場を使う姿はない。町かどの側溝に水がせせらぐ音も、聞こえない。町全体で地下水の水位が下がって、以前のように豊かな湧水は期待できなくなっているという。

一乗谷朝倉氏遺跡は、調査が重ねられ、これらの成果も踏まえて、立派な歴史公園化が遂げられた。むろん、それは喜ばしい。かつて無人の山野をまわって、藪のなかなどに朽ちた石仏を見つけて歩いた思い出のほうこそ、いま、ここに立つと、まるで嘘のようにも感じられる。

ただし、歴史の「再現」とは、どういう行為か？　そんなことなども、考えさせられずにはいられない。

考証を経た資料に基づき、ある時代の「暮らし」の再現がはかられることは多い。だが、たとえば、大東亜戦争からの復員兵や、銃後で過ごした婦人たちのモンペ姿が、ぱりっとアイロンをかけたばかりのように清潔な状態で、俳優たちの身につけられてテレビドラマに「再現」される。これでは、やはり、どこにも存在しなかった「虚像」となってしまうだろう。「事実」と「再現」のあいだに生じうる偏差をとらえる「想像」という領域が、私たちには、やはり必要だ。

私が、ここに述べたような旅をしたころには、カメラと言えばフィルムカメラのことで、それはフィルムという記録媒体を感光させて、被写体を再現しようとするものだった。原理としては、おもちゃの「日光写真」と同じである。だから、撮影の条件によっては、光量不足などで、現像してもうまく写っていないことは多かった。

一方、いまはデジタルカメラの時代で、レンズで集めた光を電荷として撮像素子に保存する。だから、再現性には、格段に優れている。撮影条件に対処する工学的な進歩も著しく、

越前大野駅にて、下りの九頭竜湖駅行きが発車する。ここから九頭竜湖駅までのあいだは、越美北線の閉塞（衝突を防ぐ保安システム）がタブレット式からスタフ式に替わった。つまり、閉塞機にタブレットを入れるという操作を介さず、ただ、このタブレットキャリアを乗務員が「通票」として携え、終点まで行き、戻ってくる。この通票が帰ってくるまで、ほかの列車は、ここから先に進入できない。途中で列車交換のない単線の盲腸線でのみ採用できるシステムである

シャッターを押しさえすれば、ほぼ確実に写っている。

さらに言うなら、フィルムカメラの場合、レンズの解像力にも、フィルムの粒子のこまかさにも、おのずと限度がある。だから、撮影時に小さくしか撮れなかった被写体は、あとで極端に拡大してもボケてしまう。

一方、いまのデジタルカメラでは、画素数が飛躍的に増しており、ごく小さくしか撮れなかった被写体も、拡大さえすれば、それなりに鮮明な画像が得られる。数十年前なら、軍事目的の偵察衛星などだけが備えたような光学機器の水準が、二一世紀に入ると、日常生活のあらゆる場面に持ち込まれるに至っている。

芸術とは、何か？

この世界には、あるには違いないけれども、そのことが、かろうじて気配としてだけ感じられる、というものがある。これを「姿」あるものとしてとらえたいという願いが、「芸術」の動機の一つだったと言ってみることはできるだろう。

だからこそ、目に見えるか見えないかわからないものを、どうすれば写真という表現媒体にとらえることができるかという次元に、「芸術」性がかかっていたとも言えそうだ。

だが――、シャッターを押しさえすれば、アングルに収まる対象がすべて確実に写っている。そんな技術的段階に達してしまった写真において、「芸術」性とは、何か。

あるいは、もはや写真に「芸術」性の余地など存在しないと言うべきか？　デモ参加者に向けたカメラの画像を拡大することで、事後に彼らを片端から連行しようとする各国の公安

「東郷大橋」。越美北線、越前東郷駅付近

警察の写真術のなかに、「芸術」など問うてみても仕方のないことだろう。

いや、むしろ、巷にあふれる常時監視カメラ網。世界中すべての通信を際限なく監視していく、情報システム……。こうした人工知能環境の発展によって、完全無欠な「芸術」が、いまや完結しつつあると認めるべきなのか？


半世紀近く前の福井という場所で、私が目にした風光は、いまは、もうない。だが、記憶の底に沈む、それらの光景は、いまも私に働きかける。原郷とは、そういうものではないか。これらすべてを、もうないのだ、とは、やはり言い切れない。

ひとつの音は、いま、ここからは瞬時に消えるが、エネルギー不滅の法則というものを考えると、波動としてはどこまでも宇宙を飛びつづける。そう考えることもできるのではないか——という話を、もう三〇年ほども昔のことだが、ある打楽器奏者から聞いたことがある。

自分が、この世界で、いったいどれほどの仕事を果たせているかを考えると、ときに空しさに襲われる。だが、いつか自分が生じさせた一つの音が、いまも宇宙のどこかに存在しているのかなと思うと、そのことに、なんとなくだが、励まされる。彼女は、そんなことを話した。あれから三〇年という歳月が過ぎた。お互い、以後、一度も顔を合わせたことはないのだが、それぞれに、おそらく、こうしたことを思い描きながら、老いてきた。

この世界には、そんなことが、まだ、いくらもあるのではないだろうか。

思春期を持て余す

閉店後のほんやら洞、壁に中川五郎の新アルバム「25年目のおっぱい」のポスターも（1976年）

父が、ひとの訃報に接したときに示した反応を、いくつか覚えている。

三島由紀夫らの自決は一九七〇年一一月、私が九歳のときだった。その死が報じられた当夜だったか。父が、函入りの〈豊穣の海〉（そのとき既刊の『春の海』『奔馬』『暁の寺』）など、三島の著作をどさっと買ってきて、食卓に積み上げた。面ざしが、心なしか紅潮して見えたのを覚えている。

作家で中国文学研究者の高橋和巳が三九歳で早世したのは、その翌年、七一年五月である。父は、帰宅するなり、茫然と、

「高橋和巳が死んだ」

と言った。京都ベ平連（ベトナムに平和を！　市民連合）などの関係で、高橋と父はいくらか面識があったはずである。

小学校四年生の私は、これを聞き、

「え、タカハシカズミが死んだ!?」

と、ひどく驚いた。プロ野球の熱心なファンだった私は、ジャイアンツの左腕のエース高橋一三《かずみ》が死んでしまったのかと、ショックを受けたのだった。

つまり、タカハシカズミという有名人は、高橋和巳と高橋一三、当時二人いたのである。

私は、このとき、初めて、それを知った。そういえば、たいして野球に興味があるわけでもない父と母が、ときどき「タカハシカズミが……」と真顔で口にするので、どうもおかしいなと思っていた。あれは「高橋和巳」のほうだったのだな。

身近な町での死についても、父は書いている。

「一九七四年四月五日の午後、京都の鞍馬口病院の屋上から小学生の少年が飛び降りて死んだ。その手には『このまま病院へはこばないで、地図の家へはこんで下さい。ぜったいに。家には母も死んでいます。』と書かれた紙片がにぎられており、克明な地図まで書き添えられていた。少年の家庭はいわゆる母子家庭で、むつまじい日常だったという。また家には『こういうことになったのは、みながぼくらに親切にしてくれへんかったからや』と書かれた遺書があったともきく。」

(北沢恒彦「家の別れ」)

自身の生き別れた実母について述べる一文で、父は、こうした、陽の当たらぬ場所で懸命に生きる母子にも降りかかる不幸に、目を向けずにはいられなかった。

父には、高史明《コサミョン》という同世代の作家の知友があった。直接に顔を合わせる機会は限られていたはずだが、「思想の科学」誌上で対談(「与件としての暴力」一九七二年五月号)して以来、朝鮮戦争下での政治少年としての互いの経験に通じ合うところも多く、心を許す間柄となった。高史明の少年向けの自伝『生きることの意味』(筑摩書房、一九七四年)が刊行されると、すぐに私も父から渡され、読んでいた。

高史明と父には、もう一つ、共通点があった。どちらにも、ローティーンの息子がいたことである。そして、この息子らは、双方、ノートに「詩」らしきものを書いていた。高史明の息子は、岡真史《まさふみ》（高史明の夫人、岡百合子の名字を名乗っている）。一九六二年九月の生まれで、私より一つ年下である。

ところが、この岡真史は、一九七五年七月一七日、突然、投身自殺を遂げてしまう。一二歳だった。この知らせは、私の父にも、強い衝撃をもたらした。戦慄して立ちすくんだような、そのときの様子を覚えている。岡真史は、こんな詩を書く少年だった。

あそこのリンゴ
あと数分で
おちるでしょう
じっとみてます
じっとみてます

リンゴは
もうえだと
くっついていないかも
しれないのに
おちません
おちません

（「リンゴ」より）

この世の中に
自由なんて
あるだろうか
ひとつも
ありはしない

てめえだけで
かんがえろ
それが
じゆうなんだよ

ぼくは
しぬかもしれない
でもぼくはしねない
いやしなないんだ
ぼくだけは
ぜったいにしなない

（「無題」より）

なぜならば
ぼくは
じぶんじしんだから
いいいいいいいい

（「ぼくはしなない」）

岡真史は、一九七五年春、つまり、小学校を卒業して中学校に進む春休みに、自宅がある東京・小平から、北九州・門司にある伯父の家まで、一人で旅をしたいと主張し、実行した。その一家は、自分たちが在日朝鮮人であることをはっきりと名乗りながら、地域の社会で働き、暮らしていた。

のちのことだが、私は、この伯父さんと会ったことがある。私がアルバイトしていた京都の喫茶店「ほんやら洞」を訪ねてこられたときのことで、穏やかなひとだった。父は、自分の息子も、いずれ岡真史と同じ行動を取ることになるのではないかという予感にとらわれて、震えている。少年ながら、私は、そのことを感じた。おそらく、それは、かつて父自身が、そうした「少年」だったからだろう。

●

こうして父と私は、一九七五年の夏休みを迎えている。私は中学二年生で、一四歳である。父は四一歳。私は、この夏、いよいよ年内に国鉄線での全廃が迫るＳＬ（蒸気機関車）を追いかけ、四度目の北海道に渡るつもりでいた。

また、父が参加しているサークル〈山脈《やまなみ》の会〉が、この夏は二年に一度の夏の全国集会を開く年にあたっており、開催地は秋田県の合川町（現在の北秋田市）に決まっていた。前年夏に、父と三人で旅をした旧二等兵の松野春世さん（「旧二等兵と父」）も、お嬢さんとともに参加されることになるだろう。

「どうせ北海道に行くなら、そこにも顔を出してから、向こうに渡ればいいんじゃないか？」

例によって、明るく決めつけてしまうような口調で、父は言った。

いまから思えば、岡真史の訃報に接してから、半月ほどしか経たないころだろう。普段は、あまり自宅にも居ついていない父だった。だが、このときは、息子とできるだけいっしょに過ごしていたいという思いも、強めていたのだろう。

秋田県合川町といえば、国鉄の阿仁合《あにあい》線の沿線である。行ったことがない土地だから、それもいいかもしれないな……。私も、自分の興味本位に、父からの提案を受け入れた。

〈山脈の会〉合川集会の会期は、八月八日から一〇日の二泊三日だった。私は、初日から一泊だけ参加し、すぐ北海道に向かうことにした。

京都駅を出発するのは、八月七日の夜である。日本海側まわりの夜行の急行「きたぐに」に乗り、奥羽本線の鷹ノ巣駅まで、まっすぐに向かったように記憶している。鷹ノ巣駅着が、翌八日の一五時一六分。阿仁合線に乗り換えて、会場最寄りの大野台駅に降り立つのは、一五時三八分である。会場は「愛生園」という知的障害者施設で、ここで宿泊場所も提供してもらえるということだった。広い敷地に、果樹園、畑、畜舎などまで備えて、自然のなかの小共同体といった印象が残っている。

初日の夕食前後の時間だったかと思うが、〈山脈の会〉集会参加者全員のあいだで、自己紹介と近況報告が、ひとわたり交わされた。これから北海道に渡って一人旅をしてきます、と私が話すと、数十人の参加者たちのあいだで、はなむけのカンパ袋を回してくれたのを覚えている。

北海道で、なおＳＬが運用されている地域は、室蘭本線の室蘭駅―岩見沢駅間、および、夕張線、幌内線、歌志内線など道央の産炭地の諸路線に、ほぼ限られるに至っていた。なかで、運行本数が群を抜いて多いのは、Ｃ57、Ｄ51が牽引する旅客列車、貨物列車が走る室蘭本線だった。この路線は複線区間が多く、走行するＳＬ列車同士がすれ違う光景が見られるのも、ここだけのものになっていた。

前年夏の初めての北海道行きのときからお世話になった上正路笑子さんは、このころ室蘭本線沿線の虎杖浜《こじょうはま》（白老町）で仕事を得て、小さな家を借り、一人暮らしを始めていた。だから、おいでなさい、とのことで、室蘭本線などを撮影する時期、しばらく逗留させてもらったのを覚えている。

毎朝、上正路さんは昼食用のおむすびなど作って、私に持たせ、送り出してくれた。たぶ

室蘭本線、D51牽引の旅客列車とのすれ違い

室蘭本線、C57の運転席。走行中に、乗せてくれている

ん、夕食も差し向かいで食べさせてもらっていたのだろうが、それについては記憶がない。ただ、寝起きする和室をひと部屋与えられ、夜の就寝前には、茶の間でいっしょにお茶を飲んだりしながら、談笑したのは覚えている。朝は早くから、私は撮影に出歩く。

上正路さん宅を離れ、野宿したりしながらSLを追いかけることもあった。また、道東の摩周湖を撮影したネガフィルムのカットが二枚だけ残っている。続くコマでは、町なかでのパレードが二枚、撮られている。じっくり見ると、弟子屈《てしかが》の町だとわかる。いまより、ずいぶん賑やかな町並みである。これら、合わせて写真四カット分の撮影をしただけで、また道央の岩見沢近辺の産炭地へと取って返している。さらに、ここから、道北の浜頓別ユースホステルまで足を延ばし、しばらく滞在した。

すでに私は、強い性欲を自分の内に抱える少年だった。それとともに、もう一人前の男なのだと、周囲の大人たちにも認めてほしいという承認欲求を高めていた。このとき、浜頓別ユースホステルの宿泊客に、もう一人、私と同世代の少年がいた。河野君という名前だったような気もするが、確かではない。色白で、若い歌舞伎役者のような美しい顔だちだった。先の春の撮影行のなかで、すでに彼とは知り合っていた。

その少年といっしょに、青年向けのコミック雑誌を手に入れてきて、エロチックな場面などを開いて、くすくす笑いあったりした。親しく接してくれる年長の女性客たちの前では、わざと、そうした話題を持ち出した。露悪的なふるまいにブレーキがかけられず、自分自身で内心、辟易する。そういうことで、胸苦しかった。

虫歯が、つねに痛んだ。たばこをふかすと、この痛みが和らぐように思えて、町に出てたばこを買ってくる。また、しきりとヒッチハイクで移動した。

私は、基本的に、つねに一人旅だった。移動や撮影は複数で行なうことがあっても、それが終わると、すぐにまた散っていく。普通のカニ族（大型リュックを背負った旅行者）たちより、SL撮影の若者たちのほうが、かえって、その傾向が強かった。めいめいに、自分の撮りたい写真があるからだろう。何人かで長く一緒に行動すると、互いに譲りあわなければならないことが生じて、ストレスが増す。それよりは、一人で行動しているほうがいい。どっちみち、もはやSLの走行路線は限られているので、離合集散を繰り返しても、おのずと、また駅の待合室や列車内で再会した。

浜頓別ユースホステルで知り合った男女の大学生らと札幌駅まで移動して、当夜は駅前で野宿した。夏場なので、若い女性たちも、気楽にそこに加わったのではなかったか。だが、深夜に、ふと気がつくと、彼らの大半は消えていた。一人だけ寝袋に残っていた男子学生に訊くと、皆は居酒屋に飲みに行った、とのことだった。生意気な口をきく中学生に気づかってばかりでは、同世代だけで気を許して酒を飲むこともできない——。ということで、示し合わせて、私をそこに残し、こっそり彼らは居酒屋に出かけていくことにしたらしい。

それを知り、私は、情けないような、取り残された心地になった。やがて彼らは、未明の時間に、ぞろぞろと戻ってきた。この季節、北海道の空は、午前四時を過ぎると少しずつ明けはじめる。

室蘭本線・虎杖浜駅

白老のアイヌコタンにて（1975年8月）

だが、虎杖浜の上正路さん宅に戻ると、私は、こういう生意気な素振りは見せなかった。ただ、一年半前に一二歳で知りあったときのように、おとなしく、その日一日の撮影にまつわる見聞などを話して、二人でお茶をすすっていた。そして、朝になると、おむすびを持たせてもらって、また撮影に出ていく。

暑い日の夕方近い時刻だった。

虎杖浜駅の隣にある、登別駅でのことだったろう。駅のキオスクで、キャロル『暴力青春』という新刊の並装の本を見つけて、買い求めた。この春に解散したロックバンド「キャロル」のメンバー四人（矢沢永吉、ジョニー大倉、内海利勝、岡崎ユウ）による、自伝的な回想の本だった。私は、すぐにベンチに座って、これを読みはじめ、ジョニー大倉（サイドギター、ボーカル、作詞担当）の章に衝撃を受けた。

ジョニー大倉は、神奈川県の川崎の街で、在日朝鮮人として育った。父を幼時に亡くし、母親、姉、妹との暮らしだった。母は、夜はホステス勤めで留守にするので、孤独な少年時代だった。九歳で「遺書」を書いている。本名は朴雲煥《パクウナン》だが、ふだんは大倉洋一という日本名（通名）を名乗っていた。学校の成績は良かったのだが、高校は中退した。このまま卒業しても、朝鮮人の自分に就職の機会は保障されていない。それより、すでにディスコなどにも出演しているバンドで成功するためにも、横浜港で貨物の積み降ろしをする沖仲士（港湾労働者）として働きながら、ナマな英語を身につけようと考えた。

バンドの仕事は増えて、派手な世界に馴染んでいった。だが、鬱状態が深まる。自分の顔中にカミソリで切りつけて、自殺を図り、精神科病院に入った。心機一転、矢沢永吉らと新しく「キャロル」を結成し、よそ目には成功のステップを上っていくが、当人は葛藤を深めて、薬物依存に陥る……。

なぜ、こうしたジョニー大倉に、私は衝撃を受けたのか。私自身にも、これと似た境遇の友人たちがいたからだった。だが、そこにある孤独について、自分たちはまだ語りあうこともできずにいる。そのことが、私自身に迫ってきた。

この年、ジョニー大倉は、本名の朴雲煥の名で、「異邦人の河」（監督・李学仁《イハギン》）という映画に主演している。在日朝鮮人の主人公の鬱屈した青春を描く作品である。だが、『暴力青春』から受けた衝撃の残響は、これを知ってからも、私のなかで薄れなかった。

ともあれ、こうやって私は、北海道ワイド周遊券の二〇日間の有効期限いっぱい、八月二六日まで、道内に滞在するつもりでいた。ところが、思わぬ問題が生じた。八月二〇日を過ぎると、台風6号が接近し、道南、道央を直撃しそうな雲行きになってきたのだ。

北海道は広い。だが、当時は鉄道旅行が主流で、本州との出入りのルートは、ほぼ青函連絡船に限られていた。つまり、青森から函館に船で渡り、そこから、渡島《おしま》半島を北上する函館本線で道央方面に向かうという一本の道筋しかない。だから、もしも豪雨で土砂崩れでも生じて、ここを走る函館本線が断ち切られれば、本州に戻る手立ては奪われる。この年一月、雪崩などのために函館本線に不通区間が生じたことで、私自身が仙台空港まで飛行機を使って北海道を「脱出」しなければならなくなったときにも、それは経験済みだった。

根室本線・赤平駅、朝の体操

歌志内線・歌志内駅前

台風6号の北海道直撃がもはや避けられないと報じられた八月二三日、やむなく私は函館方面へと移動を始めることにした。

虎杖浜の上正路さん宅を発ち、たしか昼過ぎの長万部《おしゃまんべ》駅行きの普通列車に乗っていた。伊達紋別駅を過ぎ、さらにしばらく洞爺駅方面に進んだころではなかったろうか。列車が急に停まった。かなり長時間にわたって停車したあと、ゆっくり走りだすのだが、また、次の駅で停まってしまう。そんなふうにして、ついに、列車はまったく動かなくなってしまった。いったい何が起こっているのかもわからないまま、さらに長い時間が過ぎていく。窓の外には、強い雨が吹きつけていた。やがて、やっと車掌が、こんな趣旨のアナウンスを始めた。

――この列車に先行していた札幌駅発、函館駅行きの急行「すずらん2号」が、午後一時過ぎごろ、渡島半島内の函館本線で、土砂崩れに遭遇した模様です。石倉駅―石谷駅間のトンネルを出たところで、先頭のディーゼル機関車が土砂に突っ込んで脱線し、目下、復旧作業が行なわれているとのことですが……。――

私には、これが、どの程度に深刻な事態なのかが、ぴんと来なかった。とにかく、待つしかない。いつか列車は走りだすだろう。自分には、時間だけは、いくらでもあるのだ。

だが、翌朝になっても、列車は動かない。早朝、どこからか物資が調達されてきたらしく、菓子パンと紙パックの牛乳くらいだが、乗客たちに食事が配られた。四人掛けのボックス席に、二人ずつくらいが座っている、という状態である。乗客たちは、いたって静かで、乗務員に詰め寄ったりする者もいない。それどころか、自宅や関係先に連絡をつけなければ、と焦っている様子さえも見られない。雨が打ちつける車窓の外を眺めたりして、みな、当たり前のように時間をやり過ごし、列車が走りだすのを待っていた。

携帯電話がない時代には、まだ、われわれは、そういう暮らしかたを生きていた。留守をまもる家族たちも、台風が来ていることは知っている。だから、自分がこうして足止めされていることにも察しはつくはずだ。仕方がない……。そのように割り切ることで、生活者として、各自の暮らしは成り立っていた。つねに連絡がついていないと不安に陥る、というのは、二一世紀に入るころから強まる、新しい心持ちである。携帯電話がなかった時代のほうが、人の心は、ある程度の余裕をもって、自立して、そのぶん自由だったところもあるのではないか。

それからも、列車は動かなかった。さらに幾度か食品が配られ、もう一晩、同じ車中で過ごした。すでに雨は上がっていた。

やがて、

――函館や青森方面に向かわれる方たちを代替輸送するために、青函連絡船を室蘭港まで延航させることが決まりました。ついては、この列車は、まもなく東室蘭駅方面に引き返します。室蘭港からの乗船を希望される方は、追って詳しい情報が入りますので、もうしばらくお待ちください。――

と、車掌によるアナウンスが流れた。

このあと、青函連絡船・十和田丸が、噴火湾を縦断して室蘭港の中央埠頭に到着するのは、

東室蘭駅に停車中のC57牽引の旅客列車

室蘭港近くの町並み

八月二七日の午前一一時である。私は、それを待つあいだ、室蘭ユースホステルで、さらに二泊したのではなかったか。

船に乗り込み、室蘭港を出港したのは、二七日の昼下がり、一二時三〇分。函館港入港が一八時、出港が一九時二五分。青森港への入港が、二三時一五分だった。

室蘭から青森まで、一〇時間四五分の船旅である。寝台料金は普段の青函連絡船と同じ一一〇〇円だったので、私はこの切符を買って、二段式のベッドでごろごろしながら青森へと向かうことにした。

これ以後、八月三一日まで、上下便とも各日二便ずつ、計一〇往復が、室蘭―函館―青森間を結ぶ延航便の航路を運行した。一九〇八年から一九八八年まで、八〇年間に及ぶ青函連絡船の歴史で、室蘭までの延航が実施されたのは、このときだけだという。

●

旅行中を除けば、週に二度ほど、京都市内の同志社大学近く、寺町今出川の喫茶店「ほんやら洞」に、アルバイトで入れてもらっていた。勤務時間は、「遅番」の午後四時から一二時。「外」と呼ぶホールでの接客と、「なか」と呼ぶカウンター内での調理が、各一名というシフトである。二人だけの勤務なので、実際には「外」と「なか」のスタッフは臨機応変に、その八時間を協力して働く。店内は、一階に四人掛けのテーブルが一〇卓で、計四〇席。いまと違って、学生街の喫茶店では相席も平気だった。見知らぬ同士の若者たちが、ほぼ満席、ぎゅうぎゅうに席を占める時間帯もある。

少しのちには、二階の一部も「図書室」と称して開放し、セルフサービスで、大きな相席用のテーブルを置いた。こうなると、スタッフ二人ではこなしきれずに、三人勤務のシフトを組む時間帯も設けるようになった。

時給は、たしか三七〇円だったように覚えている。一日働いて、およそ三千円。すべてのスタッフに均一の賃金である。主要なスタッフは、六人ほどだった。一日の仕事のシフトは、早番、遅番が二人ずつだとして、ひと月でおよそ一二〇の枠がある。これを六人で分ければ、ひとり平均、月に二〇回の勤務で、実入りが約六万円。それで毎月の暮らしを立てる、という生活である。これだけしかないシフトの枠に、年少の私をアルバイトとして割り込ませれば、彼らはさらなる減収となるわけで、よほどの好意とともに、苦しい我慢をも強いたに違いない。

「ほんやら洞」は、一九七二年に開店したヒッピー的な喫茶店である。関係者には、米軍基地のある山口県岩国でやや先だって開店した反戦コーヒーハウス「ほびっと」と重なるところがあった。私の父も、年長世代の助言者として、「ほびっと」や「ほんやら洞」の創業に関わった。ただ、「ほんやら洞」のスタッフたちの気風においては、直接的な政治行動への関心はわりに希薄で、どちらかと言えば、手づくりの自立した暮らしを営みながら、好きな詩や音楽、創作的な仕事への関心を持続するという、個人的な芸術志向の色あいのほうが強かった。

店の建物や内装、調度も、中尾ハジメ（一九四五年生まれ、ライヒ『性と文化の革命』訳者）、早川正洋（一九四四年生まれ）、甲斐扶佐義（一九四九年生まれ）らが、自分たちで大工仕事をして、造りあげた。そこに加わった山内陽子（一九四八年生まれ）は、ウィメンズ・リブの仲間たちとの交流も多かった。食材には自然なものを心がけ、洗いものにも中性洗剤は避けていた。そのために、石鹼洗剤や糠袋を使ったりして工夫する（とはいえ、当時、少ない人手でも洗いものがはかどる洗浄力の強さ、コーヒーカップに石鹼臭を残さない点などで、中性洗剤に匹敵する便利さを、自然素材の洗剤に求めるのは難しかった）。

ただし、いまでは想像しにくいかもしれないが、反原発も含めて、こうしたエコロジカルな志向は、当時の市民社会から危険視される傾向が強かった。「ヒッピー」という他称にも、そうした思潮に属するアヤシゲな連中、という含みがあった。なぜなら当時は、高度経済成長の福音を国中で信じて、戦後日本という「経済大国」が実現されてまもない時代だった。原発、マイカー、中性洗剤、インスタント食品などは、いずれも、そうした経済成長を支える輝かしいアイコンである。成人してもネクタイをつけず、あるいはブラジャーもつけず、ジーンズにTシャツで通して、出世も目指さずぶらぶらしている。そういう様子を見て、平和だな、と思う年長世代もいただろう。だが、目くじらを立てる人たちは、さらに多かった。

店の板張りの壁には、アングラ芝居や各種コンサート、映画の自主上映などのポスター類が、主催者たちから頼まれて、あれこれ貼られていた。また、店の入口付近にチラシ類はつ

ほんやら洞2階の図書室にて、中尾ハジメ（右）と甲斐扶佐義（左）（1976年）

ほんやら洞にて、山内陽子（1976年）

るして、チケットも預かった。つまり、当時こうした喫茶店は、街のプレイガイドの役割を兼ねていた。また、店がメディアでもあったということだろう。（ちなみに、この店の門灯は、和紙に「ほんやら洞」と墨書したものだった。その初代のものは、悪筆で知られる哲学者・鶴見俊輔さんに頼んで書いてもらったものだったらしい。）

音楽好きなスタッフが多かった。好みはそれぞれで、互いに相談しあうこともないのだが、好ましい新譜はおのずと誰かが仕入れてレコード・ラックに加わり、店内でかかっていた。このスピーカーも、手づくりのものだった。キャロル・キング、ジョニ・ミッチェル、ボニー・レイット、キース・ジャレット、ザ・バンド、ボブ・ディラン、ニール・ヤング、ニッティ・グリッティ・ダート・バンド、ジャクソン・ブラウン、エリック・アンダースン……といったものから、ファドのアマリア・ロドリゲスなどまで、さまざまだった。米国にオリヴィア・レコードというリブ系の（より正確には、レズビアンのフェミニストたちの）独立レーベルがあって、そこから、この一九七五年に出たクリス・ウィリアムソンの〈The Changer and the Changed〉というアルバムも、美しく、私のお気に入りの一つだった。

店の壁には、韓国のカトリックの抵抗詩人・金芝河《キムジハ》の詩が訳され、マジックインキ書きで貼り出されていた時期もある。この一九七五年夏に明らかになる彼の獄中手記「良心宣言」は、こんな詩を含むものだった。

飯《めし》が天です

天を独りでは支えられぬように
飯はたがいに分ち合って食べるもの
飯が天です
天の星をともに見るように
飯はみんなで一緒に食べるもの
飯が天です
飯が口に入るとき
天を体に迎えます
飯が天です
ああ　飯は
みんながたがいに分ち食べるもの

このとき金芝河は、韓国の軍事独裁政権の下で、獄中に生きていた。詩も、同じ時代を生きる証しのようなものだった。テント芝居の一枚のポスターにも、その点では、これに似た意思表示が託されていたのではないか。

土曜日などは、店にアルバイトで入ると、終業後、二階の倉庫内に作り付けられていた暗室を使わせてもらって、朝方まで、写真の現像、プリントを続けたりした。

中学校では、当時、私は放送部に所属していて、昼休み中はレコードを選んで、放送室から校内放送で流していた。これが、だんだんエスカレートして、「ほんやら洞」に出入りする関西フォークの人びとのレコードや、ボブ・ディランなどの新譜をかけながら、自分がDJ役になって、あれこれ話もするようになった。先生たちも、職員室で弁当を食べたりしながら、それを聞かされることに耐えていただろう。だが、私たち放送部員が岡林信康「くそくらえ節」を合唱するに至って、ついに、顧問の板崎先生の受忍限度を超えたらしい。リベラルな社会科の先生だったが、このときばかりは、血相を変えて放送室に飛び込んできて、

「めしの時間に何を流しとるんや!」

と、どなって、有無を言わさず、ミキサー卓の電源を切ってしまった。

ついでながら、時間的に少し先、三学期になるころのことである。文化祭のような全校的な催しを開くことを思い立った先生たちが、珍しく私の友人たる不良少年たちに対しても、「何か自分たちでやりたいことがあれば、音楽演奏でも、何でも遠慮なく申してみよ」と、妙にものわかりのいい態度を示したことがあった。

ぞろりとした学ランにボンタンの学生ズボンという、当時のわかりやすい「ヤンキー」たちにとって、バンドと言えば、キャロルであり、矢沢永吉だった。だから当然、「ほんなら、先生、バンド演奏やってもええか?」ということになり、彼らは四人編成のバンドを仕立て、講堂のステージで「ルイジアンナ」とか「ファンキー・モンキー・ベイビー」とかを何曲か演奏した。

私はというと、そういうのは、いやだった。だから、「フォークシンガーの中川五郎のライブを開かせてください」と言った。

中川五郎（一九四九年生まれ）も、「ほんやら洞」に親しく出入りするフォークシンガーの一人だった。ベトナム戦争下、一〇代からシンガー・ソングライターとしての活動を始めている人で、私は、彼の繊細で力強さも備えた作品群がとても好きだった。

さらに、中川五郎は、このとき、刑事事件の被告人でもあった。二一歳のときに音楽雑誌に書いた高校生の男女を主人公とする「二人のラブジュース」という小説がわいせつ文書にあたるとされ、裁判が続いていた。この裁判を支援する「フォークリポートわいせつ裁判を調査する会」は、「ほんやら洞」に事務局が置かれ、大阪地裁における判決（七六年三月）が、目前に迫っていた。

このフォークシンガーを校内での文化祭の催しに呼ばせてもらいたい。ライブは放送部の主催で、出演交渉には自分があたるので――と私は言った。すると、これにも、妙にすんなり、先生たちのほうから「よろしい、やってみなさい」という答えがあった。先のキャロルもどきのバンド演奏の件といい、今度の中川五郎の招致の件といい、この時期の学校側のものわかりの良さには、無気味なほどのものがあった。不良生徒対策として、いっぺん懐柔策のような手立てを取ってみよう、とかいった話になっていたのではないか。

ただし、私は、中川五郎というフォークシンガーのことを先生たちに説明するさい、「わいせつ裁判」の被告であることは、言わなかった。日ごろから、「不純異性交友」とかいう

中川五郎、1976年、大阪のライブ会場にて

キャロルもどきのバンド演奏は、こういう顔ぶれで行なった

ことに、学校はうるさい。これは言わずにおくほうが無難だろう、と思ったのだ。

だが、いよいよ文化祭が迫ってきたある日、また、顧問の板崎先生が、血相を変えて、放送室に飛び込んできた。手には、新聞紙を握っている。

「おまえ、中川五郎ていう歌手、わいせつ事件の被告やないか！」

と言うのである。先生の表情は、困惑で泣き出しそうにも見えた。

手中の新聞には「週刊プレイボーイ」だったか、青年誌の広告があった。そして、そこに、「判決迫る、フォークリポートわいせつ裁判被告、フォーク歌手の中川五郎さん」といった、誰かとの対談記事のキャッチコピーが躍っていた。

あちゃー、と思ったが、しかたがない。

「先生、これは、『わいせつ』って何？　という、まじめな裁判なんです。略式起訴を拒んで、正式の裁判を受けている。有罪になったわけでもないですし。いけませんか？」

「あかん、ぜったいに、あかん！」

というわけで、中川五郎の中学校でのライブは、お流れ、とされてしまう。一方、友人たちのキャロルもどきの公演は、実現した。

だが、これでは、私自身の気持ちが収まらない。

一計を案じて、私の自宅の団地は、中学校のすぐ隣の敷地にあるので、そこの集会室を借り受けて、中川五郎のライブを開けばいいのではないか、と考えた。中川五郎には、「主婦のブルース」という持ち歌もある。主婦が多い団地の理事会で、そのことも含めて訴えれば、拒絶はされないのではないかと思ったのだ。

団地の理事会の当日、私はその場に出向いて、訴えた。――ライブ会場としたい集会室は、五〇人ほどで満員になる。だから、ライブ当日には、優先して団地の住民に入場してもらう。そして、残席の分だけ、一般の中学生らも、入場させてほしい。入場料は無料とし、当日の出演者に対する投げ銭として、カンパ袋を回す――。

こういった条件を提案すると、団地の理事会は、あっさり「ええんやないか」と承諾してくれた。

ライブ当日は、平日の日中だったが、かなりの数の中学生たちが授業を抜け出して、ライブを見に来た。

当時は、まだ、そういうことができる余裕が、世間にもあった。学校は学校、団地の自治会は団地の自治会で、それぞれの判断をしたのである。

ライブの当日、私は、司会そのほか、スタッフとしての業務に没頭して、写真を撮り損ねたのが残念だ。

放送部以外の悪友たちとは、パチンコやマージャンをするようになった。地元のパチンコ屋に入ると、中学の先生が客として来ているところに、出くわすこともあった。とはいえ、中学生のあいだは、停学や退学という処分があるわけではなく、気楽なものだった。

北海道で、SLに牽引された最後の定期列車が走るのは、一九七五年一二月二四日。夕張線でD51が牽引する貨物列車である。

これを撮影するには、一二月二四日の中学校の二学期終業式まで待っていられない。先生たちのなかにも、こちらの腹づもりを察して、

「北沢（筆者の本名）、いつから学校休むんや」

と、声をかけてくる人もいた。

私は、一二月二二日の授業に出るのを今年最後の登校と思い決め、下校後、東海道新幹線で東京に移動して、その日は荻窪の祖父母宅に泊まった。翌朝、上野駅一〇時三〇分発の特急「はつかり3号」で、青森駅に向かう。

前年暮れの青森行きの帰省列車でもそうだったが、このとき隣り合わせた出稼ぎ帰りの中年男性は、さらに威勢がよかった。北海道の人だった。特急「はつかり3号」の青森駅着が一九時四分。青函連絡船の出港が一九時二五分なのだが、ここでも、「メシをいっしょに食おう」と誘われて、たしか連絡船内の食堂で、「ほたて定食」を豪気におごってくれた記憶がある（「ほたての串焼」だったかもしれない）。いずれにせよ、京都育ちの私には、こういう大きな「ほたて」という貝柱が、珍しかった。当時、海から遠く隔たる京都市内では、刺

身と言えば、マグロ、イカ、タイ、それくらいに限られていたからだ。さらに、彼は、

「――函館に着いたら、『トルコ』に連れていってやろうか？」

とも言った。今日言うところの、ソープランドである。それは遠慮したいと考え、下船時にわざと私ひとりでずんずん前へと進んで、そのひとを撒《ま》いてしまうような仕儀となった。申し訳ないことだった。

こうやって、二三時一五分の函館到着後、船から列車に乗り換えるため、長い連絡通路をせっせと歩いていく。私が目指しているのは、函館駅発二三時四〇分の夜行の急行「すずらん4号」である。そのとき、急ぎ足の私に、「あのー、すみません」と、見知らぬ若い女性が声をかけてきた。一九歳か、二〇歳くらいか。

「――夕張に行くには、どの列車に乗ったらいいんでしょう？」

これから夜行列車で夕張に行く、というのだから、彼女も明日のSLの最終運行を撮影しようとしているのだろう。ただ、それにしては、妙に軽装なのは気になった。カメラ一台を肩に掛け、ジーンズにコート、あとはナップザック一つ、というところだったのではないか。

「ぼくも、いまから、その列車に乗るので、そこまでいっしょに行きましょう」

と答えた。彼女は、誰かと待ち合わせているのだろう。そう思っていたのだが、どうやら一人で行動しているらしく、そのまま、私と同じ四人掛けのボックス席に彼女も腰を下ろした。こうして、明け方前の苫小牧駅で夕張方面に向かう列車に乗り換えるときもいっしょで、結局、とうとう夕張まで私について来た。

早朝には、いったん夕張線の終点、夕張駅付近で撮影したのだったか。だが、午前のうちに、滝ノ上駅に移動して、隣の川端駅のほうに向かって、雪に覆われた線路べりを歩いた（現在、この区間は、石勝線の一部とされている）。やがて、線路は夕張川にかかる橋梁を渡っていく。季節に恵まれれば、このあたりは「竜仙峡」と呼ばれる景勝地である。だが、いまは広い川面が氷結して、そこにも雪が積もっている。昼前のあいだは薄日が射すなかで撮影したが、やがて午後にかかると、ときおり、かなり激しく雪が舞うようになっていた。

鉄橋の手前、カーブしてくるレール左手の小高い傾斜の上が、あらかじめ地形図をにらんで目ぼしをつけておいた、D51が牽引する下りの最終貨物列車の撮影ポイントである。

函館駅で声をかけてきた女性は、ここに至るまで、ずっと私と一緒に行動していた。彼女の名前をこちらから聞いたかどうかも、覚えていない。ただ、ここまでの道みち、問われるままに、いろんなことを話した。彼女は、私のことを自分と同世代くらいに思い込んでいるようだった。

このころ私は、アルバイト先をはじめとして、行く先ざきで自分が最年少であることに、屈辱感のようなものを抱くようになっていた。こうやって旅をしていると、髪を伸ばしているせいもあって、たいてい、実年齢よりは年上のように見られる。だから、私はそれにまかせて、相手から尋ねられないうちは、自分から年齢は語らない。背伸びがしたい年ごろなのである。このときも、そうだった。旅の話をしているかぎり、一人旅の経験談などは豊富なので、「中学生」とはあまり思われない。

この冬の旅のあいだ、私は、外では玉虫色のミラーのサングラスをかけていた。当時としては、かなり、つっぱった感じの出立ちのつもりである。

撮影ポイントの高みは、場所取りの三脚で、すでにかなり立て込んだ状態だった。私たちも、そこに割り込むように、場所をおさえた。昼光下で、上り勾配を行くSLの列車が撮影できるのは、いよいよ、これが最後となる。寒気のなか、断続的に雪が強く舞う。この斜面に、立ったり、しゃがみ込んだりしながら、そのときが来るのを待っていた。

やがて眼下に、滝ノ上駅の方角から、男が一人、線路ぎわをこちらのほうに向かって、小走りに近づいてくる様子が見えはじめた。私の隣にいる女性も、その男の姿のほうに、黙ってまなざしを向けていた。男は、さらに近づくと、線路からそれて、私たちのいる高みのほうへと駆け上ってくる。私は、ジーンズの上からオーバーズボンをつけているので、雪上に腰を下ろし、近づいてくる男の姿をぼんやりと眺めたままだった。

すると、男は、私の目の前まで、ますます勢いよく駆け寄ってきて、躊躇なく、私の顔面を靴で蹴り上げた。一瞬、何が起こったのか、自分でもわからなかった。ミラーのサングラスが吹っ飛び、あたりに血が飛び散った。唇が切れたからだった。男は、登山用の重そうなキャラバンシューズを履いていた。

「やめて！」

と、女が叫んだ。

男は、雪上にひっくり返っている私に向かって、

夕張線・川端駅―滝ノ上駅間にて。D51の241号機が牽引する、下り最後の貨物列車。線路の右側に見える古い橋脚は、大正期から昭和初期（1919〜32年）にかけて、この区間が複線だったことの名残。（1975年12月24日）

SLの定期列車が最後の運行を終えてからも、さらにしばらくの期間、追分駅構内では2両の9600形が構内入れ換え作業に携わった。翌76年3月2日、これらの機関車も仕業を終え、国鉄は業務上の無煙化を完了した

「てめえ、ひとの女に手を出しやがって」

などと叫んでいた。

女は、なおも私を蹴り上げようとする男とのあいだに割って入って、懸命に止めていた。

周囲のアマチュア・カメラマンたちは、

「なんだ、なんだ、ポジション争いか？」

などと、どよめきながら、少し間隔を置くようにして、私たちを取り巻いた。

「てめえ、いくつだ？」

男が言った。

「一四です」

血の噴き出る唇を押さえながら、事情がまったくわからないまま、私は答えた。

「……え、一四？」

今度は、女がつぶやくように言うのが、聞こえた。

「おまえ、中学生に、手を出すのか？」

男は、女をなじった。

どうやら、彼らはカップルであるらしい——と、事情が私にも呑み込めてきた。夕張への旅の途中で、喧嘩でもして、別れわかれに、ここまで彼らは来たのではないか？

やがて、男は、その女を引き立てるように、もと来た滝ノ上駅の方角へと、線路ぎわを去っていった。

ところが、しばらくすると、ふたたび、男だけが、小走りに駆け戻ってくるではないか。また、雪面にしゃがんでいて、蹴り上げられてはたまらない。私は、今度は三脚の脇に立ちあがり、いくらか身構えながら、その様子を見ていた。すると、男は、私のすぐ前まで来て、立ち止まり、

「さっきは済まなかった」

と、謝った。女のほうから事情を聞かされて、少し気持ちが落ち着くと、そうするべきだと考えなおしたらしかった。それだけを言うと、男は高みから駆け下りて、また小走りに滝ノ上駅のほうへと消えていく。

雪が舞いはじめた。私は、腫れ上がった唇を押さえながら、その場にとどまった。周囲のアマチュア・カメラマンらも、もう、私のことなど、念頭から消え去っているようだ。なにせ、SLが牽く本物の貨物列車が日本で走るのは、ほんとうに、今日限りなのである。上りの最終列車は夜間となる。

やがて、蒸気機関車に特有の腹に響くドラフト音が、遠くからかすかに聞こえはじめて、だんだんと近づいてきた。鉄橋の手前で、長い汽笛を鳴らし、凍った川を渡ってくる。長くつらなる石炭車を牽き、力走してくるD51の最後の姿を、そうやって撮影した。

日暮れどきのディーゼルカーで、滝ノ上駅から、もう一度、終点の夕張駅に取って返した。宵闇のヤードで、先ほど下りの最終の貨物列車を牽いてきたD51の241号機が、煙突や足まわりから白い蒸気を霧のように漏らして、休息していた。

私は、その姿を確かめると、最終の貨物列車の発車時刻までは待たずに、夕張線の上りのディーゼルカーに乗り込んだ。淡いともしびの車内で、午後の流血沙汰の当事者だった男女が、四人掛けのシートに隣り合って座っている。女は、男に体を預けて眠っていた。

私は、そこから離れたシートに、一人で腰を下ろした。発車すると、闇に包まれた雪面に、車窓からの橙色の光が映っていく。唇は紫色に腫れ、まだ血が滲む。わびしい心持ちではあるのだが、私のなかに、むしろ安堵が戻ってきた。

たしか、このときも私は夜行列車へと乗り継ぎ、道北の浜頓別ユースホステルへと向かったのだと思う。そして、幾日か滞在し、唇の腫れが癒えたころ、道央の虎杖浜へと戻って、一、二泊、上正路さんのお宅で、置いてもらったのではなかったか。

浜頓別から虎杖浜の上正路さん宅に向かうには、私は宗谷本線の上りの夜行の急行「利尻」を使ったはずである。その道中、私はまた早朝の岩見沢駅で室蘭本線に乗り換えて、追分機関区に立ち寄っている。SLの列車がすべて廃されてからも、ここの機関区に配属された二両の9600形蒸気機関車が、細々と追分駅構内の入れ換え作業に携わっているのを知っていたからだ。私は、未練がましく、その様子を確かめてから、虎杖浜へと向かう。二両の9600形は、年を越して一九七六年三月二日で、この作業も終えることになる。

虎杖浜の上正路さんには、夏にあれだけお世話になりながら、私は住所を控えてさえいなかった。だから、この冬にまた北海道に出向きます、と連絡するさい、私は封筒の表書きに、

「北海道白老町」とだけ記して、その先は、虎杖浜駅からの道順を地図にして描き、投函した。地元の郵便局員は、ちゃんと、これに従って手紙を届けてくれたらしい。上正路さんは、このことをひどくおもしろがって、京都の私の家に「おいでなさい」と電話をくれたとき、何度も、思いだしては笑っていた。

冬の虎杖浜の家でも、夜、茶の間で上正路さんとお茶を飲んだ。とても静かで、ストーブの上のやかんから湯気の立つ音、両手でくるんだ湯呑みから上正路さんが茶をすすっていた音を覚えている。この人の前では、私は、わざとませた口をきいたりすることもない。小学校を卒業する春の九州への旅で、帰りの車中、大学卒業記念の一人旅をしていた彼女から声をかけてもらって、言葉を交わしたときのままだった。

時間は、そのときから、まだ一年半ほどしか過ぎていない。だが、虎の影のような速さで、それは少年の体を走り抜けていく。

年の瀬が押し詰まったところで、この年は北海道を離れた。上正路さんも、積丹半島、泊村の実家に帰ったのではなかったろうか。

青函連絡船は青森の港に入る。私には、ここから、立ち寄っておきたいところがあった。津軽半島の北端近くに位置する、津軽線の終点、三厩《みうまや》駅である（のちに、この駅名の読み方は「みんまや」に変わる）。駅のさらに先には、津軽海峡に向かって突き出る竜飛崎《たっぴざき》がある。今日では、その地底部を青函トンネルが、北海道の松前郡へと通っている。だが、当時、ここは文字通り本州の行き止まりで、現地の駅頭に立っても、トンネル工事が行なわれている

津軽線の車内にて

津軽線の終点、三厩駅

ような気配は何もなかった。

大晦日の夜九時半過ぎ、青森駅に取って返した私が乗るのは、急行「十和田3号」という上野駅行きの季節列車だった。

大晦日の夜に、わざわざ郷里を離れ、夜汽車で東京に向かう人は少ない。まして不定期に運行される季節列車なので、私が乗った車両には、ほかに一人も乗客がいなかった。前後の車両にも、客は一人か二人、乗っているだけだった。

あえて、こんな列車を選んでいた。私は、そういう、自分を持て余し気味の思春期の少年に戻って、一九七六年元日朝の上野駅をめざしていた。

雪女の伝説

青森県黒石にて。子どもの住まいの板ガラスに、周囲の町並みが映っている

一九七六年の春休み。私は一四歳で、四月の新学期から中学三年生となる。

この春は、東北の「陸奥《みちのく》」地方を旅することにした。青森県・岩手県・宮城県および秋田県の鹿角《かづの》地方、といったあたりである。旅行者に開けっぴろげな寛容を示してくれる北海道と、この地方の印象は違う。重畳たる地理の広がりも、感覚をつかむのが難しい。行けども行けども、歴史の襞が織りなす迷宮をさまよい続けているようにも感じるのだ。

当時撮った写真のネガなどを今回四五年ぶりに確かめると、すっかり忘れていたことにも気づかされる。たとえば、このときの旅では、序盤の数日間、南雄二君という道連れがいたらしい。前年春の北海道旅行中、テレビドラマ「傷だらけの天使」の最終回観たさに、旭川駅の待合室に置かれたテレビを目指して、道東の網走方面から、遠路二五〇キロを一緒に移動した京都の高校生である。たしか、彼は、私より三つ年上。北海道でSL撮影をするなかで知り合ったのだが、京都に帰ってからも互いの家が近く、行き来があった。

いま、こうして七六年春の東北への旅の写真をたどると、初めの数日、列車の車中で彼がにやにや笑っていたり、座席にうずくまって熟睡したりしているコマがある。あ、南君？　と驚いた。

たしかに、われわれは、駅のベンチや車中でも、こんなふうに眠っていた。そのことを思いだす。眠る彼の脇には、重そうなジュラルミン製のカメラバッグが置かれている。当然、彼と同行しているあいだは、旅の行き先も鉄道関係の撮影地である。

まずは東京の王子駅付近で、都電などを撮影した。そのあと、上野駅から東北本線の夜行の急行「八甲田54号」に乗っている。三月二五日のことだろう。

盛岡駅着が、翌朝五時半。ここで山田線の始発のディーゼルカーに乗り換え、宮古駅へと向かって、ラサ工業宮古工場の敷地内の専用線を再訪した。南君にとっては、これが初のラサ工業行きだったのではないかと思う。国鉄線のSLが全廃されても、なおしばらくのあいだ、ここのC10形とC11形、二両の蒸気機関車はかろうじて健在だった(この年四月まで)。

午後には、山田線、東北本線、花輪線まわり秋田駅行きの急行「よねしろ2号」で、宮古駅を発った。そして、秋田県下の大館駅で奥羽本線に乗り換えて、その夜は、青森県弘前近郊の温泉地、大鰐《おおわに》で泊まったようである。

あくる三月二七日の朝には、大鰐駅から弘前駅に出てから、ディーゼル機関車が牽く五能線の硬い座席の客車に乗り換えて、五所川原駅に向かっている。この駅で、私鉄の津軽鉄道に乗り換える。

津軽鉄道は、終点の津軽中里駅まで、津軽平野を二〇キロ余り北上していく路線である。途中、太宰治の生地として知られる金木《かなぎ》の町がある。

小規模な私鉄ながら、貨物の扱い量も多い路線だった。だるまストーブを設置した客車があることで知られたが、ほかにも特色がある。ディーゼル機関車が貨車と客車を併せて牽引する混合列車。さらに、気動車(ディーゼルカー)が、ほかに客車か貨車をもう一両連結し、自走している列車もあった。少ない車両をやりくりしながら、ゲリラ戦の構えである。この日、私たちが乗ったのも混合列車で、途中駅で貨車の入れ換え作業なども行ないながら、終

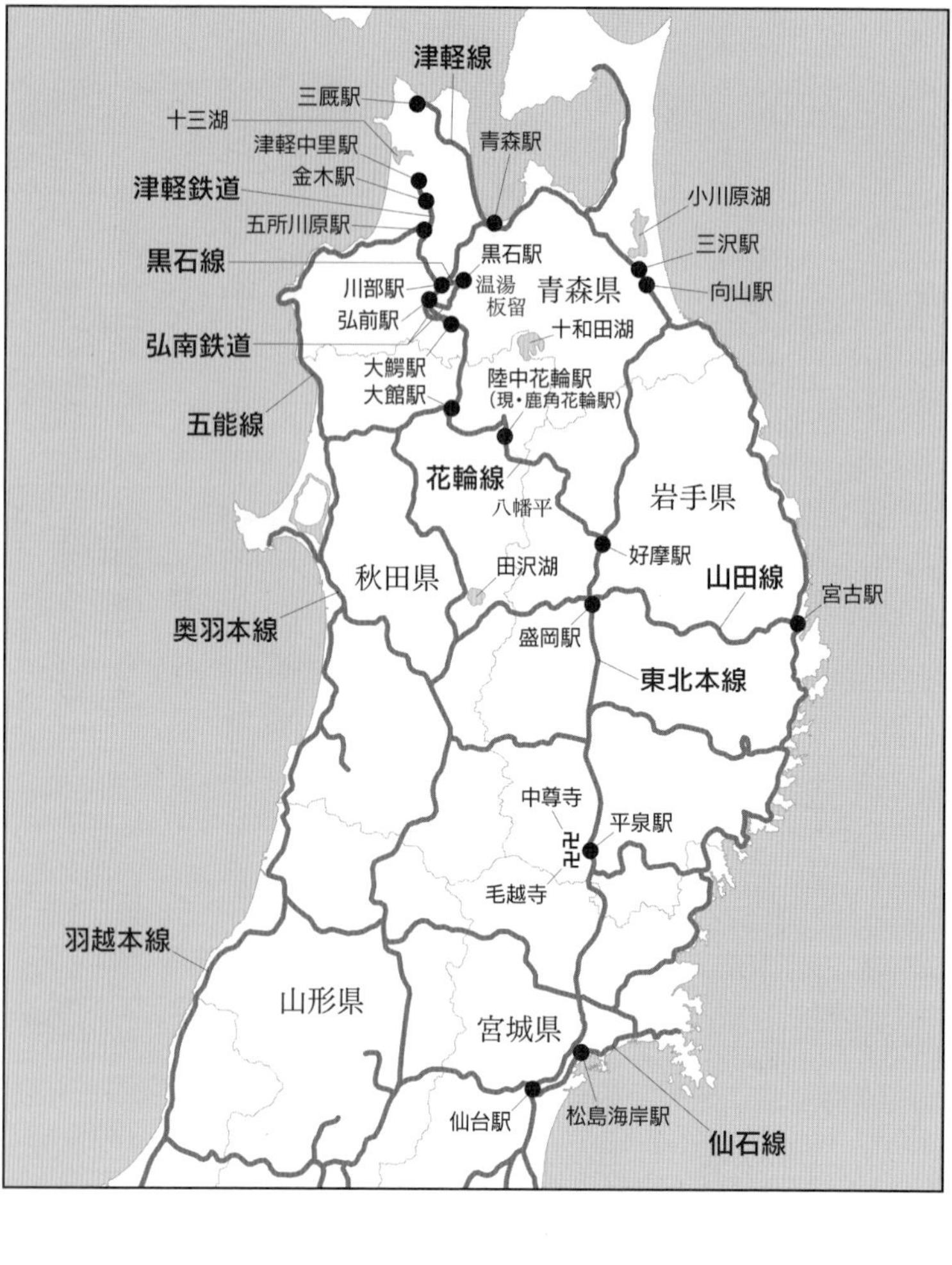
津軽線
三厩駅
十三湖
津軽中里駅
金木駅
津軽鉄道
五所川原駅
青森駅
小川原湖
三沢駅
向山駅
黒石線
黒石駅
川部駅
温湯
板留
青森県
弘前駅
十和田湖
弘南鉄道
大鰐駅
大館駅
陸中花輪駅
（現・鹿角花輪駅）
五能線
花輪線
岩手県
八幡平
好摩駅
秋田県
田沢湖
山田線
宮古駅
奥羽本線
盛岡駅
東北本線
中尊寺
平泉駅
毛越寺
羽越本線
山形県
宮城県
仙台駅
松島海岸駅
仙石線

点の津軽中里駅まで進んでいく。

終点から折り返して、金木駅まで戻り、その町を歩いた。太宰治の生家は、このころには人手に渡って「斜陽館」という名の旅館になっており、入館料を払って内部を見学したように覚えている。

その夜は、青森駅まで出て、日付が変わり深夜の零時過ぎに発車する東北本線上りの夜行の急行「八甲田」で、仙台に向かった。三月末日で全廃されることに決まっている仙台市電の「お別れ運転」が、この月二五日から行なわれていたからだ。郷里の京都でも、市電路線の廃止が相次いでいる。変わりゆく都市景観への愛惜が、私たちにも生じていた。急行「八甲田」の仙台駅到着は、三月二八日、朝五時半だった。

この日は、終日、仙台市内を転々と移動しながら撮影した。夜間撮影も行なってから、市内のユースホステルで一泊。翌二九日の朝、南君とは、ここで別れた。

振り返ると、ここまでが、鉄道ファンとしての私の最後の旅だった。もう私は、旅先で、駅の入場券を記念に購入することも、記念スタンプを「スタンプノート」に集める習慣も、いつのうちにか忘れてしまっていた。

南君と別れてからは、私の東北での一人旅の道程である。

仙台駅から東北本線を再度北上し、かつての奥州藤原氏の本拠地、岩手県の平泉へと向かった。

上野駅で発車を待つ急行「八甲田54号」。牽引するのは、引退まぎわの電気機関車EF57の1号機

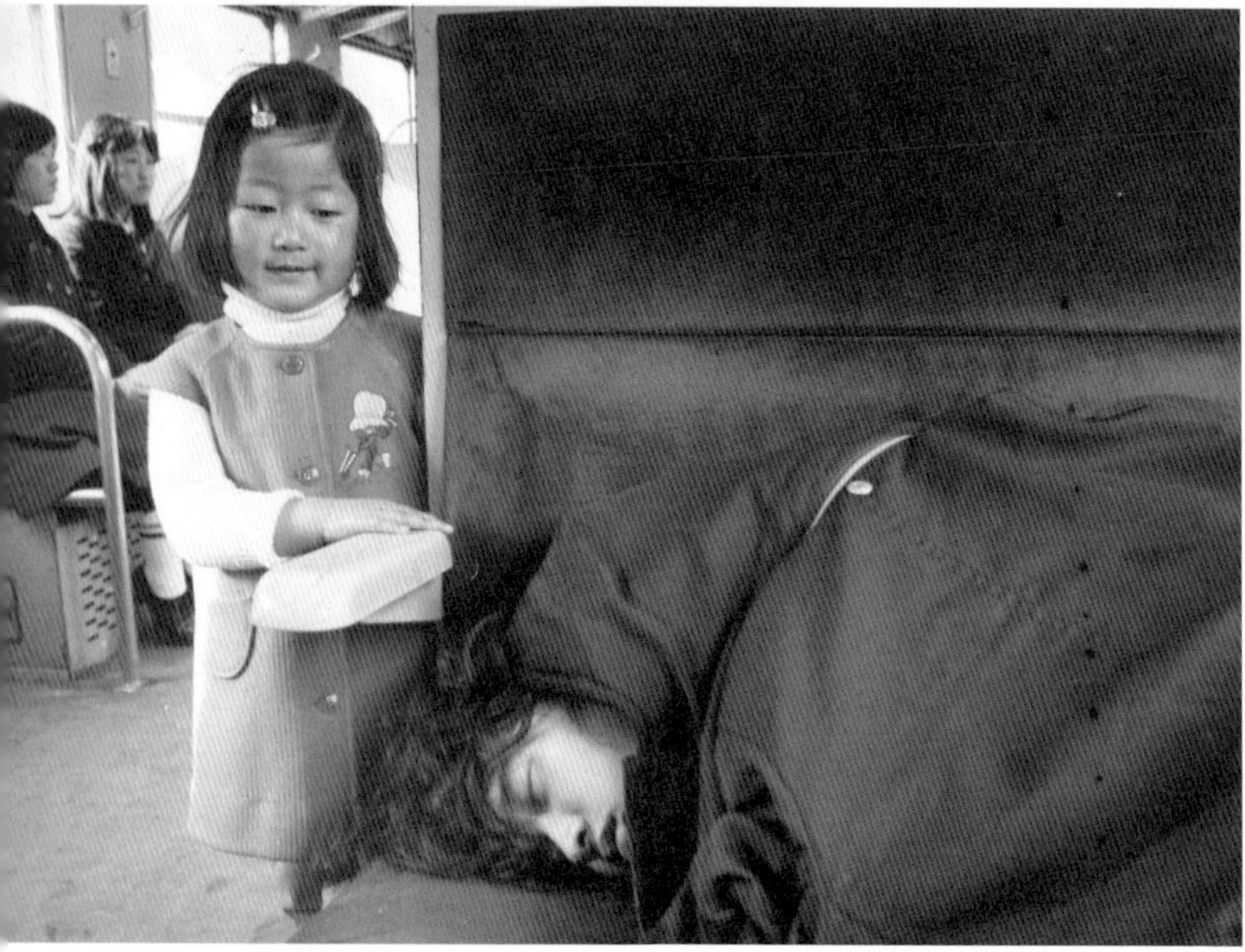
山田線の車中で眠る南雄二君。車中泊常用者としては、模範的な爆睡ぶり

ラサ工業宮古工場の専用線にて、C10形蒸気機関車

朝の弘前駅のホームで、立ち食いそばを食べる筆者

五所川原駅に向かう五能線の車内。車両はオハフ61形

五能線の陸奥鶴田駅にて

津軽鉄道・津軽中里駅の待合室。雪の季節、この地方では角巻姿の女性たちが多い

津軽鉄道・金木駅の思索的な駅員さん。肩に通票交換のためのタブレットキャリア

私は、旅の道中、どこで、どんなものを食べたか、ほとんど覚えていない。カネも時間も惜しんで、パンや駅の立ち食いそばなどで済ませてしまうことが多かったからではないかと思う。それでも、この日、平泉駅に到着してから、毛越寺《もうつうじ》の近くで取った昼食のことは覚えている。太い柱を備える、古くからの農家のような構えの手打ちうどんの店があり、そこで、何かうどんを食べたのだった。

〈当店は、うどんの味に自負があり、お口に合わなかったときには、お代はいただきません〉

店内の壁に、きっぱりと、こんな貼り紙があった。これには続きがあり、

〈――ただし、そのさいには、ひと口食べたところで、店を出ていってください〉

とも書いてある。

強気の出だしだが、やがては弱気。お代は、まずけりゃ頂かないが、ぜんぶ平らげてしまってから「まずい」はナシだよ――という言い分である。でも、「ひと口」だけで判断せよ、と細かな条件を持ちだすことで、この貼り紙は、肝心の「自負」まで台無しにしていないだろうか？　そんなことをくよくよ考え、うどんを落ちついて味わうことができなかった。

小雨が降っていた。津軽では雪景色だったが、平泉まで南下すると、この通りの雨。みちのくの春は、そういう季節だった。

毛越寺の境内にユースホステルがあり、たしか二泊の予約を入れていて、荷物はここで下ろした。池泉回遊式の広く美しい庭をめぐる。そこから、中尊寺に続く小道をたどって、月

見坂を上っていく。

この旅に、私は『古代東北の覇者』(新野直吉著、中公新書)という本を携えていた。副題に「史実の中の安倍・清原・藤原氏」とあり、平安期の前九年の役、後三年の役、そして、鎌倉軍による平泉の制圧へと、この地の「蝦夷」(えぞ、えみし)の系譜を引くとされる氏族の事績をたどっていく。だが、いざ、本を開くと、なかなか行文がすっきり頭に入ってくれなかった。

翌日は、達谷窟《たっこくのいわや》毘沙門堂から、厳美渓へと歩いた。さらに次の日、平泉を離れ、ふたたび南下して宮城県に戻り、松島あたりをめぐっている。こうして、三月三一日の夕刻、私はまた仙台市内へと立ち戻る。

この夜、岡林信康のコンサートが、宮城県民会館で開かれる。すでに私はチケットを買っていた。三日前、仙台市電の「お別れ運転」の撮影で市内を歩いたときに、公演を知り、プレイガイドに駆けつけたのではないか。

岡林信康本人は、当時、京都府北部の山村で畑づくりなどしながら暮らしていた。一九六〇年代末から七〇年代初頭にかけて、二〇代前半のうちから、彼は「フォークの神様」などと持ち上げられ(また、いいように使われて)、たいへんな人気者だった。だが、次第に、これにもくたびれ、「失踪」することを選ぶ。やがて、田舎暮らしの近隣との付きあいなどから「演歌」に開眼、美空ひばりとの親交を深める。ついには、「うつし絵」(七五年)というチャーミングな自作演歌のアルバムも発表するに至っていた。

仙台市電。(上)「裁判所前」停留所付近。(下)「さようなら」の装飾を施した長町行き

仙台市電、「裁判所前」停留所付近

私がアルバイトしていた京都市内の喫茶店「ほんやら洞」にも、ときおり岡林は、ぶらりと現われることがあった。そういうとき、店の中心メンバーである中尾ハジメや甲斐扶佐義らと、ボクシングのまねごとをしたりした。私は、その様子を少し離れたところから眺めているだけで、言葉を交わしたことはなかった。それでも、彼のアルバムは好きで、よく聴いた。

一方、この日の仙台公演で、岡林信康のバックバンドをつとめるのは、デビュー後まもないロックのムーンライダーズ。会場のあちこちに、彼らのファーストアルバム（鈴木慶一とムーンライダース「火の玉ボーイ」）の印象的なポスターが貼られていたのが、目に残っている。

ステージ冒頭は、まずムーンライダーズの面々だけが登場して演奏し、やがて岡林が登場。彼自身はアコースティック・ギターでしばらく演奏してから、ギターをエレキに持ち替える……というようにステージは進んでいった。軽妙なMCも岡林の持ち味で、この日の曲目にも演歌を加えていたように記憶する。

このころ、ミュージシャンたちの制作現場では、まだ、外から見えるほどにはロック、フォークといった音楽ジャンルの区分が確立されていたわけではない。むしろ、各人の見聞と交際のなかから、好みのサウンドづくりを手探りで模索していた時代である。音楽で食っていくには、奏者たちはスタジオ・ミュージシャンとして稼ぎ仕事の録音にも参加する。演歌のレコーディングでストリングスを入れるには、オーケストラの楽団員たちが集められ、スタジオで譜面が配られて、時間ぎめで、いちどきに彼らは録音を済ませて、去っていく。ロックのレコーディングにホーンセクションを入れようとすれば、歌謡曲のバックバンドや、ジャズのステージで鳴らしてきた面々に声がかかった。

こうした現場での交流が、形式上のジャンル分けを越え、風通しの良い音楽の土壌にもなっていた。岡林が、「演歌」のアルバムを出しつつ、ステージの全国ツアーはムーンライダーズで、というのも、当時は奇異に映るものではなかった。

コンサートが終わって、その夜のうちに、また下りの夜行の急行「八甲田」に乗った。みちのく地方の南北、行ったり来たりである。夜汽車のなかで『古代東北の覇者』を開いていたのを覚えている。

目指すのは、もう一度、津軽半島、その日本海側にある十三湖《じゅうさんこ》という汽水湖だった。

高橋竹山《ちくざん》という津軽三味線の奏者がいた。戦前、少年時代にハシカから視力を失い、ボサマ（盲目の門付芸人）の弟子となって、自身も門付して歩いたという人である。一九七〇年代の日本は、こういう芸能者も、アンダーグラウンド芸術の発信地として知られる東京の小劇場、渋谷ジァンジァンで、定期的に公演を行なうようになっていた。彼の演奏は相次ぎレコード化されて、私のような京都の一中学生も、熱心に聴いた。さらに、青森の弘前には、津軽方言で詩を書く高木恭造という詩人がいて、この人も渋谷ジァンジァンでたびたび詩の朗読会を開き、私も名を知るようになっていた。沖縄民謡の嘉手苅《かでかる》林昌《りんしょう》も、そうだった。逆

（上）アコースティック・ギターで歌う岡林信康。当時は、客席から写真を撮っても、とがめられなかった
（下）エレキギターに持ち替えた岡林信康［右］。バックバンドで写っているのはムーンライダーズのメンバーのうち、鈴木慶一［左］と岡田徹［中］か？　ともに宮城県民会館（1976年3月31日）

（上）十三の集落。もとは西津軽郡十三村、戦後に合併して北津軽郡市浦村十三、現在は五所川原市十三
（中）集落のはずれで、釣り糸を垂らしている人がいた
（下）十三湖の木橋は、トラックも走っていた

に言うなら、寺山修司の詩歌や前衛演劇も、背景をなす青森の方言や伝統芸能と一体のものとして、そこに置かれて見えていた。

十三湖には、五能線の五所川原駅でバスに乗り換え、二時間ほども岩木川ぞいの道を揺られて行く。

太宰治の『津軽』で、そこが、

「浅い真珠貝に水を盛ったような、気品はあるがはかない感じの湖である。波一つない。船も浮んでいない。ひっそりしていて、そうして、なかなかひろい。人に捨てられた孤独の水たまりである。」

と書かれているのは、拾い読みで知っていた。だが、私が現地をわが目で見たいと思ったのは、むしろ、高橋竹山による津軽三味線組曲《十三潟》を繰り返し聴いていたからだったろう。

わずか数日前、津軽平野の内陸は一面の雪景色だった。だが、海に接する十三湖は、四月に入ったこともあってか、春めいて穏やかな日和となっている。中世には、安藤氏の支配の下で、蝦夷地との交易で栄え、十三湊《とさみなと》と呼ばれた。だが、いまは、集落にも人影はほとんど見られない。ただ、波と風の音だけが聞こえていた。

その夜は、弘前市内で泊まった。

翌日の午前中、かねて興味があった地元出版社、津軽書房を訪ねた。当時の社屋は、弘前駅から歩いて一〇分ほどの品川町で、モルタル造りの二階家だったように記憶している。男性のスタッフが三人ばかり、在庫の書棚を示しながら、歓迎してくれた。
京都から来たと告げると、
「大学生ですか？」
と明るい声で訊かれた。
いまさら中学生と言いだしかねて、
「……ええ、まあ……」
などと曖昧にうなずき、開いた本のページに、落ちつかない気持ちで目を落とす。このとき買い求めたのは、
高木恭造『方言詩集　まるめろ』（自作朗読のソノシート付き）
川合勇太郎『津軽むかしこ集』
川合勇太郎『ふるさとの伝説』
平野直『岩手の伝説』
といったものだった。
弘前から弘南鉄道で黒石に出た。ここでバスに乗り換え、板留という山間《やまあい》の温泉地へと、一〇キロほどの道のりを上っていく。その集落に、西十和田ユースホステルがあるはずだった。
西十和田ユースホステルのペアレント（管理者）は高木勝さんといって、当時、三〇代前半くらいの年ごろだったろう。「熊さん」とも呼ばれ、愛想のいい人ではなかったが、先代

（上）黒石の町かどにて
（下）弘南黒石駅

のペアレントから引き継いで、旅行者への肩入れに熱意を感じさせる人だった。ここでも二泊したのではなかったか。

「……おゆきさんが、八幡平《はちまんたい》の山中で、ランプの宿を始めたんだ。電話もない。だから、泊まるにも、直接行ってみるしかないんだが」

熊さんが、常連客を相手に、食堂のテーブルで何やら話している声が耳に入った。

「へー」相手は、驚嘆したような声を上げていた。

「いよいよ雪女だね。いつから?」

「去年の夏」

「いまもやってるの?」

「うん。あっちは、まだ雪が深いだろう。でも、やってるらしい」

真顔で熊さんは言っている。

思わず、よくわからないまま、「それは、どこの話ですか?」と割り込んだ。

花輪線の陸中花輪駅(現在の鹿角花輪駅)から、バスに乗り、八幡平と呼ばれる高原地帯のほうへと、ずっと上がっていく。ただし、降りるべき場所には、バス停もない。だから、あらかじめ車掌に、そのあたりで停まってもらうように頼んでおくのだ、ということだった。

噂のぬし、おゆきさんという女性は、もともと東京のほうからの旅行者だったらしい。このあたりの風土が気に入り、何度も旅をしてきて、そのうち、八幡平の大沼畔にあったユースホステルで住み込みのヘルパーとして働きはじめた。熊さんとも、そうしたなかで知り合った。だが、とうとう今度、彼女は山中の廃屋を借り受けて、単身、旅人宿を始めたのだ、というのである。ランプの宿。そこには、電話もない。

「きれいな人でね」熊さんは言った。「そして、無茶な人でもある」

常連客の男性も、笑ってうなずいた。

もちろん、私は、そこに行ってみようと考えた。できるだけ長く旅を続けていたかった。そのためにも、まずは、行き先が必要だった。

ペアレントの熊さんには、もう一つ、驚かされたことがある。何かのきっかけから、津軽書房で高木恭造の『方言詩集　まるめろ』を買ってきたのだと相客に話すと、その人はにやっとして、

「ここのペアレントの熊さんは、高木恭造の息子なんだぞ。知ってるか?」

と言うのだった。

「えっ?」

と、私は驚いた。たしかに、熊さんの名前は「高木勝」である。『ユースホステル・ハンドブック』にも、ちゃんと、それは載っている。のみならず、高木恭造は、いまも弘前で眼科医を開業している人だそうだから、地元に親族がいるというのも、当然なことに思える。

フロントにいた熊さん当人のところに寄っていき、

「あの……、高木さんって、高木恭造のお子さんなんですか?」

と、確かめてみた。

すると、彼は、……ふふん……と、鼻先でわずかに笑いを漏らして、

「そうだよ」

と返事した。父親のことが好きなのだろうな、と感じさせる答え方だった。

加えて、熊さんは、私が、民話や民俗的な事柄に興味があるのだと知ると、この近くの温《ぬる》湯《ゆ》という集落は、木地師たちがろくろを挽いて椀や盆などを作ってきたところで、いまは、その技を生かして津軽系こけしの産地にもなっている。頼めば、製作の様子を見せてもらえるだろう、と勧めてくれた。近くには、籐細工の作り手もいる、とのことだった。

出発の朝、フロントでチェックアウトしようとすると、熊さんは、改めてじっくりと私のユースホステル会員証を確かめて、

「なんだ、じゃりパス（少年パス＝中学生までが使う）じゃないか。宿泊料、もらい過ぎていたよ。ほら、割引き分、二泊で三百円、返すよ」

と言って、百円玉を三枚（だったと思う）、手渡してくれた。

チェックインのとき、実は私は、払い過ぎに気づいていた。だが、「じゃりパス」として子ども扱いされるのもシャクで、わざと黙っていた。結局、それも土壇場でバレて、気恥ずかしさがつのった。だから、いまも、そのときのことを覚えている。

バス道を温湯の集落まで、徒歩で下った。まず籐細工の家を訪ねた。次いで、こけし作りの家を訪ねて、製作の様子を見せてもらった。

こけし作りの工人は、六〇歳くらいの人で、くわえ煙草で電動のろくろを挽き、一本の材木から、くびれが二つあるこけしを削り出していく。筆に墨や絵具をふくませ、髪の色や胴の模様も、ろくろを挽きながら付けていく。

私としては、こけしらしい顔や絵柄まで描き入れた完成品より、こうした、ろくろの技だけを施した未成品が美しく感じられ、これをそのまま手もとに置いておきたくなった。また、そろそろ出発するべき時間も迫っていた。

そこで、おそるおそる、目の前の工人に、

「……このこけし、ここまでの状態で、わけていただくことはできるでしょうか？」

と、頼んでみた。

ぎろっと、その人は、こちらに目を上げた。そして、

「値段は、まけられねえよ」

ぼそっと、そう言った。完成品と同じだけ、代金はいただくよ、という意味である。

彼は、古新聞でこけしを包み、自作こけしの値段を言った。千五百円か、二千円、あるいは二千五百円だったたか。私のような少年には、ちょっとした額である。だが、その態度には、こちらを子ども扱いすることのない、凄みと矜持のようなものがこもっていた。

バスに乗り、弘南鉄道で黒石から弘前に向かう。そこで奥羽本線に乗り換え、青森駅に出た。さらに、東北本線の三沢駅で各駅停車に乗り継ぎ、隣の向山《むかいやま》駅で降りたのは、午後三時ごろだったろう。近くの川要《かわよ》グリーンユースホステルという牧場内の施設に宿を取り、同じ

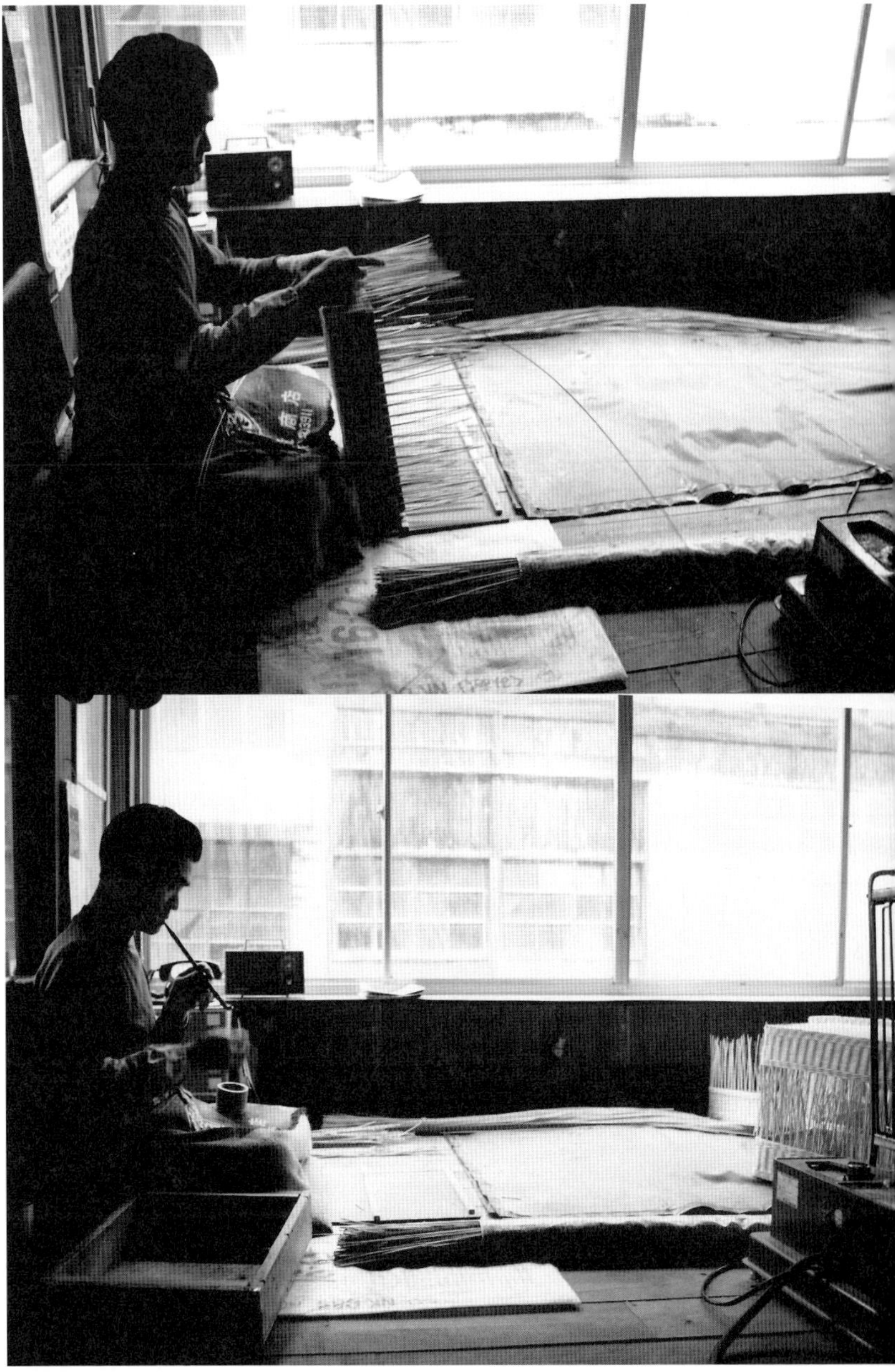

温湯の籐細工職人。作業のあいまに、きせるで刻みたばこを吸っていた

（右上）温湯のこけし工人の仕事場で。ろくろを挽きながら、
長い鑿（のみ）を素材にあてがって削る
（右下）こけしの髪の色も、ろくろを挽きながら入れている
（左）右手前が、筆者の譲ってもらった製作中のこけし

下田町（現・おいらせ町）内にある気比神社まで歩いていった。

近辺は古くから南部藩の牧場とされてきた土地で、この神社も、馬の護り神として知られている。江戸末期に気比大明神の神号が下賜されているが、それよりもずっと前から、産土神《うぶすながみ》をまつる社《やしろ》として続いてきたのだろう。馬たちの「牧」としての土地柄も、古代まで遡ることになるのではないか。

「三八上北《さんぱちかみきた》」と呼ばれる、ここ、青森県東部の地域は、降雪量が少ない。川合勇太郎『ふるさとの伝説』によれば、青森県下での雪女の伝説は、もっぱら雪深い津軽地方のものになるという。

美しい女が、幼児を抱き、雪の夜に出てきて、通る人に「この子をちょっと抱いてけへ」と頼む。何気なく承知して、その子を受け取ると、みるみる大きくなってしまう。いやだと答えると、女は、その人を取り殺す。だから、引き受けるしかないのだが、雪女から子どもを預かったら、口にふきんか短刀をくわえることで、大きくなるのを防ぐと難を免れる。女は、白い着物を着て、ふだんは岩木山の中腹に住んでいるのだそうである。

翌朝には、いよいよ、おゆきさんの宿を目指した。

東北本線をさらに南下し、岩手県の好摩駅まで行った。ここで花輪線に乗り換えて、秋田県の花輪の町あたりから、八幡平の山上に向かうバスに乗ろうと考えていた。現地は、まだ雪も深いだろう。

それにしても、盛岡近郊の好摩はうらうらとよく晴れて、のんびりした空気が、田舎の駅に漂っていた。だが、ここからの花輪線はローカル線だけに、午後まで旅客列車がない。側線で、貨物列車が出発時刻を待っていた。貨車の最後尾に連結されている車掌車に、乗務員の姿が見えた。だから、つい、だめでもともと、という気になり、ホームから降りて、側線の車掌車に寄っていき、

「陸中花輪駅まで行きたいんですが、乗せて行ってもらえませんか」

と頼んでみた。

その車掌は、三〇歳くらいに見えた。

「ほんとは、いけねえんだがな……」

とか言いながら、にたっと、彼は笑った。そして、腕をこちらに伸ばし、バックパックを背負った私を、車掌車に引っ張り上げてくれたのだった。結果からすると、貨物列車のヒッチハイクである。

陸中花輪駅からバスに乗ったときには、もう午後だった。

川づたいに、左右に揺れながらバスは山道を上っていく。進むにつれて、周囲の雪が深くなる。細いバス道が川べりを行く。車窓から、流れのほうを見下ろすと、中州に雪がこんもりと巨大な帽子のようにつもっているのが、見えた。杉林の暗がりが車窓を覆い、いつしか、疎林の雪原に移って広がっていく。

「ここです」

車掌が知らせてくれて、バスは停まる。教えられていた通り、バス道の左手に、石造りの鳥居が建っている。私のほかには、制服に紺のコートを着込んだ女子中学生が、ただ一人、降りただけだった。石の鳥居をくぐって、雪を踏みかためた小道が、バス道から左にそれるように入っていく。ブナの裸木の疎林が、小道の両側に続く。人家らしいものは、見あたらない。

制服の女子中学生は、赤い革の学生かばんを手に、もう、この雪道をすたすたと歩いていく。私も、少しあいだを置いて、同じ年ごろの彼女の後ろを歩くしかなかった。

だが、しばらく歩くと、突然、前を行く彼女は立ち止まり、振りむいた。

「どこに行かれるのですか？　この道を行っても、わたしの家しかありませんけど」

はっきりとした声に、私はたじろいだ。かろうじて、

「おゆきさんという人の宿に、行きたいんです。ご存知ありませんか？」

と答えた。

「ああ、それなら、こっちです」

安堵したように、彼女は、雪道の左手の雪原の先を指さした。そちらにも、ブナの疎林は続いている。遅い午後の淡い陽射しで、雪面に、樹々の影が伸びていた。

「あっち、ですか？」

私はためらい、確かめた。

「そう。ずっと行ってください。今年は雪が多くて、建物は埋もれていますけど、雪の下に、

屋根と煙突が見えてくるはずです。この先、二百メートルくらいです」

教えられたら、行くしかない。

春先の雪は、表面だけが日中の陽光に溶かされ、そこがふたたび冷気で氷っている。だから、表面はぱりっとしているけれど、足を踏み入れると、ぶすりと深く沈む。

一歩、一歩と、雪のなかに沈み込み、疎林の雪原のなかを進んでいった。下着に、汗がにじむ。こうした雪のなかを二百メートルも進むのは、遠い道のりである。陽射しは薄れていく。やがて、雪に埋もれた木造平屋の家があるのが、たしかにわかった。スコップで叩き固めて雪に段々をつけ、これが雪面から玄関口のほうへと降りていく。


「ゆきの小舎《こや》」でも、私は、二泊したのだったか。

おゆきさんは、東京の言葉でてきぱきと話し、細面に長く髪を伸ばした、美しい人だった。話していると、予断、偏見、先入観といったものが少ない人に思われた。

アルバイトしている京都の喫茶店「ほんやら洞」について、私は気負って、スタッフ全員による「共同経営」の店なのだと説明した。そんな話も、おゆきさんは、「そうなのですか……」と、真剣な表情で聞いてくれる。旅人宿であれ、喫茶店であれ、似たところのある、素人なりの客商売である。中学生だからと軽く扱う素振りがない人だった。

このとき「ゆきの小舎」には、おゆきさんのほか、ひげ面の若者のヘルパーが一人いた。夜には、彼も含めて三人で、ウィスキーを飲んだ。玄関の戸を開け、おゆきさんが、太い氷柱《つらら》が何本も垂れ下がる月光の軒先に出て、ふわふわした雪を大ぶりの土ものの器に盛って、戻ってくる。グラスにそれを入れ、ウィスキーを注ぐと、じじじじじ、と微かに音を立てるように溶けていく。

「ほんやら洞」でも、皆でビールなどを飲むときは、私も飲む。両親も、そうしたことを、とくに咎めはしなかった。おゆきさんらも、また、自然とそういう態度でいる。私には、これが大切なことのように感じられた。

「朝、起きたら、玄関先の板敷きの下を雪融けの水が流れているから、それで顔を洗うといい」ひげ面のヘルパーの青年は言った。「二日酔いでも、すっきり目が覚めるよ」

宿に電話がない。

旅人にとって、これは、不便なことだろうか？　たどり着きさえすれば、確実に泊めてもらえるなら、実のところ、さほど不便はない。

むしろ、現実的な負担は、宿のあるじのほうにかかる。いつ、客が訪ねてくるか、わからない。だから、留守にしにくい。不意の客にも、何かしら食事をさせることは必要だ。その種の絶えざる不安定は、むしろ「旅」の境涯と似ている。宿という営みに自身を縛る暮らしに転じながらも、この日常を「旅」のように生きるところが、おゆきさんにはあったのではないか。

あとで知ることだが、八幡平は、敗戦直後の日本で、外地から引き揚げてきた多くの人々が、住み処と食いぶちを求めて「戦後開拓」に入植し、苦労をしながら開墾してきた土地だった。「ゆきの小舎」が建つ切留平《きりとめたい》という台地に入植したのは、旧日本領の樺太（サハリン島の南半部）から引き揚げてきた数軒である。あたりは火山灰地で、農業に適さず、それまでは原始林や荒蕪地《こうぶち》のまま残されていた。

開拓農家の人びとは、切り株を起こし、岩や石などを取り除き、石灰やリン酸を大地に入れて、農耕に適した土質に改良していく努力を続ける。日没後や早暁、月明かりの下でも作業に励んだ。畜産も営む。だが、緬羊《めんよう》、牛、馬などの飼育は未経験者には難しく、苦労が多かった。

とはいえ、一九七〇年代ともなると、多くの開拓農家が、山での暮らしを離れて、すでに町に降りていた。「ゆきの小舎」となる廃屋も、そうした空き家の一つだった。おゆきさんによると、雪原で私に「ゆきの小舎」への行き方を教えてくれた女子中学生は、このあたりに一軒だけ残った、最後の開拓農家の娘なのだということだった。

「ゆきの小舎」で二泊すれば、出発の朝は四月七日、春休み最後の日である。これから夜行列車に乗りつづけて、翌朝には京都にたどり着き、中学校の新三年生となる始業式に滑り込む心づもりだったということだろう。

私は、バスで山を降り、陸中花輪駅からディーゼルカーで、今度は日本海寄りの大館駅に向かう。大阪駅行き、上りの夜行の急行「きたぐに」が、大館駅を出るのは一四時一九分である。これに乗れば、京都駅到着が翌八日の朝七時四五分。始業式には、なんとか間に合う時間だった。

急行「きたぐに」の車窓から、夕暮れどき、やや荒れた春の海を撮った写真が残っている。羽越本線が、秋田県から山形県に差しかかるあたりだったのではないか。

いまになって、私は気がついた。「ゆきの小舎」での滞在中、例によって私は、写真を一枚も撮っていない。だから、当時のおゆきさんの姿も、ここには残っていないのだ。

それから二〇年余りを経て、再会したときのおゆきさんの写真はある。二〇世紀も終わりに近かったが、そのとき彼女はまだ「ゆきの小舎」を続けていた。ただし、以前の場所は、持ち主が別荘開発業者に土地を売るとのことで明け渡しを求められ、一キロ半ほど離れたところにべつの建物を手に入れて、移転していた。私は三〇代後半、おゆきさんは五〇代後半となっていたが、彼女はなお美しかった。ひと回りほど年下の地元の男性を伴侶に得て、二人で、その宿を切り盛りしていた。

さらに、それから四半世紀が流れた。今年二〇二一年は、私が初めて「ゆきの小舎」を訪ねてから、四五年後にあたっている。だから、いよいよ私は六〇歳、おゆきさんは八〇歳となる。それでも、「ゆきの小舎」は旅人たちを受け入れ、八幡平の山中で続いている。

深い雪のなかを行くたび、みちのくの人びとは、ふと、そこに雪女の気配を感じる。伝説は、そのように今日までを生きてきた。私にしても、似たようなことを思ううちに、この半世紀を過ごしてしまったか。

帰路、急行「きたぐに」の車窓から眺めた春の夕刻の日本海。羽越本線沿線

沖縄とTシャツ

嘉手納基地第2ゲートの沖縄税関支署

——沖縄に行くには、Tシャツの着替えがいる。三枚、買っておこう。——

一九七六年、中学三年の夏休み、八月に入るころだったと思う。私は、そんなふうに考えた。

沖縄の日本国への「本土復帰」（一九七二年五月）から四年が過ぎていた。けれど、戦後二七年間の長きを米国の施政下に置かれた名残で、沖縄の道路は、まだ自動車の「右側通行」が続いていた。日本本土と沖縄の行き来は、ビジネス客などを除けば、依然、飛行機よりも、長い船旅を選ぶのが主流だった時代である。

沖縄のサトウキビ農家に援農に行ったことがある知人の青年に、初めて沖縄に行くにあたっての助言を求めた。

「北海道で君がやっとったような野宿の旅はできひんよ。沖縄には、ハブ（猛毒を持つヘビ）がおるから。夜の公園とかでも、気をつけんといかん」

半信半疑だったが、当時は、まだ、現在よりずいぶんハブの捕獲数も多かったのは事実のようだ。

どうせ行くなら、沖縄本島だけではなく、さらにずっと南の八重山諸島、石垣島や西表島《いりおもて》にまで足を延ばしたかった。

当時は、有村産業の「フェリー玉龍」が、那覇―宮古―石垣―台湾（基隆《キールン》）という定期航路に就いていた。市販の「時刻表」に載っているのは、那覇―宮古―石垣という国内航路の部分だけだが、実際には、石垣から国際航路に変わって、台湾の基隆まで行く。

石垣島からは、沖縄本島に行くより、台湾のほうがずっと近い。米国施政下の時代には、この航路で、台湾から沖縄に、サトウキビやパイナップル農園での季節労働の出稼ぎに渡ってくる人も多かったらしい。そうした行き来の様子を想像すると、胸が弾んだ。

私は、友人に付き合ってもらって、地元・京都の繁華街、四条寺町にある藤井大丸というファッションビルのメンズ衣料売り場に出向いていった。旅行中、自分の関心が、ほとんど食べものに向かわなかったことは、これまで幾度か書いた。加えて、正直言うと、私は衣服にも関心が薄かった。だから、こういう買い物に一人で行くのは気後れがする。沖縄では野宿ができないとなると、旅費が膨らむのも心配で、とにかく何か安いTシャツがないかな、という気持ちでいた。運良く、胸にワンポイントだけが入った白いTシャツが、セール品の売り台に出ていた。

そこで、私は、店員に向かって、

「これ、三枚ください」

と声をかけた。物腰の柔らかな、若い男性の店員だったと記憶する。

「え？」と、彼は聞き返した。「同じものを三枚、ですか？」

「はい」

と、私。

「そんな買い方は、もったいないです」

彼はそう言った。

「――せっかくですから、三種類、自分でデザインを選んで買ってください。手ごろな値段のものが、ほかにもありますから」

私は、彼が言うことに従った。やみくもな少年には、ありがたい助言だったと思い、以来四五年が過ぎても、そのことを覚えている。

●

大阪港の天保山桟橋から、関西汽船の那覇行きに乗り込んだのは、八月一〇日の夕刻だった。船は一七時に出港、神戸港に寄港してから、本州を離れる。

翌一一日の夕刻一九時ごろに奄美大島の名瀬に寄港後、沖縄に向かい、三日目の八月一二日、朝七時半、那覇港に到着する予定である。二等船室の片道料金は八二八〇円。そこから、二割の学割があった。したがって、私が買った乗船券は、片道六六二〇円だったろう。

神戸港を出ると、みるみる山影は遠のいて、海に夕陽が落ちていく。甲板に坐り込み、半袖シャツに腹巻きを着けた姿で三線《さんしん》を爪弾く人がいた。帰省の途上、楽器を奏でることで、旅愁を慰めているようだ。

大部屋で雑魚寝の二等船室で、何をして過ごしたかは、覚えていない。船底に近い船室で、うねるようにゆっくりと大きく船体は揺れていた。トイレに行くにも、左右の壁や柱を手のひらで突き放すようにしながら、どうにか通路を進んでいく。

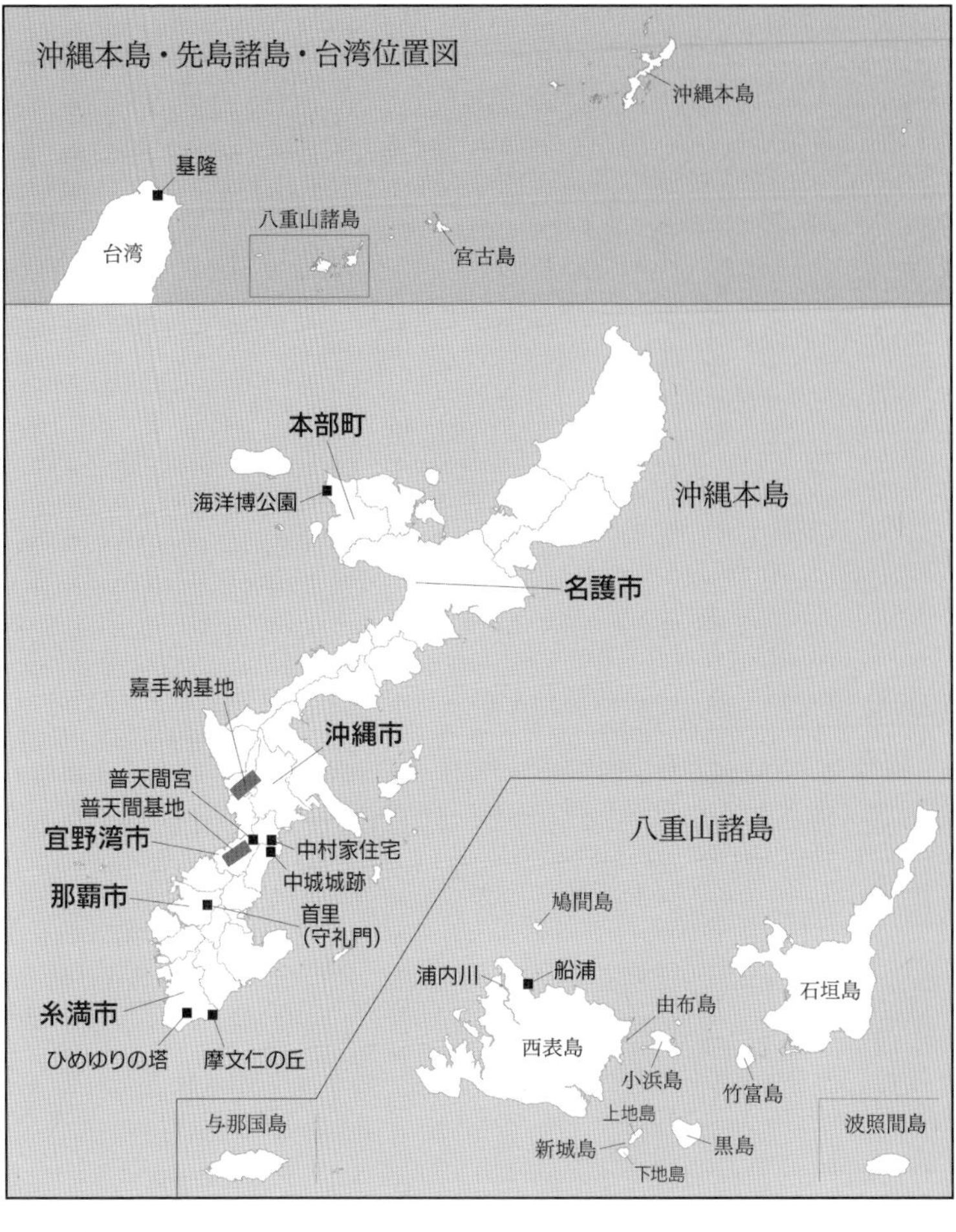
沖縄本島・先島諸島・台湾位置図
沖縄本島
基隆
八重山諸島
台湾
宮古島
本部町
海洋博公園
沖縄本島
名護市
嘉手納基地
沖縄市
普天間宮
普天間基地
宜野湾市
中村家住宅
中城城跡
那覇市
首里
(守礼門)
糸満市
ひめゆりの塔
摩文仁の丘
与那国島
八重山諸島
鳩間島
浦内川
船浦
石垣島
由布島
西表島
小浜島
竹富島
上地島
新城島
黒島
下地島
波照間島

船内のレストランでの食事が高くつくことを用心して、カップヌードルを何個か持ち込んでいた。熱湯は船内でわけてもらい、レストランとカップヌードル、一食おきに交互にとることにした。

沖縄行きに、ヒッチハイクという手段は使えない。むろん、鉄道のキセル乗車のような手だてもない。そう思い込んでいたのだが、三日目の朝、船が那覇港の岸壁に着き、下船するさい、予期せぬ光景を見た。

下船口のタラップの脇で、係員が待ち受けて、乗船券を回収している。だが、リュックサックを背負った二〇代くらいの女性が一人、ほかの下船客たちの列を掻き分け、乗船券回収の係員の前をすり抜けていった。気づいた係員が、とっさに、その女性の背中に向かって何か声をかけた。彼女は、一瞬、係員のほうを振り向いた。だが、すぐにまた向きなおり、前を行く下船客たちのあいだに消えていった。

その容姿には、見覚えがあった。二日前の夕方、大阪港の天保山桟橋から乗船するさいにも、彼女はタラップ脇に立つ係員の改札をすり抜けていたのである。そのときも係員が声をかけていたが、彼女は振り向きざまに後ろにつづく乗船者の列のほうを指さし、ひと言、何か答えた。たぶん、後ろから来る同行者が乗船券を持っている、とでも言ったのだろう。そして、彼女自身は、そのまま船内に入っていった。

あれは、「キセル乗船」の瞬間だったのでは？　混み合う乗船口で、係員は、若い女性客から「切符は後ろの家族が持っている」と聞けば、彼女を強引に引き留めるわけにもいくま

那覇港のビルボード。沖縄に到着して、最初に撮った写真

那覇軍港。米国陸軍の港湾施設

い。彼女の大胆不敵な手口（？）に感心しながらも、自分にこの手は使えないな、と判断するしかない。

バックパックを背負って、私は那覇港で下船する。隣接する那覇軍港（米陸軍が使っている）の脇を通り、近くの奥武山《おおのやま》にある那覇ユースホステル（現在の那覇国際ユースホステル）にまずは荷物を預けた。

そこを出て、那覇港脇の明治橋を渡って市街地に向かい、旭橋の職業安定所前から国際通りに入って、沖縄県警察本部、那覇警察署前を通り、牧志《まきし》公設市場のほうへと歩いている。

大衆的な市場の賑わいは、以来、幾度訪ねても、私を引きつけた。郷里の京都の街の公設市場とも重なる空気が、そこにはあった。飾らず、生気に満ち、明るい場所だった。

崇元寺《そうげんじ》石門へと、ここから裏通りの道をたどる。さらに歩いて、海辺近くの若狭公園、夫婦岩のあたりに出た。真昼の那覇の裏道の路上は、息苦しいほど蒸し暑く、汗がひどく流れた。コカ・コーラの自動販売機を見つけて、飲み干した。それでも、次に自動販売機を見かけると、また買いたくなっている。そうやって、波上宮《なみのうえぐう》へと向かうつもりで、海岸の乾いた道を歩いた。

あとで思えば、地元の人たちは、こんな陽射しの強い時間に、わざわざ遠出したりはしない。真昼どきに、汗をだらだら流しながら歩いているのは、もっぱら、よそ者かもしれないのだ。

また、次の日。

牧志公設市場にて

首里には、那覇の街のほうから、金城町の石畳道を上がっていく。切手少年だった小学生のころから、米国施政下の琉球政府が発行する「沖縄切手」の守礼門の意匠に憧れた。「守礼門復元記念」(一九五八年)の大判切手である。額面は三セント。そこでの守礼門は、優美かつ壮麗だった。だが、実際に目にする守礼門の印象は、ずいぶん華奢で、拍子抜けする気分を味わった。

太平洋戦争末期の沖縄戦で、旧都・首里の町も破壊され尽くした。戦後、もっとも早く首里で復元されるのが守礼門や園比屋武御嶽《そのひゃんうたき》の石門で、私がここを訪ねたとき、まだ首里城は再建されていなかった。首里城跡には、琉球大学の校舎が建っていた。この校地を郊外に移転させ、首里城正殿が復元されるのは、一九九二年になってのことである。

だから、本来は城の正門にあたる守礼門だけでは、広大な城域を背に、貧弱に映るのも無理なかった。それでも、龍潭《りゅうたん》や弁財天堂の眺めは、地元の暮らしになじんだ落ちつきを示して、深い印象を私にもたらした。

こういったことをしながら、私は、石垣島への船が出るのを待って、ひとまず、八重山諸島へと渡っていく。那覇港で琉球海運の「おきなわ丸」に乗り込み、出港するのが八月一三日、夕刻一七時。石垣港に着くのは、翌一四日の朝七時半である。

石垣島に到着すると、桃林寺や宮良《みやら》殿内《どぅんち》を訪ねている。桃林寺は一七世紀初頭、八重山諸島で最初に創建された仏教寺院。宮良殿内は、一八世紀初頭、八重山頭職《かしらしょく》という現地における琉球王朝の高位の役人の広壮な住まいである。琉球石灰岩による枯山水の庭があった。

波上宮

闘牛。日曜日の8月15日、夕刻からのナイターで行なわれた。石垣市・八重山闘牛場

翌日の夕刻には、町はずれで闘牛を見た。宿にしたのは、当地の石垣氏邸ユースホステルではなかったか。

裏石垣の川平《かびら》湾まで出向いて、美しい風光の浜で泳いだ。パイナップル農園の高みに上っていくと、定額で「パイナップル食べ放題」という掲示があった。野天のベンチに座って挑んでみた。だが、一個も食べきらないうちに、口中がちくちくと堪えがたく痛くなり、けっしてたくさん食べられるものではないことを知る。（パイナップルの果肉が含むタンパク質分解酵素が、口中の粘膜のタンパク質を分解し、そこを果肉の酸味が刺激する、というメカニズムらしい。）

現地で過ごすあいだに、旅の仲間ができた。彼らとともに西表島の船浦港へと渡った。たしか、八月一六日だったろう。「第三住吉丸」というサビの浮く五〇トンほどの貨客船が、片道二時間の距離を一日一往復している。朝九時に石垣港を出て、午前一一時、船浦港の桟橋に接岸する。

同行していた顔ぶれは——。

横浜あたりのＯＬだったかと思うが、「ユミちゃん」と呼ばれた女性。

三重大学の学生であることから、皆から「三重ちゃん」と呼ばれることになってしまった青年。

東京・渋谷あたりで勤務のＯＬ二人組。「姐御」と呼ばれたりしていたが、それぞれの名前を思いだせせないので、Ａさん、Ｂさんとしておこう。

高校生で、西川君といったかと思うが、間違っている可能性もあるので仮称である。もう一人、たしか大学生だったと思うが、男性のCさん。

皆、本州方面からの旅行者で、私を含めて総勢七人が、しばらく行動をともにした。

西表島は、八重山諸島で最大面積の島である。中央部一帯は深いジャングルが占めていて、島の東部の諸集落と西部の諸集落のあいだには、まだ道路が通っていなかった。私たちが滞在した船浦は、西部の集落の一つだが、その北東端にあたっていて、東部の諸集落とのあいだに、なお一〇キロほどの未通の海岸線をはさんでいた。

全島合わせて、当時、人口一四〇〇人余り、戸数五〇〇余りである。島の東部と西部のあいだで行き来の必要が生じれば、地元の人は、エンジン付きのサバニ（小舟）を使ったらしい。とはいえ、実生活上は、買い物するにも遊ぶにも、出向くとすれば、まずは石垣島の町である。船便は一日一往復だから、行けば必ず泊まりがけになる。港近くで宿をとるなりして、帰ってくる。だから、西表島の住民で、同じ島の反対側の集落に「旅行」したことがある者は、ごくわずかに限られていたという。

「民宿ヒナイ」という宿で、たしか二泊三日を過ごした。

そのあいだ、ただ、あちこちの浜に出て、泳いだり、潜ったりしていた。ゴーグルとシュノーケル、足ヒレをつけて、背丈よりいくらか深いところに潜るだけなのだが、珊瑚礁のいたるところに、赤、青、黄色と、さまざまな色と形の魚たちが隠れていて、いくら潜っても飽きなかった。

左から、横浜のOL（だったと思う）ユミちゃん、東京のOL二人組のAさんとBさん
西表島・船浦の民宿「ヒナイ」にて

前列左から、ユミちゃん、Bさん、Aさん、西川君、三重ちゃん

あるときは、モーターボートで、水量豊かな浦内川をさかのぼった。マングローブの群生、ジャングルの茂みを眺めて、島の中央部まで近づくと、マリユドゥの滝、カンピレーの滝という、見事な滝があった。

八月一七日の午後、船浦のはずれまで歩くと、道路工事の人たちが、地べたで車座になって、休憩を取っていた。島の東部と結ぶ北岸道路の工事だった。車座のなかほどにトランジスタ・ラジオが置かれており、夏の高校野球、甲子園大会の実況中継が流れていた。

この日、沖縄代表の豊見城《とみしろ》高校が、三回戦で栃木代表の小山高校と対戦することを私も知っていた。石垣島にいた一四日、豊見城高校は、初戦（二回戦）で鹿児島実業高校を撃破して、町のあちこちが、たいへんな盛り上がりだった。米国施政下の時代にも、沖縄の高校は、夏の高校野球の地方大会に参加して（一九五二年から東九州大会、六〇年から南九州大会）、甲子園大会への進出をめざしてきた。さらに「本土復帰」を経て、前年（一九七五年）からは沖縄大会の優勝校が、そのまま甲子園に進出できるようになった。そして、この年は、琉球王朝が長年の支配を受けた薩摩藩の地、鹿児島実業を破ったこともあってか、応援熱はいよいよ高まっているようだった。

前に述べたように、私も小学生のころ、夏休みは高校野球の京都地方大会に通いつめて過ごしたりした。当然、はるか沖縄から甲子園に乗り込んでくる、沖縄代表校の試合は気になった。名護、前原、石川、それらの沖縄代表校を覚えている。だが、この年の代表、豊見城高校は、好投手・赤嶺賢勇選手を擁して、さらにいいところまで行くのではないか、という期待感は、私にも伝染していた。

先制の一点が挙げられたことを、ラジオのアナウンサーが昂った声で伝えた。私は、豊見城高校が得点したと思い込み、とっさに、激しく拍手した。

すると、車座でラジオに耳を澄ませていた道路工事の人たちが、いっせいに私のほうに目を向けた。

どの顔も「いったい何だろう?」というような、無表情なまなざしだった。日焼けした顔に、白眼のくっきりとしたいくつもの顔が、こちらに向けられ、無言で並んでいた。

そのとき、やっと私は理解した。先制点を挙げたのは、小山高校の側だったのである。気まずかった。かといって、見ず知らずの人たちに、いま、ここで「すみません、間違えました」と謝るのも、変だろう。しかたなく、私は、「あ、相手……側の攻撃だったのか」と、わざと声に出して弁明し、その場から立ち去るしかなかった。ただし、幸い、この日も豊見城高校は見事に逆転勝利をおさめた。

「民宿ヒナイ」では、沖縄本島中部の沖縄市あたりから遊びに来ている短大生たち、沖縄っ子の三人組とも知り合った。たしか、そのうち一人は、比嘉さんという名前だった。彼女たちには、のちに、われわれが沖縄本島に戻ってからも、お世話になる。

西表島から石垣島にいったん戻って、そこから、竹富島へと渡った。八重山諸島では、どの島に渡るにしても、中心になる石垣島が「ハブ(hub)」の役割を果たしている。

竹富町は、石垣島近海の九つの有人島（竹富島、西表島、小浜島、黒島、波照間島、鳩間島、新城島〔上地島と下地島〕、由布島）から成る。だが、その竹富町役場さえ、所在地は町内ではなく、石垣島（つまり石垣市）なのである。竹富町を構成する九つの島、どの島からも交通手段があるのは、石垣島だけだからだろう。

石垣島から竹富島に渡るのに要するのは、たった一五分。西表島に渡った船より、さらにずっと小型である。

竹富島は、面積五平方キロ余り。珊瑚礁の隆起によってできた、小さく平坦な島である。石垣を備える赤瓦屋根の平屋の家が、島の中央部に美しく並んでいる。だが、こうした地理ゆえに、真水が少ない。生活用水には、島の中央部にある共用の井戸から水を汲み上げ、給水タンクに溜め、そこから各集落に送水する。雨も、貴重な天水として、屋根などから集めて、家ごとの甕《かめ》に溜めてきた。私が島を訪ねた前年（一九七五年）以来、石垣島からの送水管工事が行なわれていたが、まだ完成していなかった。

だから、島の人たちには、わずかな水も、まず洗面し、体を拭き、それを使いまわして洗濯、掃除、打ち水に使うというふうに、節水の文化が根づいていた。けれど、われわれが島の「ユースホステル高那」に宿泊するあいだも、現地の人から、このような節水を求められた覚えはない。いまも、いくらかの内心の痛みとともに、そのことを思いだす。

あのころ、竹富島は「星砂の浜」（有孔虫の殻が星の形の砂粒状になっている）が話題となって、若い旅行者が増えていた。観光という産業に、過疎の地の暮らしを支えるなりわい

西表島、マリユドゥの滝。立っているのは、西川君

竹富島の浜に投棄されていたゴミの山

として、期待がかかることは多い。だが、現地にカネを落とす側と、受け取る側の対等な接触が、成り立ちうるかは、なお難しい。

竹富島は、切ないほどに美しい風光の島だった。だが、その浜には、現地で処理しきれないほどのゴミも残っていた。およそ半世紀後、今日の国策的観光奨励策のもとでも、ここから抜け出る「観光」の展望は、いまだ見出しにくいままである。

沖縄本島、那覇に石垣島から戻り着くのは、八月二一日の朝だった。

東京・渋谷のOL二人組、AさんとBさんは、先に西表島から石垣島に引き上げたところで、皆と別れて、飛行機で東京への帰途についていた。高校生の西川君は、いったん石垣港に残って、那覇に向けて出港するわれわれを見送ってくれた。そして、ひと足遅れて、また飛行機で那覇まで追いついてくる。ユミちゃん、三重ちゃん、Cさんと私は、那覇まで船でいっしょに移動した。

ここから私は、自分の興味にまかせて、なるべく単独で行動することにした。とはいえ、ほかの面々も同じ那覇ユースホステルを根城にしたので、そこに戻れば、また彼らと合流することもあった。

那覇に戻った翌日。私は、ユースホステルの近くにある豊見城《とみぐすく》の旧海軍司令部地下壕を見学してから、普天間(宜野湾市《ぎのわん》)に向かっている。

普天間宮を訪ねてみたかった。那覇の波上宮もそうだったが、これらの場所は「神社」と呼ばれている。ただし、それは、明治期に「沖縄県」が日本国家に組み入れられるにつれ、こういうかたちに制度化されてきたということだろう。もともとは、この地の自然信仰にもとづく拝所《うがんじゅ》なのではないか。「神社」の鳥居を備えてはいても、カメラのファインダーごしに覗くと、日本内地の光線と違った陽射しの下に、ここにある風景が見えてくる。

普天間の町を歩き、ほど近い北中城村《きたなかぐすくそん》の中村家住宅まで移動した。一八世紀沖縄の住宅建築で、沖縄戦の戦火による破壊を免れ、現存する稀有《けう》の例である。

米軍普天間飛行場の敷地の広がりを眺めつつ、バスに乗り、那覇市内まで帰ってきた。ここに戻ると、また、牧志の公設市場や、焼物《やちむん》屋の並ぶ壺屋の町を歩いた。

横浜への帰途につくユミちゃんを那覇空港で見送ったのは、あくる二三日午前のことだったか。続いて、西川君も大阪行きの飛行機で帰っていった。さらに、同じ日の夕刻、三重ちゃんも、那覇新港から、有村産業の「フェリー飛龍」で、大阪に向かって岸壁を離れた。

このあと、私は、北部の本部《もとぶ》半島に向かった。華々しく開催された沖縄国際海洋博覧会(一九七五年七月~七六年一月)の跡地――いまでは海洋博公園として整備されたという現地を見ておきたかった。旅の仲間でただ一人、まだ沖縄に残っていた男子学生Cさんも、このときは同行した。当時、高速道路の「沖縄自動車道」は、まだない。だから、那覇から名護には、バスで二時間かかった。ここでバスを乗り換え、本部の海洋博公園まで行こうとすると、合わせて三時間半近くかかったのではないか。

海洋博公園には、海洋博当時からのジェットコースターや大観覧車が残っていた。また、

普天間宮にて

水族館の施設もあった。大きなガラス張りの水槽に、西表島や竹富島の珊瑚礁で見てきた色とりどりの魚が泳いでいた。だが、なぜか海のなかとは違って、侘しげな印象をそれは伴う。この日は、ふたたび南下し、真栄田岬ユースホステルに泊まったのではなかったか。

翌日、さらに南下し、中部の沖縄市に立ち寄った。前々年（一九七四年）まで「コザ市」と呼ばれていた町である。ここでは、西表島で知り合った、当地在住の沖縄っ子三人娘が出迎えてくれた。たしか、Cさんが連絡を取り合っていたのだろう。彼女たちの案内で、ゲート通りあたりの米軍放出品の衣料店などをCさんはめぐる。そのあいだ、しばし私は別行動で、通りの行き当たりにある、米軍嘉手納《かでな》基地のゲートの様子を見に行った。

基地入口となるゲートには、検問所とともに、それと向きあい、米軍敷地内だが日本側の税関支署の建物もあった。安保条約に基づく日米地位協定では、「合州国軍隊の構成員」は、米軍基地の飛行場や港湾などから、日本国内に自由に出入りできる——とされている。つまり、米軍の軍人・軍属らは、日本に入国するさいにもパスポートの提示を求められることがなく、したがって、出入国の記録も残さない。だが、同じく米軍基地関係者とは言え、彼らの家族（日本人もいる）、退役軍人などは、この窓口で出入国記録を残すことになっているようだった。

私は、このゲート付近でしばらく写真を撮っていた。検問所や税関窓口の様子も撮った。撮られる側も、見て見ぬ振りでやり過ごしているようだった。だが、しばらくすると、日本人の係員二人が、血相を変えるように猛烈な勢いで駆け寄ってきた。そして、

嘉手納基地の第2ゲート。沖縄市、ゲート通り

嘉手納基地、鉄条網越しの滑走路

「何を撮ってるんだ」

「ここは米軍基地内だぞ。写真を撮っていいわけがないだろう」

「さあ、カメラを開けて、フィルムを出してもらおう」

などと、強い口調で詰め寄ってきた。私自身、大人からこんなことを言われるのは初めてなので、たじろぐところがあった。だが、どうにかフィルムは抜き取られずに済んだ。

「……もう、写真をここで撮るんじゃないぞ」

と言い置いて、彼らは去っていく。

このあと、基地の周囲をぐるりと回りこみ、県道沿いの小高い丘の上から、基地内の滑走路や格納庫などの様子を撮影した。沖縄っ子の三人娘が、ここにも案内してくれたのだったろう。戦闘機が、次つぎ、着陸と離陸を間断なく行なう「タッチ・アンド・ゴー」の訓練を始めると、騒音がすさまじかった。軍用機をそれと意識して見たのも、私にとっては、これが初めてのことだった。

地元の三人娘は、このあと、郊外の中城《なかぐすく》城趾にも引率してくれた。中城湾を見下ろす風光明媚な場所で、子どもたちが弁当を広げていた。だが、その頭上にも、軍用ヘリコプターが轟音を響かせ舞っていた。

那覇に戻った翌日、さらに私は糸満の南部戦跡に出向いた。

「ひめゆりの塔」は、沖縄戦（一九四五年四月〜六月）の末期、看護要員として従軍させられていた沖縄県立第一高等女学校などの女生徒らが、ここの洞窟（第三外科壕）で看護活動にあたりながら、その大半、およそ九〇名が戦火によって死亡した場所である。

私がここを訪ねる前年、沖縄国際海洋博開催に際して、皇太子夫妻（現在の上皇夫妻）が初めて沖縄を訪問し（一九七五年七月）、ひめゆりの塔にも献花に立ち寄った。そのさい、これに反対する新左翼の急進派の活動家たちが、第三外科壕のなかに潜伏し、皇太子夫妻が参拝している献花台に火炎瓶を投げつける事件を起こす。

当時は、戦後三〇年。まだ、そういう時代だった。沖縄戦は、県民の数分の一にあたる、一〇万人以上の現地住民が戦火に巻き込まれて死亡する戦禍でもあった。どこの家庭にも、縁戚のなかに犠牲者がいた。三〇代以上の沖縄の人びとは、皆が、この凄絶な戦争の記憶を抱えて生きていた。

新左翼党派の跳ね上がった行動に賛同する者は、多くなかったろう。だが、戦争の最高指導者だった昭和天皇による沖縄への慰霊の旅は実現しないまま、皇太子夫妻が沖縄を訪ねることには、複雑なわだかまりを残していた。皇太子夫妻の目の前に火炎瓶が投擲《とうてき》され、犯人たちが連行されていく現場では、周囲に集まった群衆のなかから、しきりと囃《はや》したてるような指笛が鳴らされた。これをとらえた映像が残っている。それでも、皇太子夫妻は、事件直後も、沖縄の県民感情を真摯に受けとめる姿勢を通した。

沖縄戦終局の地とされる摩文仁《まぶに》の丘も、私はめぐって歩いた。日本軍に加わって戦没した死者たちを慰霊する碑が多く、現地住民や植民地出身者を含むすべての死者を悼む「平和の礎《いしじ》」（一九九五年建立）は、まだ造られていなかった。

嘉手納基地第2ゲート付近の警告表示

この碑の左手に見えるのが「第三外科壕」、その奥に見える白い建造物が「ひめゆりの塔」

糸満の町なかに戻る。

大きな門中墓《もんちゅうぼ》（同族一同の代々の共同墓）の敷地で、子どもたちが野球をしていた。港に出ると、大きな船のドックを眺める場所で、古い木造船が朽ちていた。

白銀堂という社があった。鳥居を備えて神社の体裁を取ってはいるが、巨岩をガジュマルの気根が縛りあげ、より古くからの拝所《うがんじゅ》であることが見て取れた。

旅の仲間たちは、ちりぢりに別れて、私一人が最後まで沖縄に残った。それでも、わからないことが多かった。書店をめぐり、沖縄に関する本を探したりしていた。那覇の街は、日暮れどきになると交通渋滞がとくに激しく、いっこうに動こうとしないバスの車内で、索漠と旅の疲れがつのった。

私が沖縄を発つのは、八月二八日、朝九時。那覇港発、大阪行き、琉球海運「だいやもんどおきなわ」の乗船客としてだった。

このときも、沖縄市在住の三人娘が、港まで見送りにきてくれた。いや、三人のうち一人は不参で、代わりに比嘉さんが妹を連れてきた。沖縄市から那覇港までは、バスで一時間はかかったろう。朝九時に出港を見送るためには、たぶん彼女たちは、朝七時前には家を出なければならなかったのではないか。

写真を見ると、この日、彼女らはおしゃれしてくれている。だが、同じTシャツを三枚買って済ませようとする横着者の私は、たぶん、そのことに気づきもしなかっただろう。面目なし。四五年後、いまになって、それが残念だ。

沖縄で最大の門中墓、「幸地腹《こうちばら》門中墓」で野球に興じる子どもたち。糸満市

出港の朝、沖縄っ子たちが、見送りにきてくれた。左が比嘉さん。
小さな子は、比嘉さんの妹だろう。那覇港

船は、岸壁を離れていく。

帰路、大阪に向かいつつある二等船室では、海水浴での日焼けがひどく、べろりと背中の皮膚がめくれて、痛みに苦しむ若者たちがおおぜいいた。

沖縄では、昼日中、海で泳ぐという行動に出るのは、内地からの観光客だけである。地元の人は、そもそも、あまり海に入らない。あえて海に出るなら、夕暮れごろ、Tシャツなどを着たまま、ぽちゃぽちゃ泳ぐ。珊瑚礁なら、当然、二枚重ねの靴下を履いている。あるいは、ビーチサンダルを履いたままでいる。海に出るなら、Tシャツや履物は、脱いではいけない。沖縄の海では、かえって、それらは必需品なのである。


京都の自宅に戻ると、二学期の学校が始まった。

国語の先生に、夏休みの読書感想文の宿題を提出しなければならない。遅ればせだが、私は、二本、読書感想文を提出することにした。

一冊は、沖縄で買った『写真と権力――沖縄・フィルム押収事件闘争記録』（報道の自由・吉岡カメラマンを守る会編、アディン書房、一九七五年）。

一九七一年に沖縄で行なわれた「11・10全島ゼネスト」のおり、那覇の泊港近くで、機動隊員がデモ隊から投げられた火炎瓶の焔《ほのお》に包まれ、死亡する事件があった。警察は、犯人逮捕への証拠を求め、那覇在住のフリーカメラマン・吉岡攻の撮影したフィルムを強引に押収した。本書は、この件をめぐる論評と法廷闘争の記録である。

もう一本の読書感想文は「時刻表」についてだった。

国語を担当する中年の女性の先生が、私の選んだ読書感想文の本のタイトルを見て、戸惑うような表情を浮かべたのを覚えている。だが、『写真と権力』については、何を書いたか、もう思いだせない。「時刻表」については、これを毎日めくることで、さまざまな旅の空想をめぐらせているという、ひどくロマンティックなことを書いた覚えがある。

いま思いだしても、それが恥ずかしい。なんで私は、そんな「読書感想文」をわざわざ提出したくなったのだろうか？

二つの短い旅の記憶

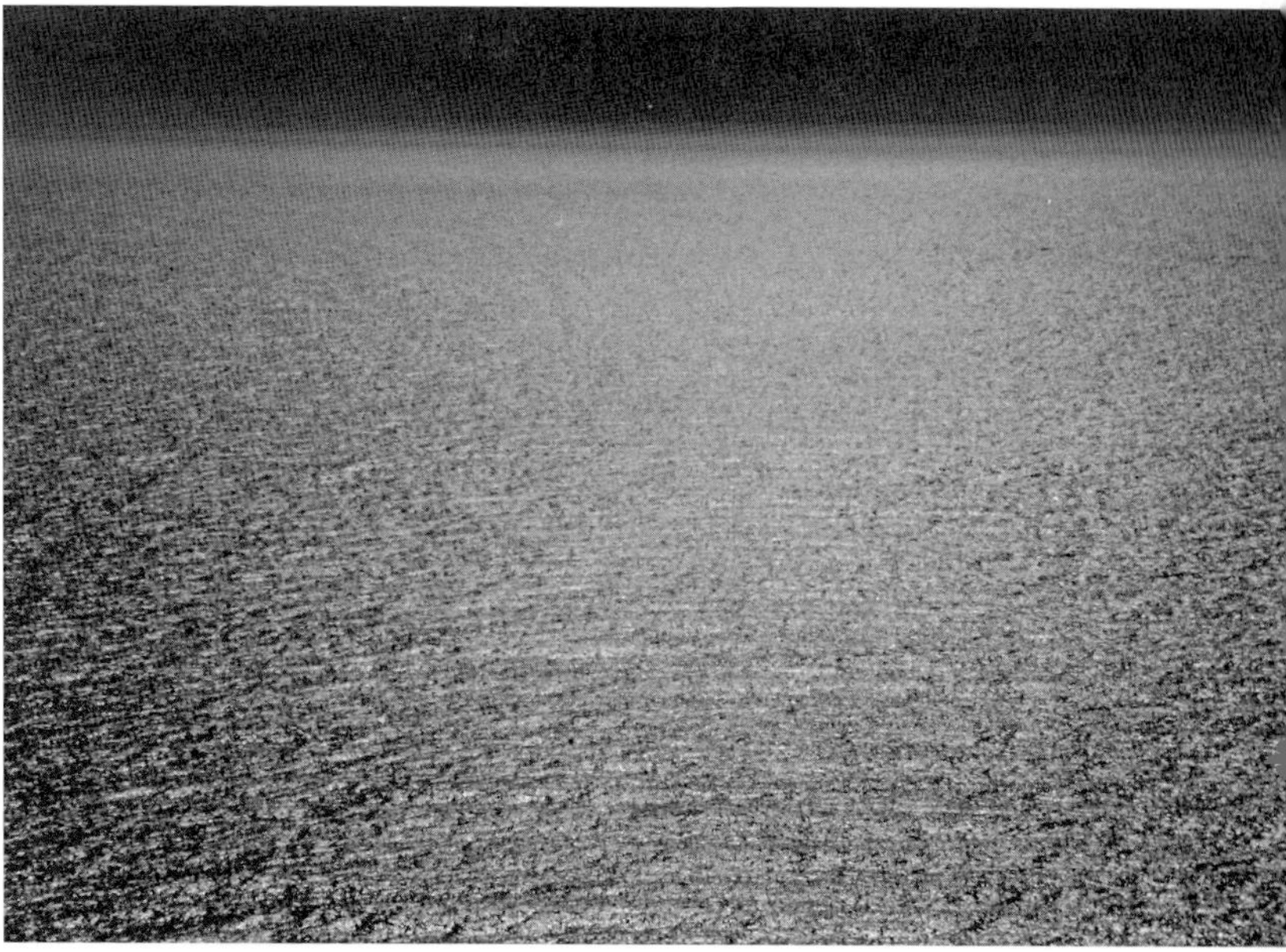

蓋井島、午後の湾内の海。蓋井島灯台付近から

一九七六年夏、中学三年生のときの沖縄旅行への出発は、前章で述べたように八月一〇日。それまでの夏休みの旅より、ずいぶん遅い出発だった。これには理由がある。

じつは、この年も、七月下旬、夏休みに入って早々、私は別の短期間の旅をしていた。その旅からいったん京都の自宅に戻り、あらためて沖縄への旅に出たのだった。

時間的に前後するが、七月下旬の短い旅の話もしておこう。

行き先は、山口県の日本海側、響灘《ひびきなだ》の沖合にある蓋井島《ふたおいじま》という面積二・三五平方キロほどの小さな島である。当時、人口はおよそ一五〇人だった（いまは、さらに減少し、三〇余世帯、八〇余人となっている）。下関市のはずれにある吉見漁港から、日に二往復、渡船が通っていた。

こんな島に、どうして私は行きたかったか。小学六年生（一九七三年）の冬、初めて北九州から山口県にかけての旅をしたとき、下関の火の山ユースホステルに連泊しながら、山陰本線の長門市方面でのSL撮影に通った。往復するたび、途中の吉見駅で、蓋井島への渡船が近くの港から出ているという掲示があることに、気持ちを引かれた。以来、いつか機会をとらえて、この島に渡ってみたいものだと思っていた。

ふと思いたち、この夏、その島で三泊という小旅行に、親しい同級の悪友、田村順一を誘った。一人旅が好きな私だが、こういう旅なら、田村と海で泳いだりして過ごすのも悪くない。あと半年余りで中学も卒業で、彼とも、ばらばらな進路を取ることになりそうだった。

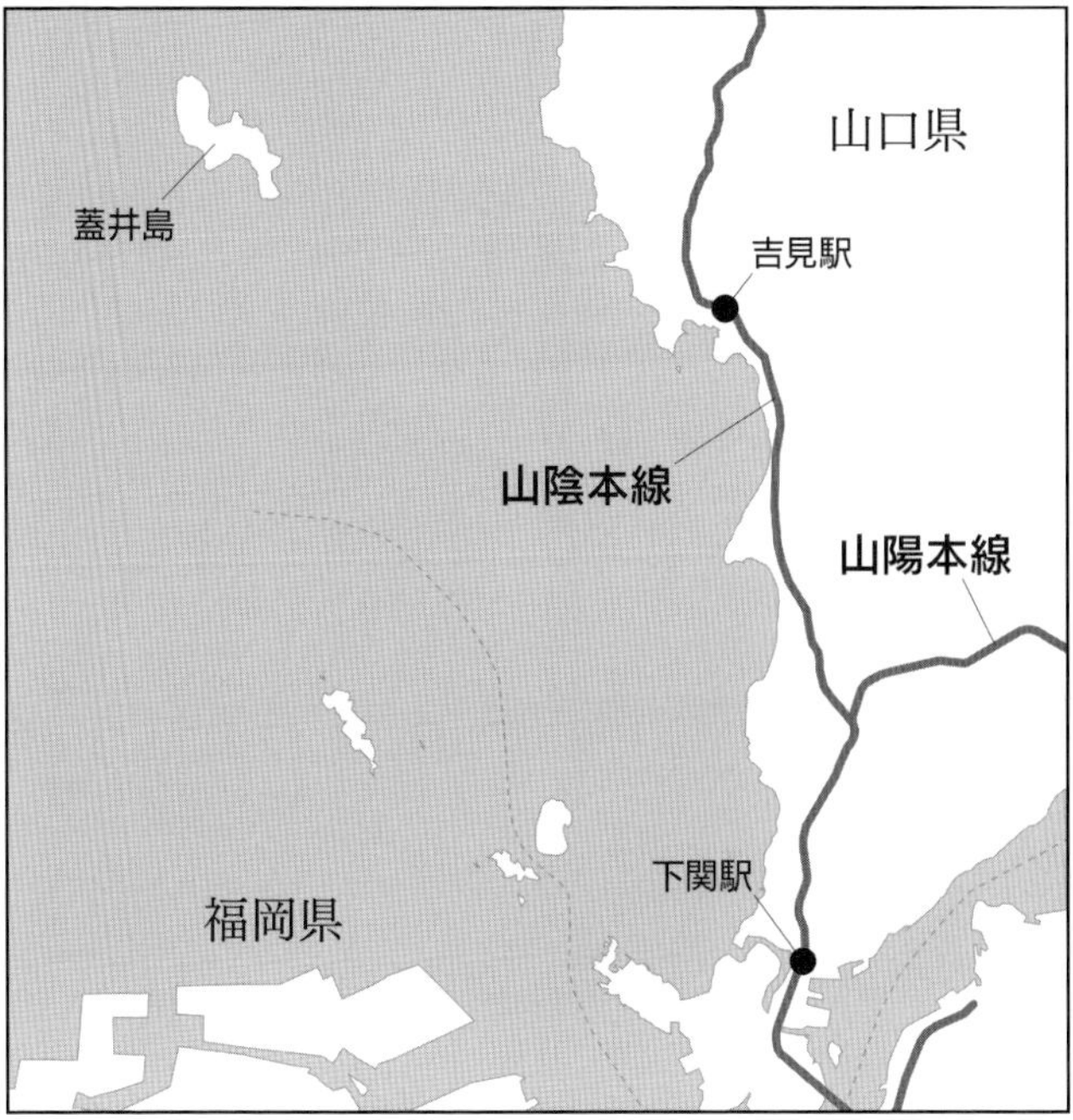

日暮れ過ぎ、京都駅の八条口で落ち合った。この駅の食堂街で夕食を済ませて、大阪駅から九州方面に向かう夜行の急行列車に乗り込むつもりだった。カフェレストランのような装いの店のサンプル台に「クレープ」という食べものが色とりどりに並んでいた。初めて見る食べもので、洋菓子なのか、料理の一種なのかさえ、判断がつかない。でも、とにかく、これを食べてみようか、ということにして、二人で別々のタイプの「クレープ」を注文した。実際に食してみても、なお、洋菓子か料理か、判然とせず、落ちつかない気分で食べ終えた。

大阪駅から乗車したのは、二〇時四四分発の大分駅行きの急行「くにさき」だったはずだ。下関駅着が、翌日の早朝六時一六分。山陰本線の各駅停車のディー

吉見漁港付近

蓋井島、港付近の全景。彼方に見えているのは、下関市吉母付近

ゼルカーに乗り換え、吉見駅に降り立つのは、朝七時二〇分である。

蓋井島への渡船は、朝九時ごろの出港ではなかったか。三〇人ほど乗れば満員という小型船で、島の人びとの生活雑貨や食品なども積んでいく。

四〇分ほどで、船は蓋井島に入港する。想像した以上に山が険しく切り立つ島で、人が暮らす集落は、この港を取り巻く、わずかな平地に限られている。

船を降りるさい、当然のことのように「入漁料」が徴収されたのを覚えている。三百円くらいではなかったか。島を訪ねるよそ者は、釣り客くらいに限られていたからだろう。ほかの同船者には、夏休みで島に帰郷するらしい家族連れが幾組かいた。

「どこに行くの？」

船着き場で係の人から声をかけられた。

「民宿を紹介していただけませんか？　三泊ほど滞在したいので」

と、頼んでみた。すると、

「宿なんて、ここにはないよ」

という、意外な答えが返ってきた。

田村と私は、驚き、困って、顔を見合わせるしかない。

係の人たちは、見かねたように、顔を寄せあい、何か小声で相談してくれている。やがて、彼らの一人が、こちらに向きなおり、こう言ってくれたのだった。

「そしたら、そこの建物、漁協のものなんだけど……」

港の脇にある、二階建て鉄筋コンクリート造りの古い建物を指さして、続けた。

「――二階に泊まれる部屋があるから、そこを使っていい。実費で、一泊五百円、これは隣の建物の漁協窓口で払ってくれ。ただし、メシは自炊だよ。一階の厨房に鍋や炊飯器はある。港の売店で、パン、米、野菜などの食料品、飲み物なんかは売っている。肉が欲しければ、売店で頼んでおくんだ。そうすれば、次の日、船の者が吉見の肉屋で仕入れて、渡船で運んできてくれる」

こんな次第で、われわれはそれから三泊、蓋井島漁協の建物で自炊しながら寝起きした。大きな建物だが、夜間はほかに誰もいなくなる。

カレーライスを作ろうとした。いや、初日はインスタントラーメンくらいでしのいで、カレー作りに取りかかるのは、売店で頼んだ肉の到来を待って、二日目になってのことだったかもしれない。

私は、幼時から母が外で働いていたので、ずっと〝かぎっ子〟で育った。だから、「自炊」くらいはできそうなものだが、実際は逆だった。小学生のあいだは、買い置きの菓子でも食べて空腹をしのぎ、あとは、母が帰宅して何か作ってくれるのをじっと待っている。まだ電子レンジなどとは縁のない暮らしで、子どもが火元に触れるのを母が恐れていたこともあったかもしれない。

中学生になると、喫茶店「ほんやら洞」でアルバイトしていたのだから、厨房でピザトーストやフレッシュジュースを作りはする。いや、それこそカレーの仕込みもした。大きな寸胴で野菜や鶏ガラを煮込んでスープストックを作り、手製のカレールー（これは、中心格の男性スタッフが担当する）から拵《こしら》えていくというものだった。だが、これを個人生活の「自炊」に転用するという知恵や積極性が私にはなかった。店で「自家製カレー」を教えられた手順通りに仕込むことはできるが、市販の「バーモントカレー」の即席ルーで適当に「自炊」をするとなると、段取りの見当もつかない。まったく無能な状態に陥ってしまう。

田村のほうも、両親が共働きで、下に妹が二人、という私と似たような家族構成だった。いや、それと関係があるかはわからないが、ともかく彼も調理については無能者だった。二人がかりで、懸命に「バーモントカレー」の自炊に取り組むのだが、まったくおぼつかない。水が多すぎたのか？　じゃあ、ウスターソースを足してみようか。それでも味が薄い気がするので、ケチャップも……。と、漁協の厨房であれこれしているうちに、大鍋に溢れるほどの「カレー」ができてしまった。それでも、なお、どうもちょっと違うのでは……という味である。

飯を炊き、これを食い、あとは、夜の港に出て、堤防に寝ころんだりして過ごした。私は、缶ビールも飲む。田村のほうは、まだ酒類は体が受けつけず、ひとくち、ビールを口に含んで、仰向きのままそれをクジラの潮吹きのように噴き上げたきり、もう口はつけずに、夜空を見上げていた。花火を始める親子たちの影もある。静かな島の夜が、そうやって更けていく。

蓋井島灯台前に立つ田村順一。背後の建物は、灯台守の家族宿舎

「山の神」の森への入口に立つ筆者

港のすぐ横の岩場が、海女たちの仕事場になっていた

蓋井島の港から、本州方面を望む

蓋井島では、軽トラック、ライトバンのような車両を幾台かは見かけた。だが、それらも、港周辺での運搬程度にしか使いようがない。ナンバープレートも外されていたように記憶する。つまり、車両登録されていない状態で使われていたわけで、この付近は公道とはみなされていなかった、ということではないか。普段は、駐在する警察官もおらず、吉見の駐在所が所轄することになっていた。

港の売店のほか、小さな銭湯が一軒あった。普通の古びた木造民家のような建物である。「商店」と呼べるような島内の施設は、この二箇所だけだった。あとは、小学校が一つ。この蓋井小学校を卒業すると、中学生たちは吉見の中学校に渡船で通う。朝の渡船で登校し、夕方の渡船で戻ってくる。

集落をはずれた山上に白亜の灯台があり、当時は、敷地内の宿舎に、まだ灯台守の一家が暮らしていた。海に近い木立のなか、コンクリート造りの段々の道が、そこまで登っていく。ハマグリ大の赤い甲羅の蟹たちが、そんなところまで這い上がってきていた。

港の外は、すぐ岩場の磯になる。そこでは、地元の中年の女性たちがダイバー用のスーツを着け、海女としてサザエやウニなどを獲っていた。海から上がると、彼女らは無造作に上半身裸になって暖を取ったりするので、町育ちの中学生男子としては気圧されるところがあった。春にはヒジキも採れる岩場である。

港のスロープの船陰で、老人も若い女性も木箸をせっせと動かして、サザエやウニからごみや小石を取り除く作業を続けていた。漁具を繕う男たちの姿もあった。

港のはずれには、八幡さまの社がある。

さらに集落を離れると、「山の神」の森がある。谷地に沿って、一ノ山、二ノ山、三ノ山とあり、少し離れた開けた谷地に四ノ山がある。六年に一度、山に入って、供え物をし、山の神に感謝をあらわすお祭りが行なわれるとのことだった。

山に分け入って、さらに高みへ登ると、戦前にコンクリートで築かれた砲台が残っていた。響灘は、馬関（関門海峡）という要衝への入口にあたり、堅固な防御が図られていたのである。

近くの山の鞍部に、島の反対側へと越える小道が通っていた。ここを抜け、人影のない浜に降りて泳いだりした。

蓋井島では、ただこうやって三泊四日を過ごした。最後の日、遅い午後の船で島を出る。傾きだした陽光が、波にきらきらと映っていた。

●

沖縄から京都に帰ったあと、一九七六年の秋、私は中学三年生なりに何事かを考えながら過ごしたようだ。

その時期、自分の部屋の様子を写真に撮っている。勉強机の上には、越前大野で買い求めた雪人形、青森の温湯《ぬるゆ》で制作途中のものをわけてもらった津軽系こけし、アイヌのニポポ

（木製の人物像）なども見える。

雑誌「思想の科学」からの原稿依頼らしい封書が写るカットがある。日付は、昭和五一年（一九七六年）一〇月二二日。差出人は、同誌の編集者・竹沢孝子さんである。私は、同誌一九七七年一月号の特集〈「買う」ことを考える〉に寄稿しており、それに向けての依頼状だったかと思われる。ちぎったノートの用紙に、私の文字のメモ書きが、こんなふうに並んでいる。

「①なぜ沖縄を旅行先として選んだか
②沖縄の現状
③沖縄の戦場
④沖縄をどう考える」
また、べつのレポート用紙には、こうした自問に、自分なりの回答を試みたような書き込みが見える。たとえば、
「――①　なぜ沖縄を選んだか
混とんとした毎日が面白くなく、刺激や問題意識のある所へ行けば、何かを得、考えられるのではないか。『沖縄』と言う物を見ておこう。
↓
失敗。思考し問題意識を持ち勉強して初めて『沖縄』の意味があると思った。」
こうした内省ゆえか、実際の「思想の科学」への寄稿文では、「沖縄」に触れずに終わっ

筆者の自室の勉強机。アイヌのニポポ、津軽系こけし、越前の雪人形などが見える
フィルムのパトローネも

ている。

この秋は、昭和天皇の在位五〇周年にあたるとのことで、記念式典当日の一一月一〇日、これに反対する京都の大学生たちも、各大学合同のデモを行なった。

デモは、日没後、京都御所北側の同志社大学正門前を東に向かって出発して、「ほんやら洞」の前を通り、寺町通を南下後、御所東側の立命館大学広小路学舎前で同校の学生たちの隊列と合流する。そこから、河原町通を南行し、市役所前を通り、四条河原町で東に進路を変えて、祇園の円山公園で解散、という道のりだった。

私は、このデモ隊の脇につき、写真を撮りながら、歩道の上を歩いていた。デモ参加者はさほどの人数ではなかったが、「天皇制反対」という主張のゆえか、機動隊による警備はそれに倍するほどに厳しく、さらに目につくのが、沿道の私服警察官らの数の多さだった。「私服」とは言え、彼らはトランシーバーを使って警備の連絡を取ったり、フラッシュをさかんに焚いて参加者の写真を撮ったりする。ことさら沿道の市民のなかに身を潜めている、というわけでもない。むしろ、ときに機動隊員たちを手伝って、目をつけた学生を隊列から引っぱり出して、そのまま逮捕したりしていた（こうした際には、たいてい「公務執行妨害」による現行犯逮捕、という理由づけがなされる）。

カメラ小僧の私としては、そうした官憲の動きは目に余るものがあると感じて、彼らの活動ぶりを執拗に撮っていた。カメラを向けていることが、彼らに自制を促す効果があるだろうことも期待した。だが、カメラ小僧がちょろちょろしていることは、どうやら、彼らの神経を逆なでしてもいたらしい。

デモの終盤、南座の前を過ぎ、四条花見小路に差しかかるあたりで、私は、「デモ参加者を撮影する私服警察官たち」という構図の写真を正面から撮った。すると、その瞬間、刑事の一人らしい男が、私を指さし、

「おまえ、何やっとるんや！ 肖像権の侵害やぞ！ カメラからフィルムを出せ！」

と怒鳴った。同時に、数人の私服警察官らしき男たちが、私に向かって駆け寄ってくる。私は歩道上を逃げようとした。だが、追いつめられて、逃げ切れず、角の化粧品店にやむなく飛び込んだ。男たちは、ここまでは入ってこないのではないかと、いくらかは期待していた。だが、むろん、彼らも容赦なく店に飛び込んできた。

「何しはるんですか！ 外に出てください」

店の責任者らしい女性に断固たる態度で追い立てられて、私も私服警察官たちも、もとの路上に出されてしまった。もう、これで捕まって、カメラからフィルムを抜かれるかもしれないな、という覚悟が頭をかすめた。

それでも、こうした右往左往が時間稼ぎにはなったようで、デモ隊の救援対策のスタッフ（若手の弁護士ではないか）が、その間に追いついてきてくれた。

「公務中の警察官に、肖像権は認められていないぞ！」

彼は大声で叫びながら、われわれのあいだに割って入った。その隙をつき、私は四条通の

「天皇在位50周年」式典に反対する学生たちのデモ。1976年11月10日、京都市役所前

（右）京都市電と並んで河原町通を行くデモ学生たち。荒神口付近
（左）デモ隊についてのメモを取る私服警察官

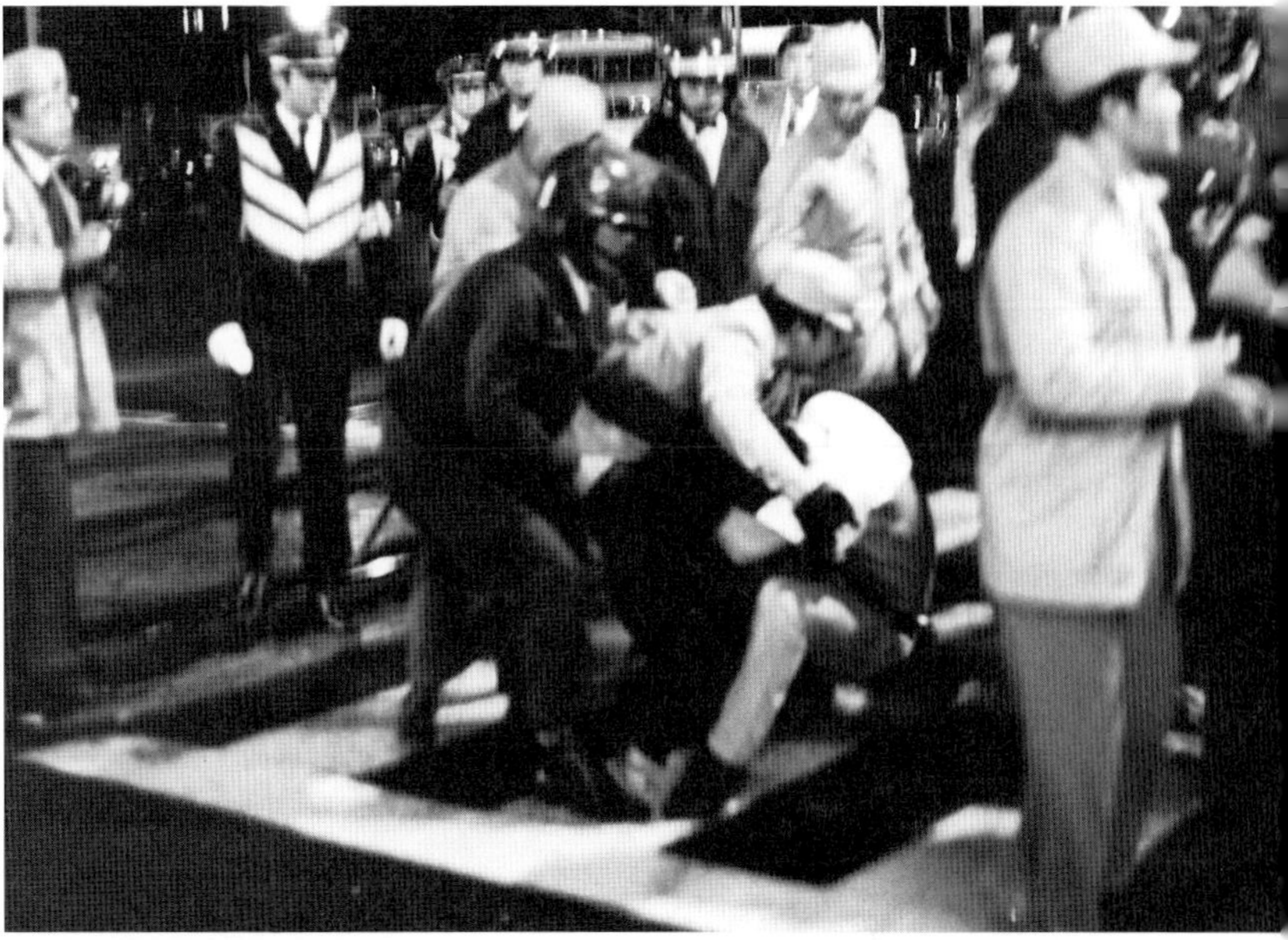

機動隊員と私服警察官が協力して、デモ参加者を隊列から引っこ抜いて逮捕した。四条河原町付近

（右）四条通の車道を行く私服警察官たち。路面には市電の軌道がある
（左）デモ参加者を撮影する私服警察官たち。このカットを撮った直後、彼らから追われることになった

歩道を東に、つまり祇園方面に向かって逃げだした。

ところが、祇園の八坂神社前の北西側の一角には、デモ隊を待ち受ける機動隊員たちが、すでに整列して集結していた。私は、そのなかに飛び込んでしまい、ふたたび彼らに取り囲まれる状態に陥った。

「どこに行こうとしてるんだ？　何の用事で」

と、誰何《すいか》された。

カメラを持っているので、これを生かすしかないと考え、

「修学旅行に来たんですが、仲間とはぐれてしまって」

と答えた。

「しかたがないな。早く、あっちへ行くんだ」

それで、どうにか解放してくれたのだった。


「思想の科学」一九七七年一月号、特集〈「買う」ことを考える〉に寄稿したのは、結局、この日のデモについての感想めいた一文である。同号の発売日は、年末の七六年一二月二五日。だから、おそらく、デモから間もない一一月中に書いたものだろう。いま読んで、少し意外に思うのは、この文中で私が述べる力点が、デモ当日の実体験のなかでの気持ちの動きと、かなり隔たったところに置かれている、ということである。この開きは、何によってもたらされるものなのか？

デモの当日、私は、デモ隊側の言動よりも、警察側の対応を不当なものに感じていた。デモ隊の先頭部分の数十人は、赤ヘルメットと覆面、「天皇制解体」などという勇ましいスローガンを記した旗竿とで、かなり虚勢を張っている。だが、実際には、物理的な暴力手段において警察側の優位は明らかで、そんな状況下でデモ参加者の写真を公安警察が片っ端から撮るというのは、表現・言論・集会結社の自由に対する過剰な抑圧であるように、私の目には映っていた。

一方、「思想の科学」に寄稿した一文(「天皇在位五十周年を通して——一中学生からの視点」)で、むしろ私は、デモ隊側の倫理性の低さを問題としている。この二つの考えは、両立しないわけではない。だが、何かを外に向かって書こうとするとき、あえて、後者の視点を採ろうとしたことに、私は、当時の自分なりの主体性の置きどころを受け取った。

冗長ではあるが、全文を引用してみよう。ここで記名している「北沢恒」は、私の本名である。

天皇在位五十周年を通して
——一中学生からの視点

北沢　恒

この混沌とした心のやり場の無い毎日に一つの区切りと一つの起動源が得られればと先日、天皇五十周年式典反対のデモの横について京都の同志社前から円山公園まで歩いた。

しかし、結果として僕に残ったものはデモ隊に対する警察の卑劣な弾圧への憤りや、まして天皇制の仮面をかぶった国家体制などへの憤りのようなものよりも、ますます暗礁へ乗り上げてしまったような市民運動、そして、それを目前に見ながら、それをどうする事も出来ないまま、この時代の渦に巻き込まれつつある自分への焦りとも落胆ともつかぬ、ただ、もやもやとしたままの、みじめな気持ちだけであった。

赤ヘルが六十、一般参加者もほぼ同数、そして僕のように横についたのが数百いたと思う。そのほとんどすべてが大学生と見受けられた。角材を持った私服や鉄壁の如き楯を持った巨大なロボット機動隊の殺気みなぎる警備の中、デモ隊は「戦犯ヒロヒト」を「帝国主義の粉砕」を「右翼粉砕」を「朝鮮人民との共闘」をシュプレヒコールをくり返しながら進んだ。しかし、それに並行する学生達が「朝鮮人民との共闘」を叫びながら立往生した市民の車を殴り、蹴った事も僕はこの両眼で確かに見たのである。

デモ隊は無理にジグザグに移ろうとしたのか、機動隊が介入したのか分からぬが度々スクラムを組んで機動隊と殴り合いのような様子を見せた。それは回りの人々のヤジ、怒号と混じって、僕にはいつか見たけんか祭りのように見えた。しかし、その僕には無意味とも見えるもみ合いの中で幾人かの〝同志達〟が引っこ抜かれ、犯罪者として逮捕されていたのである。

何かに酔いしれたような目の学生が多かった。酔えないような学生もいたようである。僕もその一人だった。その何が何だか分らぬような混乱の中で、僕は歯の無い歯車の空回りのような歯ぎしりの如き屈辱を心の片隅で感じていた。

円山到着後、集会が始まった。何年か前の物と変化は無く依然として、かすれた声で何かまた「朝鮮人民との共闘」や「反日共」、「反革マル」、ロッキード事件や「天皇制イデオロギー」についてなんか、くり返し、くり返し叫ばれた。こぶしを振り上げシュプレヒコールをして肩を組み「インターナショナル」を唄って集会は終わった。途中、何回か、昔流行《はや》った「ナンセンス!」の声が飛んだ。五里霧中、僕はただ、なぜか〝シラケた〟のである。「みんな同じなんだなァ。」と思った。すべき事が分からないような僕自身をデモの中で見てしまったような、そんな感じが、デモを終えて残った。「こんな世の中なんかな？　やっぱり。」と一人思った。

もっと、もっと幼い頃、父に連れられよくべ平連なんかのデモに行った。子供がいた、学生がいた、大人がいた、老人もいた。そして、もっと何かシラケてなかったような気が今、想い返すとする。戦争もあった。安保もあった（今でもあるのだが）。しかし、格好よく言うと、みんな、もっと何かが見えてたような気がする。

そして今、デモ隊は大学生だけである。とても市民運動とは見えない。ベトナム戦争は終わった。日本の経済も一応、伸びる所まで伸びた。レジャーにも事を欠かないし、社会全体として取り立てて目に見えた不満も無いように見える。しかし、僕は、僕だけでなく、この社会全体に、もやもやとした、すっきりしない空気が流れつつある事を感じる。それはこの世を凝視する人の目を覆おうとするモヤである。それが何か僕ははっきり分からないがそれが「ここにあるな」と言うのはそれとなく分かるような気がするのである。

極めて観念的で一人よがりな話になるが、僕にはそれが何者かによって意図的に作られたような気がする。そして何かを意図的に隠しているように思える。それはこの世のみにくさであり矛盾である。しかし、それを覆い隠そうとする「何者」かを単に国家体制とかデモ隊の言った「天皇制イデオロギー」のみに見つける事は僕には難しい。それは、ここ何年来で積み重ねられて来た社会的な現象であり、それを生み出したのはその社会を形成する僕達一人一人の内的な思考の変化に帰する物が多いと思う。

高度成長も終わりを告げたが、一応、物は何でも在る時代になった。在る物を得る生活の欲求に僕等の視点は集中し、創造する生活の欲求は見られない。それは最近の画一化されたファッションからも分かると思うし、そのファッションへの意識が最近、特に国民全体に広がったような所からも分かると思う。

それをまた助長しようとするのが以前から言われている、いわゆるテレビ文化である。それらの社会的な風潮で競合的に成り立つ〝今〟の文化の単位は「買う」事である。「買う」と言う文化は否定できないと思うし、悪い風潮でも無いと思うのだが、しかし、今の僕はこの「買う」ことへの呪縛から抜けられずにいるし、恐らく社会全体としてもそうだと思う。「買う」ことへの信仰的な至上主義。その僕達の内側に潜んでいる意識によって実際の社会へ眼を向けるゆとりや意識が妨げられようとしているのなら本当に恐ろしい事だと思う。

今、僕達に必要なのはその買物信仰からの脱却であり、何者かによるコントロールからの脱出である。今の小さい僕には見えないけれど、そこにはきっとおそろしい怪物が潜んでいるに違いない。

前にも言った通り今の、少なくとも日本人の生活にとって「買う」生活は不可欠であるし、今の僕にも必ず「買う」事が必要である。だが今の僕達に必要なのはシラケていないと言われる世代ながら、一つだけシラケていない買物信仰をも棄て切る事である。そして、醒めた眼で、どこまでが買う事が可能か、何を僕達自身で創り出さなければならないか？　それを見極める事である。

革命は決して買う事が出来ないし、世直しも決して買う事は出来ない。それは分かり切っている事である。しかし、すべての物質に恵まれている僕達「シラケ世代」にとって、それを逆に冷たい眼で見つめる事はとても難しい事である。

しかし、そこに初めて「革命」がある事は見えている。僕達の世代にとって革命とは、この時代をも完全にシラケ切る事にあるのかも知れない。それには天皇制よりも恐ろしい内なる敵を斬らねばならないが。


「内なる敵」とは、どうやら、自分のなかに疼いている「購買欲求」だとでも言いたげである。それが、「天皇制よりも恐ろしい」？

自炊でカレーひとつ作るにも四苦八苦している少年が、こんなに「買う」文化を否定してかかって、だいじょうぶか？　本人もいささかそれを自覚するところがあってか、終盤はひどく論旨が空転する。それでも、その「もやもや」とした当惑のありどころは、およそ半世紀を隔てて、いまの私にも伝わってくるところがないでもない。

要するに、一五歳の私にとっては、デモ隊のシュプレヒコールに反映する空疎な紋切り型と、そこに潜む独善性とが、気持ち悪い。

「朝鮮人民との共闘」って、どんなことをさしているのか？

数カ月後に中学卒業を控え、このころ私は気持ちが落ちつかず、憂鬱だった。中学卒業は義務教育期間の終了ということを意味しており、私たちのような不良仲間では、進学はせず、働く、という者も多かった。むろん、そこには、勉学の好き嫌い、成績の良し悪しも関係する。だが、それは、原因というより、むしろ結果に類することだろう。実際には、家計の状態、家庭環境の違いが、進路の選択には、はるかに大きく影響している。というより、親やきょうだいたちに、ちょっとした勉強上の質問に答えられる人がいたなら、学校で良い成績を取るのは、はるかにたやすくなるだろう。学習塾に通える経済的なゆとりがあれば、授業から落ちこぼれるリスクは確実に減る。

「成績」という概念は、そうした社会的背景を捨象して、当人の能力や努力に、責任を押しつけすぎてはいないだろうか？　現実には、社会生活のスタートラインの位置自体が、大きく差別されているではないか。

このころ、私がもっとも仲が良かった友人の一人は、下鳥羽の恋塚寺に近い鴨川東岸の河川敷に、トタン屋根を寄せあって建つ五、六軒のバラック長屋のひとつに住んでいた。当時、鴨川べりの河川敷や堤防には、ところどころ、まだこうした大小の規模のバラック長屋が残っていた。一方、こうした景観を「美化」しようという行政の動きも強まり、この友人の住まい近くの堤防ぎわにも、「ここの建造物は公有地を不法占拠した状態にあるので、早急に立ち退いてください」との行政機関名による掲示が立つようになっていた。

彼は、中学を出てすぐに働いている兄貴二人と、祖母といっしょに、その家で暮らしていた。姉も一人いたが、すでに嫁いでいた。母親は早くに亡くしていた。父親は、離れた土地のパチンコ屋などで働いて、年に幾度かぶらっと帰ってくるが、すぐにまた姿を消してしまう。

並びの一軒にも、いくらか年上の不良少年の一家が住んでいた。また、チマ、チョゴリの制服で朝鮮高校に登校していく少女がいる家もあった。

私の友人は、痩せてはいるが、すでに一九〇センチ近い身長になっていた。中学入学後まもなく、一度、ふっかけられて彼と喧嘩をした。そのあと仲が良くなり、年中、互いの家を行き来していた。新聞配達に加えて、彼は年齢を偽り、名神高速道路の料金所で通行券を手渡すアルバイトもしていた。深夜から朝方まで続く仕事である。

彼は、「北海道って、どんなとこや?」と、私の旅に興味を持っていた。だから、蓋井島に行くとき、本当は彼も誘いたかったが、仕事を休ませることになるので黙っていた。

兄貴二人は、自分たちは中卒で働かなければならなかったが、おまえは高校に進学すればいいと、彼に勧めてくれている、とのことだった。それで、考えてはみたのだが、九州の大分にサラ金の働き口がある。「せやし、やっぱり、中学を卒業したら、そこに行くことにするわ」と彼は言った。

この友人は、在日韓国人の三世だった。——だが、大学生のデモ隊が叫ぶ「朝鮮人民との共闘」と、そのことのあいだに、いったいどんな関係があるのか? 一五歳の私が苛立っていたのは、そういうことでもあったろう。

年が明け、一九七七年正月。友人たちと、京都市内の北野天満宮に初詣に出向いている。学問の神様、菅原道真が祭神だけに、受験生たちも多くが参拝する神社である。この冬休み

初詣客の賑わい。北野天満宮

北野天満宮社頭にて

のあいだに私が撮ったフィルムには、家族と食べたクリスマスケーキ、正月の晴れ着姿の妹と弟を写したコマもあるから、いちおうは受験生らしく、家でおとなしく年を越したということだろう。

だが、それでも、やはり落ちつかない。

「成人の日」にかかる一月一五日、一六日の連休を生かして、私は、新潟県出雲崎に短い旅をした。出雲崎という土地については、わずかな知識しかなかった。

一つは、日本では珍しく、尼瀬油田という小規模な油田・油井があるということ。

もう一つは、松尾芭蕉が「荒波や佐渡によこたふ天の河」の俳句を詠んだ地だということである。

良寛の出生地だということも知っていたかもしれない。だが、当時の私は、良寛になど興味がなかった。

高校入試直前の時期、たったそれだけのことしか知らない遠方の土地まで、なぜ、出かけていこうとしたのか。いまとなっては、もう思いだせない。ただ、そういう場所にこそ、ぶらっと行ってみたくなったのではないか。

青森行きの急行「きたぐに」に京都駅から乗るのは、連休前日、一月一四日の夜だったろう。柏崎駅着が、翌一五日の朝七時前。ここで越後線に乗り換え、出雲崎駅に着くのが、八時二七分だった。

駅に降り立ち、意外だったのは、ここが、ただ雪に覆われた内陸の土地だということだっ

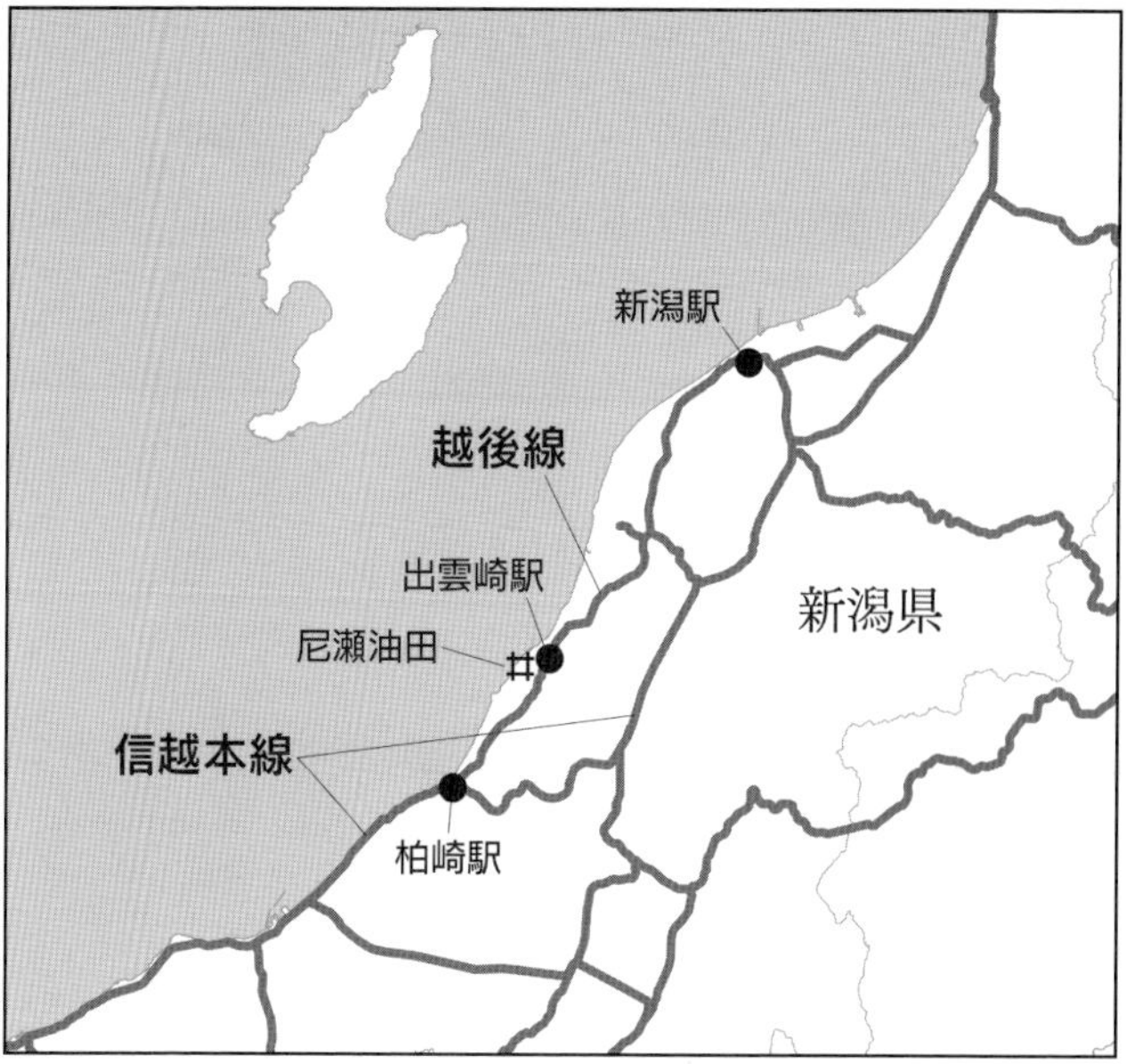

た。芭蕉の「荒波や」の俳句を頼りに、訪ねてきた。だから、駅の外には、冬の荒海がひらけているとばかり思い込んでいたのだ。現実には、雪の道の行く手に、小高い丘陵地が広がっている。海べりまで抜けるには、この丘陵を越え、三キロほどの道を行くしかない、とのことだった。

北海道の厳しい冷気の下のパウダースノーとは違い、新潟の道や屋根を覆っているのは、たっぷりと水気を含んだ重たい雪である。それにも意気阻喪して、海まで歩いてゆくのは早々に諦め、駅周辺の町並みをひと通り歩いただけで、もう、今度の旅は、これでよしとしようという気になった。

昼ごろの列車で、新潟駅方面に向かって移動した。雪に包まれた旧新潟県庁（新潟市学校通一番町、現在の新潟市役所の場所）前の写真を撮っている。新潟駅の一つ手前、最寄りの白山

雪の越後線、出雲崎駅

出雲崎駅付近

駅で降りて、雪のなかをそこまで歩いてみたのかもしれない。

日が暮れ切ってから、新潟駅前の暗い照明の喫茶店に入り、大阪行きの夜行の急行「きたぐに」の到着を待つあいだ、時間をつぶした。ジュークボックスに硬貨を入れ、丸山圭子「どうぞこのまま」をかけたことを覚えている。マイナーコードのボサノバで、心もとなげな歌声が流れた。


公立高校入試は、三月に入ってのことだったろう。試験の前日も、同級の友人二人と、伏見・大手筋のパチンコ屋にいた。

この友人の片方は、田中明彦。小学校六年のとき、私を初めてのSL撮影行に誘ってくれた友人である。そのころは、大柄で早熟、かなりエッチで、鉄道関係の情報にも断然通じていた。だが、中学に入ると、無口でおとなしいキャラクターへと路線転換を果たした。不良グループの一隅に顔を出すことはあるのだが、彼自身はいたって物静かで、何か悪さをするわけではない。とはいえ、この日は、さすがに夕方が近づくと、翌日の試験が気にかかっていたようで、「おれ、先に帰るわ」と言い置き、ひと足先に引き上げていった。

こうした時間のなかで、一人旅に熱中した私の季節も終わっていく。中学校の卒業式が終わると、皆が、中学生でも高校生でも社会人でもないという、空白状態の「春休み」が、半月ばかりのあいだは続く。

初めて異性と寝る経験を持ったのも、この時期のことだった。

身を硬くしている私に、「初めてなの？」と、彼女の声が尋ねた。うなずくと、「そうなの……、とっくに経験してると思っていたよ」とのことだった。

あとで、彼女が初めて男と寝る経験をしたときには、どんな感じだったかと、私は尋ねた。相手は年上で、「とっても気持ちがよかった」と、彼女は答えた。

そのとき、こうした会話ができてよかった。彼女の答え方は、私の人生に影響を残すところがあったように感じている。

春休みの終わり近く、不良仲間の父親の一人が提供してくれた滋賀県下の山荘に、悪友一〇人ほどで集まって、二泊三日、自炊しながら、ただ遊んで過ごした。よくぞ、こんな連中に、泊まりがけの遊び場まで差し出してくれる保護者があったものだと思う。だが、これは、それぞれにまったく境遇が異なる少年たちが、対等な関係でともに過ごす、最後の機会となるかもしれないのだ。その人は、自身の人生の経験に照らして、これに手を貸したいと考えるところがあったのではないか。

私は、ビールを飲みながらマージャンを打ちつづけ、最後の日には発熱して寝込んでしまった。身動きが取れない状態でいるのに乗じて、玉本という友人が、指先にハナクソをつけて追い回すので、四つ這いで逃げながら閉口した。

どうにか自宅に戻って、近所の医院に行くと、「急性胃腸炎」という診断が下った。「一週間の安静が必要」との診断書を高校に提出して、入学説明会は欠席。

これが新たな進路への第一歩となった。

伏見中学の友人たち

あとがき

旅の記憶を手がかりに、ものを考えることが多かった。この習慣は成人してからも続いていて、自分が書いたものにも痕跡が残っているのではないかと思う。

小学校六年生から中学三年生、つまり、一二歳から一五歳というローティーンの時期に、私は一人旅を繰り返した。学校での授業中も、遠い地を行く列車の運行ダイヤを思いうかべて過ごしていた。船乗りたちは、引退して陸《おか》に上がってからも、なおしばらく、天空を行く月の位置や、時を追っての潮位の変化が、意識を占めるものらしい。つまり、町での暮らしに戻っても、その心は海の上で生きている。老人も、少年も、そうやって、めいめい、世界に息づく心音に耳を傾けるときがある。

春陽堂書店の「Ｗｅｂ新小説」という、私にはなじみのない電子メディアで、何か連載を始めるようにと求められたとき、ローティーンだったころの自分の旅路をたどりなおしてみることを思いついた。だが、ためらいも残った。

私は、伝記や歴史的分野に関わる仕事に取り組むときには、「裏づけ」を得た上での記述を心がけたいと思っている。自分の少年の日の「旅」についても、同じ手だてが必要だと考えた。だが、半世紀近くも前、名もなき一少年の旅の過程に、いまさら十分な「裏づけ」など得ることができるだろうか?

それでも、幸運とも言うべきことに、「裏づけ」の材料は次第次第に見つかった。

私は、当時、写真を撮っていた。つまり、カメラ小僧だった。旅のあいだ、たくさん写真を撮る。その大半は、すでに散逸したものと思っていた。だが、この機会に押し入れの奥まで探すと、ネガフィルムが大型段ボール箱に一箱半ほど見つかった。若干のカラーポジ、かなりの数の紙焼き写真も出てきた。これらは、おおむね、ローティーンの私の旅程をカバーしているようだった。

さらに、京都で一人暮らししている老母の住まいにも、私が中学時代に作った大判の写真アルバムが三冊、そして、切符類のアルバムが一冊、残っていることがわかった。老母は、衰えた体力で慎重に段取りを重ねて荷造りし、これらを私のもとに送り届けてくれた。

三冊の写真アルバムは、小学六年生から中学二年にわたって撮影したSLの写真をまとめたもので、当時の私の文字で、日時や場所、撮影状況の説明なども簡潔に加えている。また、切符類は、鉄道好きだった私が旅の記念として熱心に残していたもので(中学一年の終わりごろまで)、それぞれに、発行の「日付」などが印字されている。これらは、私の古い記憶も呼び覚まし、旅程の解明に確かな手がかりをもたらした。

こうした物証に加え、各時期の鉄道ダイヤ、地形図、新聞記事などの諸資料も突き合わせれば、一九七〇年代中盤、私という少年の旅の行程は、かなりの精度で再現できそうだとわかってきた。

とはいえ、これら大量のネガフィルムをどうするか？　すべて、ひとまずコンタクトプリント（ベタ焼き）を取るべきか？　ここから始めるとなると、費用も手間も見通しが立ちにくい。

PC関連の機材は苦手である。それでも、自分なりに情報を探すと、いまは、「フィルムスキャナー」という機材があることがわかった。これを使えば、写真フィルムをデジタルデータ化できるらしい。値段もわりに手頃なので、購入してみた。だがPC音痴の自分が、こうした作業にかかりきっては、かえって執筆を遅滞させてしまわないかとも気になった。しばらく躊躇しているうちに、見かねた担当編集者の堀郁夫さんが、数千コマにおよぶスキャンを一手に引き受けてくださった。ありがたい助力だった。

デジタル化した画像データを、元のフィルムの撮影順に、パソコンの画面上で拡大しながら、細部に写り込んだものまで確認していく――という作業を重ねた。もし、これがフィルムカメラの時代なら、まずコンタクトプリントを作り、そのつどフィルム一本分ずつ、撮れ具合をざっと確かめるところである。その上で、実際にプリント（引き伸ばし）してみるコマを選んでいく、という手順を取るのが普通だった。だが、いまは、それと違って、いきなりデジタルデータを拡大した画像で、すべてのコマを仔細に見ることができる。この違いは、これらの写真を一九七〇年代中盤に撮影したときとは異なる視野のなかに、被写体が置きなおされていることを感じさせるものだった。

たとえば、駅の待合室の様子を撮った、一枚の写真がある。待合室の壁に掛かる地元の医院の広告看板などを拡大すれば、住所書きや電話番号から、これがどこの駅なのかは、おおよその推測がつけられる。また、催し物のポスターなどが写っていれば、撮影日時などについても、推定がしやすくなる。

今日、これは、当たり前の写真の見方である。だが、かつてのフィルムカメラの時代には、実は、ほとんど、こういう写真の見方はしていなかった。

コンタクトプリントは、フィルムのコマと同寸の小さな画像である。だから、そこで判別できるのは、写真の大まかな「全体像」に限られる。ここから選ばれた何コマかが、初めて暗室での「引き伸ばし」へと進む。撮影者自身が、一枚のショットに写し込まれたディテールを仔細に目にするのは、ここからのことだった。

つまり、「全体」から「細部」へ――。これが、フィルムカメラの時代に共有される、視角的な流れの特徴だった。

ところが、デジタルカメラの時代には、いきなり「細部」へのまなざしが行使される。そこでの「全体像」とは、こうした「細部」の集積に過ぎない、という状態に近づいている。

こんな特性が期待されることは、フィルムカメラにはなかった。なぜなら、写真とは、撮影者という「主体」の肉眼の視野と、撮影者自身による意志的なシャッターチャンスの選択によってもたらされる表現だとされてきたからだ。そうである以上、撮影者が意図せぬところで画面の片隅に偶然写り込んだ被写体など、取るにたりない副産物に過ぎない（そうみなされたからこそ、探偵もののミステリ小説などで、この種の意表を突く「証拠物件」が好んで使われた）。つまり、撮影者という「主体」とは無関係に得られる「情報」としての「細部」、これが期待されていたのは、たとえば、偵察衛星が送信する画像とか、監視カメラによる映像といった、他分野の映像媒体によるものだった。

いまは、どうか？

今日のデジタルカメラの性能は、偵察衛星、監視カメラ、ドライブレコーダーなど、他分野の映像媒体による画像と本質的な差異がない方向に、発達を遂げてきた。つまり、写真という表現物は、撮影者という「主体」を無化する方向へと大きくシフトしてきたとも言えるのではないか。いまや撮影者は、自分のスマホのレンズが何をとらえているかに、ろくに注意を払わないまま、とりあえずシャッターを切る。あとで、画像を拡大しながら確認すれば、事は足りる、という考え方である。こういった横着な「画像」観は、今後、ますます強まっていくだろう。これは、無人の監視カメラがとらえていた映像を、事後に再生して確認（視認）する、という見方とほとんど同じなのである。

およそ半世紀前のフィルムカメラの時代に撮られた写真が、デジタル化された現在の見方にさらされることで、忘却の淵に沈みかけていた「事実」を掘り起こす手だては広がった。

『知の考古学』（M・フーコー）という、よく知られた書物がある。この語に倣って、私が意識していたのは、わが少年時代に対し、こうした「愚行の考古学」とでも呼ぶべき方法を振り向けることだった。

一五歳を境に、私はぴたりと旅をやめたわけではなかった。高校一年生、一六歳の夏には、中尾ハジメ、ダグラス・ラミスの導きで、米国北西部ワシントン州周辺の貧乏旅行によるスタディー・ツアーに加わった。州立ウェスタンワシントン大学フェアヘヴン・カレッジの学寮に二週間、シアトル市内の黒人街に三週間ほどホームステイさせてもらった。この旅で経験したことからの影響は、いまも私のなかに残っている。

だが、それさえも、一二歳から一五歳、ローティーンのころの旅とはすでに色合いを変えていた。これは、あえて言うなら、自分と周囲の「世界」とのあいだの関係式の変化によるのではないか。

哲学者の故・鶴見俊輔さんから「ソリプシズム（solipsism）」という言葉を教えられたことがある。日本語に訳して「独在論」とも言っていた。

「一二歳のとき、私はソリプシズムにつかまれていたんだ」

鶴見さんは、そう言った。

――この世界のなかで、たしかに生きているのは、自分だけ。周囲に見えている人びとは、舞台の書き割りみたいな存在で、こちら向きに立っているに過ぎない。こっそり、彼らの背後に回ってみれば、ただの空洞になっているのではないだろうか？――

こうした世界観。それが、一二歳の少年が立つ「ソリプシズム」、つまり「独在論」なのだということだろう。

これを聞き、一二歳当時の自分を思うと、たしかに、そのころ、私自身も「ソリプシズム」に立っていたのではないかと思われた。この年ごろの少年たちには、「自分」と「世界」のあいだを媒介する「社会」というものが、まだ、ほとんど存在していない。だから、彼らは、自分ひとりで「世界」とじかに向き合う。これが、ソリプシズムのゆえんだろう。

自分の外に「世界」はとりとめなく拡がっている。だからこそ、世界の輪郭がどのようにできているかを、自分の足で出むいていって、確かめたかった。ローティーンのころの私の旅とは、ただそれだけのことだったと感じる。

旅先で、見知らぬ人からの親切に触れると、うれしかった。それは、両親から受ける愛情とは、またべつの懐かしさを伴った。そうした経験を重ねるにつれ、私を塗り固めていたソリプシズムは、じょじょに溶けていったのではないか。

中学を卒業すると、法的にも就業可能な一六歳である。そこには、もう、「社会」が存在した。仕事をめぐる人間関係にも、学校社会にも、それはある。ガールフレンドとの恋や葛藤というかたちでも。

旅に出たいが、それをやめ、地元の街で女の子とデートもしていたい――。そういうアンビヴァレントな感情が生じてくるのは、私にとって、このときが初めてのことだった。それまでは、学校が休みになるたび、迷わず、すぱっと長い旅に出ていたのだから。

「ソリプシズム」の時期が終わると、ここにある世界は、もう、自分ひとりの視界だけからでは語れなくなる。ハムレットの視野から見た世界の姿もあれば、オフィーリアから見た世界もある。つまり、この世界の様相とは、数に限りがないものなのではないか？　そのような「世界」の多元性を向こうに回すことで、近代以降の「小説」も、そこでの語り口を発展させてきたのだろう。

だから、本書のように、「私」ひとりの口から、旅と「世界」について語ることができるのは、まだ私自身がソリプシズムのなかに立っていた一五歳までのことに限られる。これよりあとの「旅」については、いつか、それにふさわしい語りの手だてが、自分に浮上するのを待つほかはない。

二〇二一年八月七日

＊初出
旅する少年「Ｗｅｂ新小説」二〇二〇年五月号～二一年四月号

黒川 創　くろかわ・そう
1961年京都市生まれ。作家。
同志社大学文学部卒業。
1999年、初の小説『若冲の目』刊行。
2008年『かもめの日』で読売文学賞。
13年刊『国境［完全版］』で伊藤整文学賞（評論部門）、
14年刊『京都』で毎日出版文化賞、
18年刊『鶴見俊輔伝』で大佛次郎賞を受賞。
20年に『暗い林を抜けて』、
近著に『ウィーン近郊』がある。

旅する少年

二〇二一年一〇月一五日　初版第一刷　発行

著者　黒川 創
発行者　伊藤良則
発行所　株式会社 春陽堂書店
〒104-0061
東京都中央区銀座3-10-9 KEC銀座ビル
電話 03-6264-0855(代)
印刷・製本　株式会社 精興社

乱丁本・落丁本はお取替えいたします。

ISBN978-4-394-19023-3　C0093

春陽堂書店 好評既刊

もどろき・イカロスの森

ふたつの旅の話

黒川 創

この世界は、いったい、どこまで続いているのか。
私は、その輪郭を、確かめてみたかっただけなのだ——

親子三代の人生と記憶、土地の歴史が重ねられる京都を舞台とした「もどろき」、北サハリンで出会った人々との交流を描く「イカロスの森」、単行本初収録の「犬の耳」を収録。書き下ろし自著解説も掲載。　**池澤夏樹**さん**推薦!**

明るい夜・かもめの日

女たちと男の話

黒川 創

自分にとっての始まり、
それは自分で決めてみるしかないのではないか——

読売文学賞を受賞した「かもめの日」と、京都水無月大賞を受賞した「明るい夜」。著者40代の代表作といえるふたつの作品に加え、初書籍掲載となる小説「バーミリオン」、書き下ろし自著解説、詳細な著作年譜を掲載。

小泉今日子さん**推薦!**